もっと読みたくなる！

芥川龍之介

野田康文［編］
入江香都子
溝渕園子

作品社

はじめに

二〇二七年、小説家・芥川龍之介の没後百年を迎える。そこへ向けて、これから続々と芥川関連の研究書が出版され、多くの特集が組まれることだろう。生後まもなく生母が発狂し、自殺によってわずか三十五年という短い生涯を閉じた芥川龍之介の人生は、全体としてみれば不遇だったといえる。しかしその芥川が、自らの死から百年を経た今なお、多くの特集が組まれ、その間膨大な研究論文が書き継がれ、定期的に国際学会が開催され、そして自分の名を冠した文学賞が日本で最も注目を集める賞となっていることをもしも知ったなら、おそらく、いやきっと、ひどく驚くことだろう。

文学研究のみならず、芥川の文学作品は一般の読者にも広く読まれてもいる。筆者は大学の全学部共通の一般教養科目などで、よく受講学生に文学についての関心の有無を（あまり期待せずに）聞き、関心がある場合は好きな作家や作品を書いてもらう。ご想像通り「関心がない」と答えるものも少なくないのだが、しかし案外こちらの予想以上に「関心がある」学生もけっこういて、しかも挙げられている好きな作家や作品も、人気の現代作家が中心ながら、その中に必ず芥川龍之介やその作品の名前を記しているものが毎回一定数いるのだ。その数は彼の師である夏目漱石のそれよりはるかに多い。もちろんそれは芥川の作品のほとんどが短篇小説でとっつきやすいということに一因があるのは確かだろう。しかし、短篇であっても彼と同時代の他の多くの作家の作品は今日ほとんど読まれてはいないのだから、やはり内容的な面白さや親しみやすさにも起因していると思われる。ただし、そこで学生たちが好きな芥川の作品として挙げているのは、高等学校の国語教科書に採用されている「羅生門」が圧倒的に多く、その他には「蜘蛛の糸」「杜子春」「トロッコ」「鼻」といった小説で、その九割以上が占められている。このように聞くと、日本の近代文学、とりわけ芥川龍之介の研究者はこう思うのではないだろうか。それはもったいない。もっと面白い作品がたくさんあるのに、と。

例えば、本書の第一章で取り上げる「藪の中」という小説は、文学研究者にはおなじみの超有名作品であり、一九五〇年に公開され、翌年にヴェネツィア国際映画祭で金獅子賞を受賞した黒澤明監督の映画『羅生門』が「藪の中」を原案としていたこともあって、海外でも認知度が高く、「日本人ならば「真相は『藪の中』」と呼ぶような状況を、アメリカでは「ラショーモン・シチュエーション」と呼ぶ」（恩田陸「「『藪の中』の真相」についての一考察」、『解釈と鑑賞』二〇一〇年二月号）ほどである。しかしながら、筆者が講義で「藪の中」を扱う時、それまでにこの小説を読んだことがあるという学生は滅多にいない。また同様に、第二章で取り上げる小説「秋」も、芥川が創作方法上の危機を脱した記念すべき作品として、作家自身、好きな自作の小説としてその名を挙げており、芥川文学の研究においてはメジャーな小説の一つなのだが、おそらくは「藪の中」以上に一般には、読んだことのある人が少ない作品なのではないだろうか。どちらも、読んでみるとなかなかに面白い小説なのだが。

あらかじめお断りしておくが、本書は芥川龍之介の文学についての研究書である。入門書や教科書的な概説書ではない。元になっているのは、すべて専門の学術誌や文芸誌に掲載された研究論文や文芸評論である。ただ、筆者は市民向けの読書会・文学教室を続けてきた経験や、講演会、大学の講義での学生の反応などから、たとえ文学部でなくとも、専門的な読解方法や知識が、伝え方次第で熱心な読者の、より深い読解への意欲をかきたてる、という感触を持っている。

芥川没後のこの百年、特に近年、その文学についての研究の進歩は目覚ましく、すぐれた研究論文や研究書も少なくない。しかしながらそれらの多くは、専門の研究者以外の人がそのまま読むには、形態的にも文体的にもハードルが高いと言わざるを得ないだろう。全国的に日本の大学から次々と文学部の名称が消え、文学研究の存在意義そのものが問われている現在、私たち文学研究者は、せっかくの研究成果を（入門書だけでなく）一般の人にも伝えていく、あるいは研究の世界の外に向けても開き、世に問う努力が今後もっと必要になってくるのではないだろうか。そのような意図のもとに本書は企画された。

そのため、本書は研究書ではあるが、読者対象を文学研究者のみならず、文学部の学生や大学院生はもとより、芥川龍之介の文学をもっと深く読んでみたいと願うすべての人たちと考え、少しでも多くの人に手にとってもらいやすいように、できるかぎり工夫したつもりである。もちろん、もともとが研究論文なので新書のようなわけにはいかないが、まず作品論の章では、論じる対象となる小説をたとえ読んでいなくとも読めるように簡単なあらすじを付し、研究の世界では常識となっている事柄についてもできるだけ説明を加えるように心がけた。また、各部の最後には、まとめも兼ねて、研究論文よりはくだけたエッセイ風のコラムを配し、読者にはブレイクのようなアクセントになればと思っている。

本書は三部構成で、そのうち第一部と第二部は作品論である。第一部は芥川龍之介の創作方法を、第二部では芥川文学の大きなテーマの一つである登場人物の自己像や自意識、アイデンティティの問題を中心に論じた。そして第三部では、国際的にも評価が高く、海外でも盛んに研究がおこなわれている芥川の文学を、さまざまな〈越境〉をテーマに、主として比較文学の手法を用いた研究を集めた。第一部と第二部は、日本近代文学を専門とする編者の野田康文と入江香都子が担当し、第三部は国際芥川龍之介学会の会員で日ロ比較文学を主たる専門領域とする溝渕園子と世界の文学をボーダーレスに論じる生粋の比較文学者の西成彦、そして編者が担当した。

本書は第一部から第三部まで一応の流れはあるが、どこでも興味のある章から読んでもらってまったくかまわないし、それでも支障がないように構成されている。芥川の文学を網羅的に論じた本ではないが、本書での論点は、他の芥川の作品を読むにあたっても応用の利く内容だと信じている。

すぐれた現代作家の一人である金井美恵子はかつて、小説家にとって批評とは「第一に、その作品をいちおう読んだことはあるんだけれど、それをもう一度読みかえしたい、読まずにはいられない気持にさせる批評がある。読みきれなかったところが開けてきて、作品の魅力をまた再び味わいたくなる」、「さらに作品の分析をとおして、その背後のさまざまなひろがりを学びとれる」（「小説家と批評　大岡昇平について」、『早稲田文学』一九九六年九月号）ものだと書いているが、本書を通して読者の皆さんが芥川龍之介の文学を〈もっと読みたくなった！〉と少しでも思ってもらえたら、著者たちにとってこんなにうれしいことはない。

編者

もっと読みたくなる！　芥川龍之介

目次

挿画　伊砂正幸
装幀　小川惟久

もっと読みたくなる！　芥川龍之介

＊本文中で引用している芥川作品のテクストは、原則として『芥川龍之介全集』（全二四巻、岩波書店、一九九五～一九九八年）に拠った。ただし、引用部の傍線は引用者が付したものであり、字体は新字体に改めた。また、ルビは基本的に省略したが、筆者が補足したものについては〔　〕で示した。

第一部　言葉の連なりと複数の視点、あるいは精密なパズル——芥川龍之介の創作方法

第一章　決定的瞬間の記憶――「藪の中」の時空間

野田康文

一　真相探究と真相不在

藪の中――約百年前に『新潮』という雑誌（一九二二年一月号）に発表された芥川龍之介の小説の題名であったその言葉は、今や『広辞苑』をはじめとする各種国語辞典類の一項目に挙げられるほど慣用句化し、真相不明、あるいは迷宮入り事件を示す代名詞として浸透している。

「藪の中」という小説は、ある朝山陰《やまかげ》の藪の中で発見された胸に突き傷のある男の死体をめぐって、全篇が事件の当事者三人を含む七人の証言の連続によって構成されている。まず死体の第一発見者である木樵りをはじめとする事件の当事者以外の四人の証言から、現場の状況や被害者の男とその妻の素性などが判明し、前日捕縛されていたお尋ね者の盗人が事件の容疑者として浮上してくる。そしてその四人の証言の後、盗人は男の殺害を検非違使《けびいし》に白状するのだ。ところがその「白状」に続いて読者に提示される、事件の他の当事者の二人（被害者の男とその妻）の陳述によって真相はまったくわからなくなっていく。というのも、当事者三人が三人とも自分が殺したと言明し、それぞれの語る事件の状況や顚末は互いに大きく食い違うからだ。その甚だしい矛盾はとても同じ出来事について語っているとは思えない……。

その不明の真相をめぐっては、数多くの作家、批評家、研究者によって文章が書かれ、今日まで幾多の議論が闘わされてきた。その議論の中心は長らく、真相探究・謎解き肯定派と真相不在・謎解き否定派との対立にあったのだが、近年、日本文学研究者の間では、後者が圧倒的優勢にある。後者の研究ではしばしば真相を探究しようとする読み方そのものが、「無意味」・「徒労」・「筋違い」・「絶対に不可能」などといった手厳しい言葉で全否定され、その影響か、今や日本文学研究の世界では、真相探究ないしは真相への接近を可能とする立場から書かれた研究論文というものは、ほとんど絶滅危惧種になっている。そして近年の研究の主流としては、「藪の中」に真相などというものはそもそも存在せず、ないものを探すなんて無駄なことは最初から放棄して（とはいえ、「藪の中」の構成上、真相が不明のままだと出来事の整合性はとれないので）、正面からテクストを読むことを回避しつつ、その言説に潜む制度性や規範性をあぶり出し、そこに錚々たる文学理論を駆使することで、「藪の中」の先進性を重々しく論じるというのが一つのパターンになりつつある。それはそれとして無意味ではないし、そうした研究のすぐれたものには発見もあり、刺激を受けもするのだが、ただ正直なところ、それらの研究論文が、文学研究者以外の読者に「藪の中」という小説の魅力や面白さを伝える助けになるかと言えば、おそらく答えはノーだろう。

テクストとは言葉によって編まれた織物であるなどと言えば、何を今更と言われそうだが、小説のテクストにおいて、言葉を書き連ねていくという行為が差異の網の目を張りめぐらしていく作業である以上、すべての言葉が相互に連関しており、一語たりとも無駄な言葉などあるはずもない。まして

「藪の中」のような短篇小説ならなおさらだ。ところが、先にも書いたように、真相への接近を最初から放棄してしまう読み方だと、テクストの一つ一つの言葉の整合性を把握することができないために、当然のことながらすべての言葉が連関する織物としてテクストを読むことはできず、多くの言葉が捨象されざるを得ない。言い換えれば、従来の「藪の中」研究では真相の謎解きの可否に固執するあまり、言葉という差異の網の目を張りめぐらしていく〈書く〉という行為への目配りが決定的に欠落しているように思う。

一方、こうした研究の動向とは別に、早くは大岡昇平、近年では北村薫、恩田陸らの小説家が異口同音に、よく読めば「藪の中」の真相は推理可能だとして、それぞれ自説を展開してみせているのは興味深い。それらの論の成否はひとまず置くとして、ただ大岡が「再読、三読すれば、矛盾しない解釈が出るように書いている」としながらも、そうして合理的に解決しても「大して感興が湧かないのが、この作品の難点」[★1]だと書いていること、またのちにこれに共感しつつ、いとうせいこうが「誰が殺したのかにこだわっても、誰が嘘をついているのかを考えても、このテクストは単調な読み方になってつまらない」と評し、奥泉光が「どう読めばおもしろくなるか、考えさせられる小説」だと述べていることは傾聴に値する。[★2]筆者もまた「藪の中」は方法的に真相に接近することが可能なように書かれている小説だと考える一人だが、ただその一方で、「藪の中」は確かにミステリーの要素を多分に含んではいるもののいわゆる推理小説では決してなく、それゆえに謎解きが目的化すると、これまた論者が不要=虚偽とみなした言葉が捨象されて死んでしまい、小説は多くの魅力を失うと考えている。従来の謎解きの肯定か否定かといった二項対立の枠組みを解体し、言葉を書くという差異の網の目を張りめぐらせる視点から、すべての言葉を活かしながら真相に接近していくことが決して不可能ではないことを証明しよう。

二　時刻は昨夜の初更頃でございます

まず一つの素朴な疑問からはじめよう。死体の男・武弘の殺害と同行していた妻の真砂の生命と行方について容疑をかけられた「名高い盗人」の多襄丸は、検非違使の前での「白状」において、真砂の殺害については否認し行方も知らないと述べる一方、武弘の殺害についてはこれを認め、夫の眼前でその妻を手ごめにし男を太刀打ちによって殺した事件の顚末を詳細に語る。これは事件の当事者三人のうちで最初の陳述であるが、この「白状」の内容と、その前の、当事者以外の四人の証言とに、これといった矛盾は見当たらない。放免に捕縛された時の多襄丸と旅法師が事件前に目撃した時の武弘の所持品の一致という物証と武弘殺害を認める自白、しかもその「白状」における犯行の説明と死体の発見現場の状況との一致。とりわけ死体の第一発見者にして最初の証言者である木樵りの証言にある、「草や竹の落葉は、一面に踏み荒されて居りましたから、きつとあの男は殺される前に、余程手痛い働きでも致したのに違ひございません」という現場の状況の説明と、「白状」で語られる武弘との太刀打ちとはぴたりと符合する。もしこれが現実の裁判であったなら、これで決まりといった感じだ。しかしそうなると、第一の証言者である木樵りの証言が決め手となり、最初の当事者たる多襄丸の自白で事件が解決するということになる。これは小説としてはずいぶんつまらない設定だろう。

確かに、後続する真砂と思しき女の「懺悔」と武弘と思しき「死霊の物語」の内容と大きく食い違うために、読み進めていくにつれて、読者の意識の中で多襄丸の「白状」の信憑性は揺らいでいくのだが、しかしその「白状」が真実でない（部分を含む）のだとしたら、検非違使に問われた他の四人の証言と、なぜこれほどまでに一致するのだろうか。あまりにも都合よすぎるほどに。かつて中村光夫がその「藪の中」論の中で、素朴な読者の疑問こそがその小説の最後の問題につながると書いたが、★3 これまで多襄丸の「白状」までは矛盾がないということを指摘する論者はいても、なぜかその理由を突きつめた論者はほとんどいない。しかしながら、その疑問が十分に解消されないかぎり、当事者以外の証言と最も矛盾なく一致する以上、検非違使による裁判の外、すなわち清水寺での「懺悔」や「死霊の物語」で何が語られようとも、客観的に見れば、多襄丸の「白状」は他の二人の当事者の陳述より、真実に近いと考えるのはごく当然の帰結である。

では、この一致には真実への近さ以外に何か特別な理由でもあるのだろうか。実はあるのだ。そのカギを握っているのが三番目の証言、多襄丸を捕縛した「放免の物語」である。

わたしが搦め取つた男でございますか？　これは確かに多襄丸と云ふ、名高い盗人でございます。〔中略〕何時ぞやわたしが捉へ損じた時にも、やはりこの紺の水干に、打出しの太刀を佩《は》いて居りました。唯今はその外にも御覧の通り、弓矢の類さへ携へて居ります。さやうでございますか？　あの死骸の男が持つてゐたのも、――では人殺しを働いたのは、この多襄丸に違ひございません。革を巻いた弓、黒塗りの箙《えびら》、鷹の羽の征矢《（そや）》が十七本、――これは皆、あの男が持つてゐ

たものでございませう。〔中略〕
この多襄丸と云ふやつは、洛中に徘徊する盗人の中でも、女好きのやつでございます。昨年の秋鳥部寺の賓頭盧《びんづる》の後の山に、物詣でに来たらしい女房が一人、女の童と一しよに殺されてゐたのは、こいつの仕業だとか申して居りました。その月毛に乗つてゐた女も、こいつがあの男を殺したとなれば、何処へどうしたかわかりません。〔後略〕

（「検非違使に問はれたる放免の物語」）

傍線部の表現に注意してほしい。ここには同種の表現が繰返されているが、これらの言葉によって読者に指し示される情報は、少なくとも検非違使の問いに答えて放免が証言している間、多襄丸はそのすぐ目の前にいるということである。これまでほとんど見落とされてきたが、これは重要な情報である。なぜなら、当然のことながらその検非違使と放免のやりとりの一部始終を多襄丸は聴いていることになるからだ。それだけではない。この放免の証言の後、真砂の母親である媼《おうな》の証言をはさんで多襄丸の「白状」へと続くのだから、多襄丸は「媼の物語」も聞いていた可能性が高い。また「白状」中の、太刀打ちをするために武弘の縄を解く場面で、「杉の根がたに落ちてゐたのは、その時捨て忘れた縄」だと語っていることから、多襄丸が、事件現場の遺留品について語った木樵りの証言の内容（縄と櫛だけ）も知っていたことを窺わせる。どちらにしても、「放免の物語」を中心に、多襄丸が自身の「白状」の前に、検非違使に問われた他の四人の証言の内容を知り得る状況にあったことは確実である。つまり多襄丸は（その気になれば）意図的に他の四人の証言に合わせて、自身の陳述を操作することが可能だということだ。これが多襄丸の「白状」の最大の難点である。

さらに「放免の物語」には、もう一つ見落としてはならない記述がある。それは多襄丸を捕縛した時刻を問われた放免が「昨夜の初更頃《しょかうごろ》〔およそ午後八時前後〕」と答えていることである。これまでこの捕縛時刻に注意を払った論者はあまりいない。しかし、よく考えてほしい。あれっと思わないだろうか。なぜなら事件が発覚したのは、木樵りが武弘の死骸を発見した今朝のことなのだから。つまり、多襄丸が捕縛されたのは武弘殺害事件の発覚前なのだ。この「昨夜の初更頃」という時間設定によって、テクストが読者に指し示すのは、多襄丸が捕縛されたのは武弘の事件とはまったく無関係だということである。これも重要な情報だ。それなら多襄丸はなぜ捕らえられたのか。それは、「これは確かに多襄丸と云ふ、名高い盗人」、「何時ぞやわたしが捉へ損じた時にも」などと語る放免の言葉からわかるように、すでに以前からお尋ね者、今でいう指名手配犯として常に追われる身であったからである。しかも盗人の中でも「女好きのやつ」として知られ、盗みだけでなく、昨年の秋の鳥部寺での強姦殺人事件など、ほかにもかなりの余罪があることが示唆されている。「放免の物語」をよく読めば、すでに捕縛されていた多襄丸が、木樵りや旅法師の証言によって事件の容疑者ないしは重要参考人として浮かび上がってきたことがわかるはずである。

では、芥川はなぜわざわざ、事件が発覚した後ではなく前に、また事件の容疑者としてではなくお尋ね者として、多襄丸が捕縛される設定にしたのだろうか。多襄丸は「白状」の最後で、「どうせ一度は樗《あふち》の梢に、懸ける首と思つてゐますから、どうか極刑に遇はせて下さい」と、昂然と言い放っているが、この言葉に見られる死の覚悟は、多襄丸の「白状」の真実性の根拠としてこれまでしばしば指摘されてきた。しかし、そもそも多襄丸はお尋ね者なのだ。したがって、多襄丸自身、「どうせ一度は樗の梢に、懸ける首」と思っていることからもわかるように、今回の事件への関与がどうであれ、捕まった時点で死刑は既定路線なのだから、多襄丸の死の覚悟は「白状」の真実性の根拠とはなり得ない。捕縛時刻の設定によって前景化されるのは、むしろ逆に、多襄丸の武弘殺害事件への関与と彼に科される量刑の重さとが無関係であるという事実なのである。

ところで、「放免の物語」が当事者以外の四人の証言の中で一種特権的な位置づけにあることを芥川自身意識していたことが、テクストの改稿過程からも推測できる。この四人の証言は、現行のテクストではいずれも「検非違使に問はれたる＊＊の物語」という形で章題が付されている。しかしこの章題は初出の『新潮』掲載時には、放免以外の三人は「検非違使に問はれたる＊＊の話」となっているのに対して、放免の証言のみが「検非違使に問はれたる放免の咎」と明らかに差異化されていたのである。そして単行本収録時に、四人の証言にはほとんどこれといった変化がないにもかかわらず、章題のみがあえてその差異化の痕跡を消し、「＊＊の物語」という別の形で統一されることになる。おそらく芥川は、この差異化を読者に指し示す情報として過剰な指標と判断したのだろう。

三　空間設定

近年の少数の例外を除いて、従来の「藪の中」論では、七人の証言、とりわけ当事者三人の陳述があたかも等価な言説の並置ででもあるかのように論じられてきた。しかし、この前提は明らかに誤っている。テクストをよく読めば、当事者三人の陳述はまったく性質の異なる言説として設定されているのである。むしろこの三人の陳述の不等価性にこそ、「藪の中」の創作方法の核心の一つがあるとさえ言えるのだ（以下便宜上、三人の当事者の言説には「陳述」という言葉を用いる）。

ここで当事者三人の陳述の立場や性質の違いについて整理してみよう。まず多襄丸の「白状」は検非違使による詮議、いわば裁判の場での自白であり、すでに見たように、多襄丸は当事者以外の四人の証言を知り得る立場にある。これに対して真砂の清水寺における「懺悔」と武弘の「死霊の物語」とは、ともにその裁判の場の外での陳述であることに注意してほしい。そもそも検非違使が詮議しようにも、裁判の場において、真砂はいまだ行方不明の身であり、武弘にいたってはすでに死亡している。身許確認のための嫗の証言はもとより、木樵り、旅法師、放免のいずれの証言中にも「あの死骸」という表現が出てくることから、裁判の場において、武弘の死骸は証人たちの見えるところに置かれているようだが、その死霊は中有の闇に迷っている状態にある。それゆえ当然、二人とも、多襄丸の「白状」を含め、裁判での他の証言は知り得る立場にない。したがって、多襄丸＝裁判、真砂＝清水寺、武弘＝中有という、それぞれが属する場の違いのために、三人とも他の二人の陳述は知り得ない空間設定となっているのである。

では、この空間設定から導き出せる論理とは何か。それは第一に、三人とも同じ出来事について語っており、かつお互いの陳述を知り得ないのだから、嘘の証言をした場合、それが他の当事者二人の証言と一致する可能性はほとんどゼロだということである。そして第二に、逆に三人のうち二人以上の証言が一致すれば、（嘘が偶然一致する可能性はほとんどゼロなのだから）その部分は（限りなく百パーセントに近い確率で）真実である可能性が極めて高いということである。確認してほしい。テクストの空間設定から導き出されるこの二つの論理に気がつけば、事件の真相に接近していくことは、決して不可能ではないことを。★4 各陳述で語られる出来事の真偽の判定に、三者の一致は必要ないのだ。事実、当事者三人の陳述には、三者が一致する部分は非常に限られているが、三者のうち二者が一致する部分はいくつも見出されることにおそらく異論はないだろう。つまり、この論理の糸を手繰っていくことができるようにテクストは織られているのである。テクストの空間設定によって見出されるこの論理の糸は、これまでほとんど見過ごされてきたが、この糸は、おそらく「藪の中」の創作方法の根幹を織りなしている。この糸を手繰っていくことで、当事者三人の陳述のすべての言葉を活かしながら、かなりの程度真相に接近し得る通路が開けるのは確かだろう。以下は、その糸を手繰っていく試みの一つである。

　まず多襄丸の「白状」にある太刀打ちの真偽を検討してみよう。この太刀打ちは、木樵りの証言とは一致するが、しかしながら、当事者である他の二人の陳述とはまったく一致しない。したがって、多襄丸の太刀打ちは嘘だと考えられる。これに対して、他の二人の陳述では、武弘を死に至らしめた凶器は小刀で一致している。また「懺悔」では、真砂は自分が殺害し息絶えた夫・武弘の顔の上に、「竹に交つた杉むらの空から、西日が一すぢ落ちてゐる」のを見、「死霊の物語」では、武弘は小刀で自らの胸を刺した直後、「唯杉や竹の杪《うら》に、寂しい日影が漂つてゐる」のを知覚していることから、武弘の死亡推定時刻が夕暮れ時であったという点、そしてその時、多襄丸はすでに現場にはいなかったという二点でも二人の陳述は一致している、それゆえ、これらはほぼ間違いなく真実である。

しかしそうなると、「白状」にある太刀打ちと木樵りの証言との一致は、どのように説明すればいいのだろうか。木樵りは、死骸を発見した現場の草や竹の落葉が「一面に踏み荒されて」いたことから、「殺される前に、余程手痛い働き」でもしたのに違いないと語っている。ただ、木樵りの証言には問題点がある。木樵りは死体の第一発見者であり、また裁判での最初の証言者でもあることから、他の証人たちの証言も知らない。そのため、その証言は、先入観に惑わされないという意味では客観的とも言えるが、その一方で、非常に限られた情報に基づく不確かな憶測という欠点を含んでもいる。例えば、木樵りは真砂の存在さえも（だから当然、小刀を抜いて多襄丸ともみ合ったことも、多襄丸に手ごめにされたことも）知らないのだ。

では、多襄丸の太刀打ちが嘘であるとしたら、他の二人の陳述に共通する、草や竹の落葉が踏み荒される（ように見える）場面はあるだろうか。あるのだ。それは多襄丸が真砂を蹴倒す場面である。これは真砂と武弘の陳述で一致しているから、出来事として真実であると考えられる。特に「死霊の物語」では、「妻は竹の落葉の上へ、唯一蹴りに蹴倒された」とあり、「懺悔」でも、真砂が蹴倒された後に身を起こす場面で、「竹の落葉の上に、やつと体を起した」とあることから、その言葉の連鎖からおそらく草や竹の落葉が踏み荒された場面として芥川が想定していた可能性が高い。また、この真砂を蹴倒すという行為は、多襄丸の「白状」にも、「もしその時色慾の外に、何も望みがなかつたとすれば、わたしは女を蹴倒しても、きつと逃げてしまつたでせう」という仮定の可能性として（しかも「死霊の物語」とほぼ同じタイミングで）ほのめかされており、その意味で三人の陳述が一致する数少ない要素の一つでもあるのだ。さらにこの〈蹴倒す〉行為は、現場に落ちていた遺留品に櫛があったという木樵りの証言とも連動しており、論理の糸を手繰っていくことが同時に、テクストの言葉の連なりを体感させる構造ともなっているのである。

　多襄丸は、裁判での他の四人の証言を知り得る立場にあり、かつお尋ね者であるがゆえに、この事件への関与の程度にかかわらず極刑を免れないという二つの条件から、自身の陳述を自由に操作することが可能であるのはすでに見た通りだが、実際、太刀打ちの場面はほぼ確実に嘘であることがわかった。しかしそれでもなお、多襄丸はなぜ、嘘をついてまで罪をかぶる必要があるのか、という疑問は残る。この疑問に答える前に、今度は当事者三人それぞれの陳述と生命（生死）についての利害関係の違いを整理しておこう。

　多襄丸はすでにお尋ね者＝指名手配犯であり、この事件の如何にかかわらず、捕縛された時点で、死刑は免れないことを覚悟している。また武弘は言うまでもなくすでに死んでいる。つまり、多襄丸と武弘に関しては、仮に嘘をついて自身に有利な陳述をしたところで、自分の生命についてのメリットはない。では、真砂はどうか。そう、三人のうちで彼女だけが嘘をつくことで、この先生き延びることができる立場にある。確かに、真砂の「懺悔」には気を失う場面が二度もあることなどから、その信憑性となるといかにも怪しい。ただし、その一方で他の二人の陳述との一致点もゼロではない。

　多襄丸と武弘についても、もう少し詳しく見ておこう。二人ともその陳述に自身の生死についてのメリットがないといっても、そのニュアンスは微妙に異なる。多襄丸はどっちみち極刑は免れないのだから、真実を語っても嘘をついてもどちらでもいいという立場にある。これに対して武弘はすでに死んでいるのだから、巫女の口を借りてまで真実でないことを言い遺す積極的な理由は見出し難い。

実際、「死霊の物語」には、他の二人のどちらかの陳述と一致する部分が多く、逆に武弘の死霊が嘘をついていることを積極的に示す、あるいは疑わせる指標となるべき記述はこれといってテクストに見当たらない。これが言葉の織物としての小説のテクストである以上、言葉の連なりとして存在が確認できないものを仮定するのは、行間を読むことでさえなく、牽強附会のそしりを免れないだろう。それにそもそも「死霊の物語」には、話して自らの得になるような内容がない。自分の妻が目の前で他の男に手ごめにされた上に、その男に口説かれて妻になることを承諾し、その挙句、夫である自分を殺してくれと頼んだというのだから、この上なく惨めな告白である。このように考えてくると、三人の中で最も嘘をつく理由がないのは武弘であり、（積極的な意味での）嘘がないという点で、一番真実に近い証言であると一応は考えていいだろう。

このことはテクストの改稿過程からも証明できる。三人の陳述は、それぞれ「多襄丸の白状」、「清水寺に来れる女の懺悔」、「巫女の口を借りたる死霊の物語」という章題が付されている。多襄丸と真砂とは、それまでの四人の証言とははっきりと差異化された章題であるが、武弘の陳述だけはなぜか当事者以外の四人と同じ「＊＊の物語」である。なぜだろう。この章題の一致は偶然ではない。四人の証言の章題は、単行本収録時に「＊＊の物語」という形に統一されたことは、すでに見た通りだが、武弘の「死霊の物語」も初出時にはやはり「＊＊の話」という章題だったのだ。この改稿過程は明確に、芥川が武弘の陳述の章題を（放免も含めて）当事者以外の四人の証言とあえて差異化しなかったことを示している。そして章題という同一レベルでのこの一致は、武弘の陳述と四人の証言とには何らかの共通する重要な性質があることを読者に指し示しているはずである。この共通性を証言の客観性だと指摘する論者もいるが、巫女の口を介しているとはいえ、当事者の武弘の陳述に客観性を求めるのは無理がある。そうではなくて、当事者でないがゆえに武弘以外の四人の有する情報は限定的で、思いこみによる憶測の入り込む余地はあるものの、いずれも嘘をつく理由のない証言であることは共通している。おそらくこの、（意識的・積極的な意味での）嘘がない証言という性質を、武弘と四人の「物語」は共有しているのだ。

とはいえ、それなら武弘の陳述さえあれば万事解決かというと、そうはいかない。なぜなら、武弘は手ごめにされた妻の真砂同様（あるいは死にきれなかった真砂以上に）非常にショックの大きい当事者であり、嘘はついていないとしても、意識と感覚の混乱の問題が残るからである。例えば、「妻は夢のやうに、盗人に手をとられながら」とか、「おれは唯幻のやうに、さう云ふ景色を眺めてゐた」といった表現には、武弘がショックのあまり茫然自失の状態で、夢と現実の区別もつかずに、眼前の出来事をぼんやりと見ていたことが繰返し示唆されているし、何より自ら小刀で胸を刺した後は、次第に意識と感覚が薄れていき、最後に胸の小刀を抜いた人物も判別できないまま、死んでしまっている。夫である自分の目の前で、妻がほかの男に身も心も許したのを見て、自殺するほどの絶望にとらえられていた武弘の証言には、嘘はなくとも、不明確な点がいくつかあり、その陳述だけでは真相に達することはできないのだ。

四　決定的瞬間の記憶

　ではここで、先に提出していた疑問、多襄丸はなぜ嘘の太刀打ちを証言してまで、罪をかぶる必要があったのかという問題を考えてみよう。その前提として、検非違使による裁判の場において、他の四人の証言内容をほぼ知り得る立場にあった多襄丸は、いったい誰が武弘を殺した犯人だと推測したのだろうか。

　そのことを意識しながら、多襄丸の「白状」において、どのような経緯で太刀打ちが出てきたのかを確認しよう。「白状」によれば、太刀打ちに至った直接の契機は、真砂を手ごめにした多襄丸が藪の外へ逃げようとした時、真砂が突然彼の腕に「気違ひのやうに」すがりつき、「あなたが死ぬか夫が死ぬか、どちらか一人死んでくれ、二人の男に恥を見せるのは、死ぬよりもつらい」、「その内どちらにしろ、生き残つた男につれ添ひたい」と叫んだことにあり、これを聞いて多襄丸は、「猛然と、男を殺したい気」になったと語っている。この真砂の叫びについては、武弘の「死霊の物語」にもよく似た場面がある。そこでは、手ごめにされたのち、多襄丸の妻になることを承諾した真砂が彼に手をとられながら、藪の外へ行こうとした時、杉の根方に縛られた夫の武弘を指さして、「あの人を殺して下さい。わたしはあの人が生きてゐては、あなたと一しよにはゐられません」と「気が狂つたやうに」叫びながら、多襄丸の腕にすがったと語られている。この二つの場面は、どちらも真砂を手ごめにした多襄丸が藪の外へ出ていくタイミングである点、真砂が多襄丸の妻になる条件として武弘を殺すことを要求している点、真砂が多襄丸の腕にすがりながら気が狂ったように叫んでいる点などが共通していることから、この叫びは出来事としてほぼ確実に真実である。

違うのは、真砂が死を望んでいるのが、「死霊の物語」では武弘を指定しているのに対して、「白状」では武弘か多襄丸の「どちらか一人」であること、そして真砂のこの叫びを聞いて多襄丸に「猛然と」武弘への殺意が芽生えることである。ところで、真砂の武弘に対する殺意の言明は、真砂の「懺悔」にも語られている（これも数少ない三者の陳述の一致点の一つだ）。しかもその殺意を抱いた動機は、自分の恥を見た男をこのまま生き長らえさせるわけにはいかないというものであり、これは「白状」と一致し、「死霊の物語」とも矛盾しないことから、この真砂の殺意と動機の言明は真実であると考えていいだろう。そして「懺悔」での殺意の対象は、武弘一人だ。この一致から、必然的に先の半狂乱の真砂の叫びにおいて、その死を望んだ対象は武弘一人であったというのが真実となる。しかしそうなると、その叫びを聞いた多襄丸が太刀打ちを発想することには結びつかない（このことからも太刀打ちが嘘であることが確認できる）。それにこの時多襄丸が抱いた殺意にしても、その場面の直前までは武弘を殺す気がなかったことを繰返し述べているのである。その多襄丸がこの瞬間、急激にして強烈な殺意を抱いたというわけだ。多襄丸はその記憶を次のように語っている。

こんな事を申し上げると、きつとわたしはあなた方より、残酷な人間に見えるでせう。しかしそれはあなた方が、あの女の顔を見ないからです。殊にその一瞬間の、燃えるやうな瞳を見ないからです。わたしは女と眼を合せた時、たとひ神鳴に打ち殺されても、この女を妻にしたいと思ひました。〔中略〕薄暗い藪の中に、ぢつと女の顔を見た刹那、わたしは男を殺さない限り、此処は去るまいと覚悟しました。

（「多襄丸の白状」）

多襄丸によれば、自分の腕にすがりついて半狂乱で叫ぶ真砂の「その一瞬間の、燃えるやうな瞳」に心を奪われ、何が何でも妻にしたいという強い願望を抱き、同時に武弘への殺意が芽生えたということになるが、この願望は、「生き残つた男につれ添ひたい」という真砂の言葉、言い換えれば、武弘の死という条件付きながら多襄丸の妻になる意志があることの言明と連動している。多襄丸の心を鷲摑みにしたらしい真砂のこの刹那の「燃えるやうな瞳」とよく似た場面が、実は武弘の「死霊の物語」にも登場する。それは、真砂を手ごめにした多襄丸が、「自分の妻になる気はないか？」と口説き、真砂が、夫の武弘でさえまだ見たことがないような美しい顔をして「うつとりと顔を擡《もた》げ」、その申し出に承諾の返事をする場面である。その後、その条件として夫の武弘殺害を求める真砂の叫びへと続くわけだが、出来事の前後関係は微妙に異なるものの、この二つの場面は、真砂を妻にしたいという多襄丸の強い思いと、多襄丸の妻になることを承諾する真砂の意思表明と絡んで、真砂が情熱的な美しい表情をして多襄丸を見つめた点では一致しているのだ。

女好きの盗人として知られていた多襄丸が、牟子《むし》の垂絹の間からちらりと見えた「女菩薩のやう」な真砂の顔に一目惚れして、何としても女を奪おうと決心したことが事件の発端となっているのだから、その女が、「たとひ神鳴に打ち殺されても、この女を妻にしたい」という激しい情熱を起こさせるほどの「燃えるやうな瞳」でうっとりと自分を見つめ、自分の妻になる意思表明をしたこの場面は、多襄丸の「白状」において最高の、忘れられない決定的な瞬間の記憶として語られていることに注意したい。芥川の小説には、このような決定的瞬間の記憶が描かれる作品が多いが、「藪の中」においては、三人の陳述それぞれに（あたかも異なる視点から描かれた三枚の絵のように）忘れられない決定的瞬間が語られており、同じ出来事に対する視点の違いから生じるその位相の差異にこそめいめいの心理的ドラマを知る手がかりが潜んでいるのである。

その意味で、「白状」においてこの決定的瞬間の記憶を境に、多襄丸が急に武弘への殺意を抱き、自分が武弘を太刀打ちで殺したという嘘が語られていくことは注目に値する。他の二人の陳述との一致とずれからわかるのは、多襄丸が嘘の太刀打ちを持ち込むために、この決定的瞬間の直後の真砂の叫びに「どちらか一人」というさりげない嘘を忍び込ませたということである。あたかも真砂の武弘への殺意をカムフラージュするかのように。また多襄丸の武弘への殺意も、他の二人の陳述と一致しないことから、この殺意からして嘘と考えられる。もはや明らかだろう。多襄丸は検非違使による裁判を通して、現場には小刀がなかったこと、武弘の死骸の胸元の傷痕の状態、いまだに真砂は行方不明で母親の媼のもとへも帰っていないことなどを知ることができ、真砂の殺意を知る多襄丸の視点からは、武弘を殺した犯人は真砂だと見えるに違いない。多襄丸が嘘の太刀打ちを証言してまで、武弘殺害の罪をかぶったのは、自分に最高の瞬間の記憶を残してくれた真砂をかばうためであったことを、テクストの言葉の連なりは指し示しているのである。

ただ、武弘の「死霊の物語」によれば、最後に多襄丸は真砂を蹴倒しているのに、なぜかばうのかという疑問があるかもしれない。しかし、多襄丸が真砂を蹴倒した理由は、妻を手ごめにした男に夫の殺害を依頼した卑劣さに対してなのであって、真砂が自ら手を下したとなると、殺害の意味合いはずいぶん変わってくるし、そもそも多襄丸には真砂への直接の恨みはないのである。それに嘘の太刀打ちの話は単に真砂をかばうのみならず、自分と「二十合斬り結んだものは、天下にあの男一人だけ」と、（真砂を蹴倒した時に連帯感が生じたようでもある）死んだ武弘にも花を持たせ、己の正々堂々さと剣の腕を誇る自慢話にもなるという、英雄気取りで自分の最期を飾る一石二鳥の、いや一石三鳥の嘘でもあるのだ。

では、多襄丸にとっては忘れがたい、この決定的瞬間は、死んだ武弘の眼にはどう映ったのだろうか。多襄丸にとっての最高の瞬間の記憶が、真砂の夫であった武弘の視点からすれば、「中有に迷つてゐても、妻の返事を思ひ出す毎に、嗔恚《しんい》に燃えなかつたためしはない」という、死んでも消えない、怒りと憎悪の記憶であることは想像に難くない。しかし、「それだけならばこの闇の中に、いま程おれも苦しみはしまい」と武弘の死霊が語っていることからもわかるように、武弘にはそれをも上回る衝撃の記憶がある。それは、多襄丸の妻になることを承諾した真砂が木に縛られた武弘を指さして、半狂乱で叫んだ、「あの人を殺して下さい」という言葉である。武弘の死霊は、「この言葉は嵐のやうに、今でも遠い闇の底へ、まつ逆様におれを吹き落さうとする」とそのショックの大きさを語り、「この位憎むべき言葉」が、人間の口から発せられたこと、「この位呪はしい言葉」が、人間の耳に触れたことのおぞましさを口を極めて罵っている。これが、武弘の眼から見た、最悪の、忘れられない決定的瞬間の記憶である。

このことを踏まえた上で、「死霊の物語」で最後に武弘の胸から小刀を抜いたのが誰なのかを考えてみよう。現場に一人とり残された武弘は、「誰かの泣く声がする」のを聞き、縄を解きながら耳を澄ましてみて、「その声も気がついて見れば、おれ自身の泣いてゐる声だつたではないか？」と思い直す。それまでに起こったあまりに悲しい出来事のために、武弘自身、実際に泣いていたのだろうが、注意すべきは、最後に疑問符が付されていることからもわかるように、ここでの武弘の認識は、自身必ずしも確信が持ててはいないということである。武弘は非常に大きなショックを受けた当事者であり、嘘はついていなくともその陳述には意識と感覚の混乱の問題が残ることは前に書いたが、茫然自失の状態にある武弘の認識にはあいまいで不確かなところがあり、ここでも最初は「誰かの泣く声」と認識されている。では他の二人の陳述で、武弘のほかに誰かが泣いている場面があるかというと、あるのだ。それは真砂の「懺悔」において、自分が殺した武弘の死骸を前にして、真砂が「泣き声を呑みながら」武弘の縄を解き捨てる場面である。しかもそれは武弘の縄を解くタイミングであるという意味でも二つの場面は一致している。この泣き声の一致と武弘の認識の不確かさから、武弘が聞いた「誰かの泣く声」はいつの間にか近くに戻ってきていた真砂のものであること、「おれ自身の泣いてゐる声」だと思ったのは武弘の錯覚であったことをテクストの言葉の連なりは示唆しているのである（それはさらにテクストの改稿過程からも裏づけられる。武弘のこの錯覚は『新潮』初出時には、「おれ自身が泣いてゐたのではないか？」と記されていたのが、単行本収録時に、「おれ自身の泣いてゐる声だつたではないか？」という表現へと、つまり「泣く」という行為ではなく、「泣き声」に焦点化する方向へとあえて書き換えられているのだ）。

　このことから、武弘の胸から小刀を抜いた人物としてテクストが指し示しているのは真砂であることがわかる。しかしなぜ真砂は自殺を試みてすでに死につつあった武弘の小刀をわざわざ自分で抜きに行ったのだろうか。小刀を抜くと同時に、武弘の口の中には「もう一度血潮が溢れて来」て、彼は「それぎり永久に、中有の闇へ沈んでしまつた」ことから推測すれば、おそらく武弘に死んでほしいという強い殺意と動機を有していた真砂が、武弘にとどめを刺すためだったと考えられる。そしてこのことは、真砂が清水寺に懺悔に行ったこととも、密接な関係があるだろう。

五　清水寺

清水寺史編纂委員会編『清水寺史』第一巻（音羽山清水寺、一九九五年）によれば、平安時代後期に入ると、それまでの来世への救いを求めた観音信仰に変化が生じ、現世と来世の両方にまたがり利益をもたらす菩薩として、観音信仰は庶民の間にも広く浸透していくことになったという。そんな中、清水寺は、とりわけ坂上田村麻呂の妻・高子の安産を祈った創建の縁起から女人の参詣が盛んで、徐々に貧しい庶民の女性の間にも、現世利益的な観音として広く信仰されるようになっていったことが、『今昔物語集』によって想像されるとし、そこに掲載されている多くの観音利益譚の中でも、清水観音に関するものの大部分は、貧しい女性が観音の助けによって救われるという、現世利益譚であることが指摘されている。芥川が『今昔物語集』に材を得た小説を多く書き、「藪の中」もその一つであることはよく知られている。その芥川が『今昔物語集』において、清水寺が特に女性が観音の助けによって救われるという現世利益的な観音霊場として信仰されていたことを認識していた可能性は高い。

その証拠に、真砂の「懺悔」の内容はこれと齟齬《そご》がない。

そもそも真砂は何を求めて、清水寺に懺悔に来たのだろうか。懺悔とは仏教用語で、「過去に犯した罪を神仏や人々の前で告白して許しを請うこと」（『広辞苑』第五版）なのだから、真砂には「大慈大悲の観世音菩薩」にゆるしてもらわなければならないような罪があるということである。その罪とは言うまでもなく、夫・武弘の殺害以外にない。そうでなければ、事件後に母親のもとへも帰らず、真っ先に清水寺に懺悔に来た理由は説明がつかないだろう。しかしそれならなぜ、彼女は自らの罪を自首するために検非違使庁に出頭するのではなく、懺悔をしに清水寺に赴くことを選んだのだろうか。犯した罪は殺人なのだから、検非違使庁に出頭すれば重い刑罰が科されることは間違いないが、清水寺の場合はどうだろう。清水観音は『今昔物語集』にその早い例があるように、信仰する者の生命を救済する利益があることでも知られ、また清水寺の本尊は十一面観音と千手観音が合体した十一面千手観音だが、十一面観音の功徳は、一般的には現世においては除病、滅罪、福を求める祈念仏とされる（ちなみに芥川が参照したとされる『校註国文叢書　今昔物語』〔博文館、一九一五年〕「本朝の部」巻第六第九話の「清水に詣で」の註に「京都東山清水寺の十一面観音也」とある）。「滅罪」とは懺悔などによって、罪悪を消滅させることだから、おそらく三人の当事者の中で唯一この先生き延びる可能性のある真砂があえて清水寺を選んで懺悔に来たのは、女性を救済してくれることで名高い観音の慈悲にすがって許しを請い、自分の罪を消して生命を長らえたいという目的のためだと考えられる。

このような場の違いによって、真砂の「懺悔」は、多襄丸の「白状」とは、根本的に陳述の性質が異なる。これこそ「藪の中」の空間設定がもつ、真相に迫るためのもう一つの重要な意味なのだ。多襄丸の「白状」は、裁判という裁きの場でなされたものであり、他の四人の証言との整合性はもとより、あらゆる矛盾を許さない検非違使の前での陳述である。一方、真砂の「懺悔」は、清水寺という観音の慈悲にすがるゆるしの場・救いの場でなされたものであり、真砂にとって大事なのは観音にゆるしてもらいたい大きな罪（＝武弘の殺害）の懺悔なのであって、それ以外の出来事の細部についてはさほど問題ではない。ただ、真砂が最後に武弘の胸から小刀を抜くことで武弘にとどめを刺したのが真実なのだとしたら、真砂はなぜその前の武弘の自殺行為については語らないのだろうか。

真砂は「懺悔」の最後で、心中するつもりで武弘を殺した後、どうしても死にきれなかったことを自嘲気味に語り、「わたしのやうに腑甲斐ないものは、大慈大悲の観世音菩薩も、お見放しなすつたものかも知れません。しかし夫を殺したわたしは、盗人の手ごめに遇つたわたしは、一体どうすれば好いのでせう？」と涙ながらに観音の慈悲にすがっている。この言葉からもわかるように、観音に罪をゆるしてもらうことが目的のこの懺悔は、自分が夫を殺した加害者であることと盗人の手ごめに遭った被害者であることとがセットで語られており、いわば〈罪を犯した「わたし」だけれども、盗人に犯されたかわいそうな「わたし」にどうか観音の慈悲を……〉とすがるところで締めくくられているのである。このことは「懺悔」のはじめで、手ごめにされた真砂が夫の無念を思い、思わず武弘のそばへ走り寄ろうとして（実際に走り寄ったわけではない）、多襄丸に蹴倒されたという、「蹴倒された」理由が他の二人の陳述とは一致しない、夫思いの妻をアピールする場面が語られていることとも呼応する。しかしながら、夫の自殺行為について話すとなると、なぜそれを止めなかったのかも当然話さなければならない。そしてそれを語るには、真砂がいったんその場を離れていたことを話さないとうまく説明がつかないのだ。真砂が途中で現場から逃げたことは、「死霊の物語」と多襄丸の「白状」で一致していることから、真実と考えていいわけだが、真砂にとってはこれは不都合な真実である。なぜなら、真砂が逃げたのは、自分を手ごめにした多襄丸に夫の殺害を依頼して、蹴倒されたことによるのだから。そうなると、盗人の手ごめに遭ったかわいそうなわたしではなくなってしまうのだ。それくらいなら、一緒に死ぬつもりだったが死にきれなかったというほうが、まだ格好がつく。

このように書くと、なんだか真砂はずいぶん悪い女のようだが、しかしテクストをよく読めば、決してそれほど真砂だけが悪いように書かれているわけではない。真砂の「懺悔」にもまた、他の二人の陳述と同じように、彼女にとって忘れられない決定的瞬間の記憶が語られていることに注目しよう。

それは、手ごめにされた真砂が武弘のそばへ走り寄ろうとして、多襄丸に蹴倒された場面である。「丁度その途端」、つまり多襄丸に蹴倒された次の瞬間、真砂は夫の眼の中に「何とも云ひやうのない輝きが、宿つてゐる」のに気がつき、夫が「その刹那の眼の中に、一切の心を伝へた」と感じる。それは思い出すと「今でも身震ひが出ずにはゐられ」ないほどで、「其処に閃いてゐたのは、〔中略〕唯わたしを蔑んだ、冷たい光だつたではありませんか?」と彼女は語るのだ。真砂はその眼の色にショックを受けて気を失うが、その後しばらくして意識を取り戻しても、夫の眼の色に変化がないのを見て、「恥しさ、悲しさ、腹立たしさ」の入り交じった感情に捉えられており、これが真砂にとって最悪の、忘れられない決定的瞬間の記憶として語られているのは明らかである。ただし、その武弘の眼の色に「蔑んだ、冷たい光」を見ているのは、文末に疑問符が打たれていることからもわかるように（武弘の泣き声と同じく）、あくまでも真砂の認識であることに注意したい。

ところで、武弘の「死霊の物語」にもこれとよく似た場面がある。それは、真砂を手ごめにした後、多襄丸が真砂を慰め出し、ついには自分の妻にならないかと口説いていく場面である。武弘はその間に、「この男の云ふ事を真に受けるな、何を云つても嘘と思へ」といった意味を伝えるべく、「何度も妻へ目くばせ」をするが、真砂の様子を見て、「どうも盗人の言葉に、聞き入つてゐるやうに見えるではないか?―」と思い、「妬しさに身悶え」をしている。ここでの疑問符もまた、真砂が「盗人の言葉に、聞き入つてゐるやうに見える」のが、あくまでも武弘の認識であることを示しているのである。

こうして並べてみると、この二つの場面が瓜二つの、相似形をなしていることに気づくだろう。どちらも真砂が多襄丸に手ごめにされた直後の場面で、武弘が自分の気持ちを伝えるような強い視線を妻に送っている点が共通しており、武弘が目くばせにこめて妻に送った意味と、真砂がその眼の色から受け取った意味とがすれ違っているだけで、出来事そのものは真砂と武弘の証言で一致しているのである。そのすれ違いにしても、身動きも口を利くこともできない状態で、目の前で妻が手ごめにされた挙句、その男に口説かれ、その言葉に聞き入っているように見えたために、〈おいおい、なに聞き入ってんだよ〉と嫉妬に「身悶え」しながら妻に送った夫の目くばせが、夫の眼前で手ごめにされた直後の妻の心理状態には、自分を蔑んだ冷たい光を湛えた視線と映り、「身震ひ」を禁じ得なかったとしても矛盾はない。さらにもう一つ、この視線をめぐって、これまでほとんど見落とされてきた重大な一致がある。それは、夫婦どちらの陳述においても、この武弘から真砂への視線の後に、真砂が武弘への殺意を言明しているということである。しかも、自分の恥を見た武弘をこのまま生かしておけないという理由で。このことは、理由はどうあれ、真砂にとって、手ごめにされた直後に、夫に蔑むような冷たい眼で見られたショックがいかに大きく、忘れがたい記憶であったかを示している。そしてこれは、武弘や多襄丸の視点からは見えない、真砂の殺意の隠れた動機である。

ただし、真砂は武弘の目くばせの前の、不都合な真実は語っていない。今見たように、武弘が真砂に目くばせを送ったのは、手ごめにされた真砂が、その後で多襄丸に口説かれるのを見て、妻にメッセージを伝えるためであり、そうでなければ夫にそんな眼で見られる理由はない。しかもその後、真砂は多襄丸の妻になることを承諾し、さらには夫の殺害まで依頼しているのだから、これは手ごめにされたかわいそうな被害者として、観音への懺悔で語るには、不都合すぎる真実である。あたかもこの不都合な真実を語らずにすむように、真砂の「懺悔」には二度も真砂が気を失う場面があるのだが、おそらくその二度の気絶は、（真砂にとっては不都合な）多襄丸と武弘それぞれにとっての決定的瞬間の記憶と対応しているのだ。

この二度の失神に象徴されるように、真砂の清水観音への「懺悔」は、不都合な真実を語らずにすますところに特徴がある。この特徴は、これまで誰も気づかなかった、「懺悔」における武弘の殺害シーンに秘められた一つの事実を浮かび上がらせてもくれる。「懺悔」によれば、小刀を振り上げ、「ではお命を頂かせて下さい」という真砂の言葉を聞いた武弘は、笹の落葉が詰まっている口を動かすが、真砂はその唇の動きを見て、夫が彼女を「蔑んだ儘、「殺せ」と一言云つた」と覚り、「殆ど、夢うつつの内に」武弘を刺し、そのまま失神したことになっている。つまり、武弘の「殺せ」という言葉が引き金となって、真砂は刺したというわけだ。大岡昇平が「これは人の生命にかかわること」だから、まず口の中の笹の落葉を取ってやり、「はっきりした当人の意志を聞くべき」[★5]だと書いているように、この場面は真砂の陳述の信憑性を疑わせる不自然な記述としてしばしば問題とされてもいる。確かにこれとよく似た場面は、他の二人の陳述には一見見当たらないので、嘘であるとみなすこともできそうだが、実はここには落とし穴がある。真砂の「懺悔」だけを読めば、この武弘の「殺せ」は真砂が自分を殺すことへの同意を示すと誰しも思うところだが、しかしそのような先入観を捨てて、よくよく注意して読むと、武弘が笹の落葉が詰まっている口で、「殺せ」と言ったと解釈可能な場面が、「死霊の物語」に一つだけ見つかるのだ。

〔前略〕盗人は静かに両腕を組むと、おれの姿へ眼をやつた。「あの女はどうするつもりだ？ 殺すか、それとも助けてやるか？ 返事は唯頷けば好い。殺すか？」――おれはこの言葉だけでも、盗人の罪は赦してやりたい。（再、長き沈黙）
妻はおれがためらふ内に、何か一声叫ぶが早いか、忽ち藪の奥へ走り出した。〔後略〕
（「巫女の口を借りたる死霊の物語」）

これは「死霊の物語」において、夫の殺害を依頼した真砂を多襄丸が蹴倒したのに続く場面である。ここで武弘が、「殺すか？」と二度も多襄丸に問われていることに注意してほしい。この場面は、「あの人を殺して下さい」という、武弘にとって忘れられない決定的な言葉が、真砂の口から発せられた直後にあたり、武弘は真砂に対して憎悪と呪わしさが頂点に達している心理状態にある。その証拠に真砂を「殺すか？」と問う多襄丸の言葉を聞いて、「盗人の罪は赦してやりたい」と思ったくらいなのだから。そのような心理状態で返事をためらう（ということは、どっちに転ぶかわからない）武弘の口が、「殺すか？」という繰返される問いに思わず「殺せ」と動いたとしても、あるいは真砂の視点からそう見えたとしても不思議はない。事実、真砂は返事にためらう武弘を見て、「何か一声叫ぶが早いか、忽ち藪の奥へ走り出した」のだから。しかもそう考えると、なんと、真砂を「蔑んだ儘、「殺せ」と一言云つた」という、「懺悔」における武弘の言葉と情況的にぴたりと符合するではないか！　武弘の「殺せ」がもともとは自分を殺すことへの同意ではなく、真砂を殺すことへの同意を示す殺意の言明だったのだとしたら、「懺悔」で語られる殺害場面の意味はずいぶん変わってくる。不都合な真実は語らずにすますという先の特徴に照らせば、嘘を語っているというよりは、むしろ武弘の「殺せ」の前の不都合な真実を語っていないだけであって、夫の蔑んだ冷たい視線→夫への殺意の言明→夫の自分への殺意の言明→夫の殺害という、真砂にとっての主要な出来事の流れは（多少のデフォルメはあるものの）しっかり語られていることになる（すなわち、真砂の「懺悔」は、語られる出来事の一つ一つは嘘ではないものの、自分にとって都合のいい出来事だけを切り貼りすることで構成されているのだ。一見あっと驚く切り貼りだが、この種の表現は論文の捏造や公文書・データ改竄、メディア報道、ＳＮＳをはじめとするネット情報など、今なお蔓延しており、私たちは決してそこから自由ではない）。ここではじめて最後の場面で、このまま放置してもやがて死んでいく武弘に、あえてとどめを刺しに行った真砂の行為がすとんと腑に落ちる。真砂が察した武弘の殺意、これもまた武弘や多襄丸の視点からは決して見えない、真砂の隠れた殺人の動機なのである。

以上見てきたように、「藪の中」という小説は、同じ一つの事件をめぐって、位相の異なる当事者三人の陳述を重ねることで作品世界を構築している。しかもその食い違う三つの陳述間の、互いの陳述を知り得ない空間設定や語られる場の性質の違いによって、すべての陳述の言葉を活かしながら論理的に事件の真相に接近していくことが可能な構造となっているのである。しかし、どうだろう。その構造から論理的に読み解いた結論だけを見れば（誰が殺したのかとか、誰が嘘をついているのかというレベルでは）、拍子抜けするくらい実に平凡な真相に行き着いたと思うかもしれない。その意味で推理小説として考えれば、（大岡昇平やいとうせいこうが言うように）つまらない小説である。しかし前にも書いたように、「藪の中」は決して単なる推理小説ではないのだから、謎解きが目的化してしまうと、小説を読むという行為の豊かさが、謎が解けて終わりの謎解きゲームを消費することへと矮小化されてしまうだろう。「藪の中」の魅力は、謎解きそのものにあるのではなく、各陳述の位相の差異から真相へと接近していく過程で、論理の糸を手繰っていくことがそのままテクストの言葉の連なりを体感することにつながり、また各人にとっての決定的瞬間の記憶のずれによって、他の二人の視点からは見えない心の真実が見出され、さらには三つの陳述が、他の証言に合わせて自由に操作できる語り、都合のいい出来事だけを切り貼りした語り、嘘はなくとも意識と感覚に混乱のある語り、と繊細に語り分けられていることを発見するといった、書くこととの出会いの瞬間に覚えるスリリングな感動にある。そう、これはまぎれもない純文学小説なのだ。

しかしそれにしても芥川は、なぜこれほどまでに複雑な、凝りに凝った構造の小説を書いたのだろうか。芥川の書簡やエッセイなどによって、「藪の中」はロバート・ブラウニングの長詩『指輪と本

（*The Ring and the Book*)』（一八六八―六九年）における劇的独白の手法、とりわけラフカディオ・ハーンが一八九六年から一九〇二年にかけて東京帝国大学で行った講義録『詩の鑑賞（*Appreciations of Poetry*)』（一九一六年）中の『指輪と本』の解説の影響を受けて書かれたことが知られている（Column 1 参照）。『指輪と本』は、十七世紀末イタリアの一殺人事件の裁判記録を素材に、事件の当事者、法律関係者、教皇、市民の代表、など九人ないしは十人の、互いに解釈の食い違う証言から構成されており、最終的には犯人は死刑に処せられる。ハーンはその講義録の中で、『指輪と本』に含まれる高度な哲学的教訓として、当時の東京の殺人事件と重ねつつ、世論もメディアも、裁判での法律家も判事も、完全には真実を知り得ず、「大部分の事件の場合には、すべての結着がついてもなお、犯罪者と犠牲者双方の本当の秘密は永久に明かされないまま」であり、人間の判断は不完全なものであるために「たとえ事実の真実性には疑いの余地がなくても、動機や感情の究極の真実ほど知りがたいものはないということが証明される」★6と書いている。この指摘は、「藪の中」の設定を考えるうえで、重要な示唆を与えてくれる。確かに、検非違使による裁判の証拠レベルでは、他の証人たちの証言と一致する物証と自白が揃っているのだから、この事件が多襄丸の犯行として判決が下されるのはほぼ確実であり、清水寺での懺悔や巫女の口を介した死霊の言葉といった、裁判の外での、性質の異なる陳述が裁判の客観的な証拠として採用されることも、判決の行方に影響を及ぼすこともないだろう。

　したがって、「藪の中」で問われているのは、あえて位相の異なる三つの陳述を重ね合わせることによって、裁判の証拠や判決によってはすくいきれない、一つ一つの出来事に伴うそれぞれの人物の「動機や感情」などの心の真実に小説としてどこまで迫れるかという問題なのだ。「藪の中」の三人の陳述は、それぞれ互いに交わることのないモノローグであるために、二十世紀以後の前衛小説のように互いの言葉が作用し合ったり、言葉の解体が生じたりといった動的な運動のない閉じた言語空間ではあるのだが、そのテクストは、いかにも芥川らしい精緻な、あまりにも精緻な方法によってすべての言葉が、三者三様の心の真実に分け入るべく繊細に、きめ細かく編みこまれて書かれた、記念碑的な織物なのである。

【注】

★1 「芥川龍之介を弁護する——事実と小説の間」、『中央公論』一九七〇年一二月臨時増刊号。

★2 「文芸漫談　シーズン3-⑨　芥川龍之介「藪の中」を読む」、『すばる』二〇一一年三月号。

★3 「藪の中から」、『すばる』創刊号、一九七〇年六月。

★4 本章とは異なるアプローチながら、論理学的方法によって本書と近い認識を示している論に、伊藤氏貴「蠢く藪」(『芸文攷』二〇〇二年一月、『告白の文学——森鷗外から三島由紀夫まで』鳥影社、二〇〇二年、所収)がある。伊藤は各証言の合致と背反による「多数決の論理」によって、真相への接近を試みており、結果的に本書と重なる点もいくつかある。ただし、その「多数決の論理」は無前提に持ち込まれているために機械的に過ぎるきらいがあり、それと空間設定との関係がうまく捉えられておらず、三人の陳述が「場において重なることがない」ことを指摘しながらも、それを本書とは逆に「決定的な齟齬の理由」だと考えている。このほか、主として当事者三人の陳述のうちの二者の一致点から真相に迫ることを試みた早い論に、吉田凞生「芥川龍之介「藪の中」」(『国文学　解釈と鑑賞』一九七八年四月号)、安東璋二「「藪の中」の真実」(『語学文学』一九八六年三月)などがあり、いくつかの鋭い指摘がなされているが、しかしその考察は「ほぼ三分の二の信頼度」(吉田)、「三人の陳述の信憑性を順を追って消去法的に検討」(安東)といった消極的な論拠に基づいており、本章で解明したテクストの論理的核心には至っていない。

★5 ★1参照。

★6 『ラフカディオ・ハーン著作集　第八巻　詩の鑑賞』(篠田一士・加藤光也訳、恒文社、一九八三年)。

第二章　「秋」——崩壊する物語と物語の完成

野田康文

序

　芥川龍之介の作品「秋」[★1]（一九二〇年）は、その前年に自らの芸術家としての方法的行きづまりを自覚していた芥川が[★2]、この作品が発表された直後の複数の書簡に一つの「難関」を乗り越えたという安堵と自負を書き残していること[★3]、また作品発表の約一年後には、「私の好きな私の作」として「「秋」が好きです。」と答えていることなど[★4]から、その創作方法について数多くの研究がなされてきた。リアリズム、心理小説、象徴性、女性の視点、漱石の作品との関係等々、様々な角度からその評価が試みられている。

　女子大学にいた時から才媛の名声を担っていた「秋」のヒロイン信子は、早晩作家として文壇に打って出ることや、当時まだ大学の文科に籍を置き、やはり将来は作家志望らしい従兄の俊吉と結婚することなどを、彼女の同窓たちによって噂されていた。ところが、学校を卒業した信子は、同窓たちの予期に反して、大阪の商事会社への勤務が決まった高商出身の青年と突然結婚し、式後夫とともに大阪へ行ってしまう。一方、信子の妹で、俊吉に想いを寄せていた照子は、姉が自分のために身を退いて、心にもない結婚をしたと信じ込み、大阪へ発つ間際の信子に、そっとお詫びの手紙を渡す。そして、照子は大学を卒業した俊吉とその年の暮れに式を挙げる。時は流れ、翌年の秋、夫とともに上京した信子は、一人で俊吉と照子の新居を訪れ、夫婦となった二人に再会する。……

従来の「秋」研究において、最も重要視されてきたのは、「秋」を「ボヴァリスムを扱った小さな珍らしい作品」とする三島由紀夫の指摘を、[★5]大きく発展させた三好行雄による研究である。[★6]三好はその中で、「信子は愛人を妹に譲り、文学の才能を犠牲にして平凡な男と結婚する――そこにドラマの発端があるように見えて、実は仔細に読めば、作者はそれを確たる事実としてはいちども断言していない」こと、「「秋」の世界は信子の自己犠牲からはじまるのではなく、彼女の虚構のbovarysmeからはじまる」ことなどを鮮やかに指摘している。

しかし、「確たる事実」として語られていないのは確かであるにしても、三好の言うように、信子と俊吉との関係は同窓たちの噂以上には何も描かれていないと本当に言い得るのだろうか。また、第三者の物語によって自己像の幻影を膨らませるというボヴァリズムが、信子の結婚に大きく関わっているとはいえ、「照子の感傷だけが確証できる〈仮構の生〉を信子は生きて」おり、その〈仮構の生〉が崩壊した後には、その「崩れさった哀傷感」と「崩解した〈仮構の生〉の残骸」のほかには何も残らないというように、この作品世界を第三者から付与された〈仮構の生〉のみによって割り切ることができるのだろうか。本稿は、このような素朴な疑問に端を発するものである。

本章の目的は、「秋」の創作方法をテクストの表現のレベルにこだわって探究することにある。まず、同窓たちの噂や照子の手紙といった、ヒロイン信子が生きている、複数の物語の生成と崩壊の過程を、それぞれの位相の差異に注意しつつ細かく考察し、次にその結果を踏まえて、それらの物語の崩壊後、信子が俊吉とすれ違う最後の場面の意味を明らかにする。そして、これらの考察を通して、「秋」には、それら第三者によって言語化された物語に還元されない、信子自身の物語が作品全体の底を流れていることを、創作方法の問題として証明しようと思う。

一　同窓たちの噂と信子の夫

まず、信子の結婚の分析からはじめよう。

第三者による、信子をめぐる物語の中で、最初に読者に提示されるのは、彼女の同窓たちの噂である。テクストから抽出されるところでは、、女子大学の同窓たちにとって信子は、早晩作家となることを確実視されていた「才媛」で、「中には彼女が在学中、既に三百何枚かの自叙伝体小説を書き上げたなどと吹聴して歩くものもあつた」ほどである。また、信子は「当世流行のトルストイズム」にも傾倒しているようであり、いわば文学の流行に敏感な才女として、周囲から羨まれ、仰ぎ見られる対象であったことが窺える。ただその一方で、信子には「まだ女学校も出てゐない妹の照子と彼女とを抱へて、後家を立て通して来た母の手前も、さうは我儘を云はれない、複雑な事情もないではな」く、彼女が学校を卒業後、「創作を始める前に、まづ世間の習慣通り、縁談からきめてかかるべく余儀なくされた」[★7]（以上「一」）ことも、同窓たちには伝わっていたらしい。

俊吉についてはどうだろう。「彼は当時まだ大学の文科に籍を置」く、信子の従兄である。彼も

「やはり将来は作家仲間に身を投ずる意志があるらし」い。信子は彼と「昔から親しく往来してゐ」て、「それが互に文学と云ふ共通の話題が出来てからは、愈《いよく》親しみが増したやうであ」る。二人は、信子の在学中も「一しよに展覧会や音楽会へ行く事が稀ではなかつた」（以上「一」）ということである。これらが、「俊吉を知らないもの」もいた同窓たちの、彼について共有する情報であったと考えられる。

信子と従兄との間がらは、勿論誰の眼に見ても、来るべき彼等の結婚を予想させるのに十分であつた。同窓たちは彼女の未来をてんでに羨んだり妬んだりした。殊に俊吉を知らないものは、（滑稽と云ふより外はないが、）一層これが甚しかつた。信子も亦一方では彼等の推測を打ち消しながら、他方ではその確な事をそれとなく故意に仄かせたりした。従つて同窓たちの頭の中には、彼等が学校を出るまでの間に、何時か彼女と俊吉との姿が、恰も新婦新郎の写真の如く、一しよにはつきり焼きつけられてゐた。

所が学校を卒業すると、信子は彼等の予期に反して、大阪の或商事会社へ近頃勤務する事になつた、高商出身の青年と、突然結婚してしまつた。さうして式後二三日してから、新夫と一しよに勤め先きの大阪へ向けて立つてしまつた。（中略）

同窓たちは皆不思議がつた。その不思議がる心の中には、妙に嬉しい感情と、前とは全然違つた意味で妬ましい感情とが交つてゐた。或者は彼女を信頼して、すべてを母親の意志に帰した。又或ものは彼女を疑つて、心がはりがしたとも云ひふらした。が、それらの解釈が結局想像に過ぎない事は、彼等自身さへ知らない訳ではなかつた。彼女はなぜ俊吉と結婚しなかつたか？　彼等はその後暫くの間、よるとさはると重大らしく、必この疑問を話題にした。さうして彼是二月ばかり経つと――全く信子を忘れてしまつた。勿論彼女が書く筈だつた長篇小説の噂なぞも。

（「一」）

何とも思わせぶりな表現に富む語りである。読者はここで否応なく立ち止まらされる。そして、この引用部における暗示的な表現の意味を解読しないかぎり、信子の結婚の理由は十分には見えてこない。

三好行雄の研究以来、信子の結婚の理由について、妹照子の手紙にあるような〈恋ゆずり〉を否定し、信子の犠牲的結婚は演技としての〈仮構の生〉に過ぎないとする理解はほぼ定説化している。ところが一方、当の結婚相手である信子の夫との関係にまで視野を広げて彼女の結婚を考察する論は、意外に少ない。それどころか彼を、「平凡」「凡庸」「世間並み」「俗物」といった言葉で簡単に片付けてしまう論者も少なくないようである。そしてそこには、信子にとって彼が俊吉よりも劣る結婚相手、あるいは信子の望んでもいない相手ということが自明の前提になっているように思われる。

しかし、表現に即して右に引用したテクストを読めば、少なくとも同窓たちの噂の中には、信子の夫（となる青年）に対してそのような認識は存在していない。俊吉との結婚を予想し、信子の「未来」を「てんでに羨んだり妬んだりし」ていた同窓たちは、信子が別の男と結婚したことを知って不思議に思いながらも、その心の中には「妙に嬉しい感情と、前とは全然違つた意味で妬ましい感情とが交つてゐた」というのである。「或ものは彼女を疑つて、心がはりがしたとも云ひふらし」てもいる。これらの表現から浮びあがってくるのは、同窓たちには結婚相手としてその青年が、俊吉の場合とは「全然違つた意味」ではあるが、やはり「妬ましい感情」を起こさせるような、また信子の「心がはり」も考えられるほどの価値をもつ、俊吉と同等あるいはそれ以上の対象に映っているということである。そしてテクストを読むかぎり、信子の夫について同窓たちに与えられている情報は、「大阪の或商事会社へ近頃勤務する事になつた、高商出身の青年」ということだけである。つまりここでの同窓たちの噂では、この情報と、彼女達が共有している俊吉についての情報＝〈帝大文科に在籍する作家志望の文学青年〉とが暗に天秤にかけられているのだ。

高田正夫[★8]、濱川勝彦[★9]、蒲生芳郎[★10]等は信子の夫についてのこの情報に注目し、彼がエリートであることを指摘している。例えば濱川は、「前後のコンテクストから考えれば、この青年の卒業した高商―高等商業学校は、関西のものではなく、東京高等商業学校と考えられ、〔中略〕現在の一橋大学の前身である。明治以来、日本の経済界を支え導いた多くの人材を輩出した高商出身者たることは、現代風に言えば、エリート・サラリーマンであり、当時の経済の中心地、大阪の商事会社に勤務することは、彼及び夫人たる信子の、経済的な安定、裕福さを保証するものであった。〔中略〕信子は、明らかに、生活の安定を選びとったのである。「将来は作家仲間に身を投ずる意志があるらし」い従兄・俊吉の、不安定な未来よりも、確実に保証された豊かな生活を選んだ」と述べ、結婚後しばらくの、信子の新婚生活の幸福についても、経済的問題から説明している。実際信子には「母の手前も、さうは我儘を云はれない、複雑な事情もないではなかつた」わけであり、同窓たちの中にも信子の結婚の理由について、「すべてを母親の意志に帰した」者もあったのであるから、信子の結婚に対する同窓たちの「妬ましい感情」の原因の一つが経済的な問題にあったことはほぼ確実である。[★11]
ただ、当時東京高等商業学校が置かれていた状況を考えれば、信子の夫は結婚相手としてさらに積極的な意味を有していたと思われる。

〔前略〕そうした状況で勃発した第一次世界大戦は、欧米からのアジア方面における輸出途絶をもたらし、海外市場では、列強の間隙をついて中国をはじめとしたアジア市場、さらには欧州市場への輸出業務を拡大させた。また、国内的には生産手段の自給のための重化学工業化をもたらしたのである。〔中略〕空前の大戦景気がもたらされたのである。
この大戦中の景気拡大とくに海外貿易の拡大は、一九一八（大正七）年にいたって前代未聞の東京高商卒業生の争奪戦が展開されるほどまでにエスカレートした。〔中略〕三井、三菱、住友などの財閥系企業や日本郵船、山下汽船などの海運企業が、輸出事業あるいは商社業務で多くの人材を本学から採用したのである。
（『一橋大学百二十年史』[★12]傍線、引用者）

すなわち、「空前の大戦景気」を背景に、一九一八年には「前代未聞の東京高商卒業生の争奪戦が展開され」たのであり、おそらく「秋」が発表された一九二〇年四月当時の読者にとって、「大阪の或商事会社へ近頃勤務する事になつた、高商出身の青年」という条件は、単に経済的な安定をもたらす以上のプラス・イメージを喚起したと思われる。[★13] ただ、ここで重要なのは、小説という虚構テクストの時間を、現実の世界のそれとすり合わせて、厳密に確定することにあるのではなく、読者に抱かせるイメージの問題である。そういう意味で、同窓たちの「妬ましい感情」には、このような同時代の共通了解の文脈が含意されていたと考えられる。

そして、「当世流行のトルストイズム」に敬意を払い、新婚当初、夕飯後に夫と一緒に過ごす時間に、「基督教の匂のする女子大学趣味の人生観」を交えながら、「近頃世間に騒がれてゐる小説や戯曲の話」（以上「二」）をしてみせる信子は、同窓たちの噂が焦点化されているような表層的な情報に動かされやすい、「万事真面目」な人物として形象化されているのである。実際始まったばかりの信子の新婚生活を見てみると、例えば大阪の郊外にある信子夫婦の家は、「その界隈でも最も閑静な松林にあ」る「二階建の新しい借家」（「二」）であるが、これは、西山康一が指摘しているように、大正期に理想化されていった郊外生活の典型として、[★14] そういう信子を満足させるような「幸福なるべき新家庭」なのである。

信子は決して〈平凡な男〉などと思ってその夫と結婚したのではない。彼は、流行に敏感で同窓たちの羨望と嫉妬の的であった彼女にとって、外聞、外見、経済力などにおいて、その自尊心と優越感を満足させるに申し分のない結婚相手であったと言える。それは、照子の手紙の提示を挿んだ後に描かれる、結婚後の信子の様子にもよくあらわれている。信子の夫は、「何処か女性的な、口数を利かない人物」である。彼の休暇の日に夫婦で「大阪やその近郊の遊覧地へ気散じな一日を暮しに行」く時など、「汽車電車へ乗る度に、何処でも飲食する事を憚らない関西人が皆卑しく見えた」信子は、

「それだけおとなしい夫の態度が、格段に上品なのを嬉しく感じ」る。「実際身綺麗な夫の姿は、さう云ふ人中に交つてゐると、帽子からも、背広からも、或は又赤皮の編上げからも、化粧石鹼の匂に似た、一種清新な雰囲気を放散させてゐるやうであ」る。また彼女は、「同じ茶屋に来合せた夫の同僚たちに比べて見て、一層誇りがましいやうな心もち」（以上「二」）になったりもしているのである。そして、「結婚後彼是三月ばかりは、あらゆる新婚の夫婦の如く、彼等も亦幸福な日を送つた」（「二」）のだ。

夫に対する信子のこうした関心のあり方は、彼女の夫が常に「夫」とだけ表記され、名前を与えられていないことと無関係ではないだろう。つまり、信子の視野と意識に寄り添いつつ言葉を配置していくこのテクストの語り手は、この「夫」という一貫した表記により、信子の彼への関心が、他の誰でもない彼固有の人間性や魅力などにあるのではなく、もっと表層的で交換可能な属性に向けられていることを読者に指し示していると考えられるのである。

二　同窓たちの噂と俊吉

では、同窓たちの価値基準に照らした時、以上見てきた信子の夫と比較して、俊吉はどうなのだろう。俊吉を〈帝大文科に在籍する作家志望の文学青年〉としか見ていないらしい同窓たちの方は、彼と信子との結婚を予想し、その「未来」を「てんでに羨んだり妬んだりし」ている。しかも、「俊吉を知らないもの」の方が「一層これが甚しかつた」というのである。したがってここで問題となるのは、信子自身が考える俊吉との「未来」像が、俊吉のことを実際にはほとんど知らない同窓たちが思い描いているそれと比べてどうなのかということである。

ところが、俊吉が実際登場するのは、信子が結婚して二度目の秋に、東京に住む妹夫婦の新居を訪れて、久しぶりに彼と再会する場面まで待たなければならない。

が、彼女が案内を求めた時、声に応じて出て来たのは、意外にも従兄の方であつた。俊吉は以前と同じやうに、この珍客の顔を見ると、「やあ」と快活な声を上げた。彼女は彼が何時の間にか、いが栗頭でなくなつたのを見た。「暫らく」「さあ、御上り。生憎僕一人だが。」「照子は？　留守？」「使に行つた。女中も。」――信子は妙に恥しさを感じながら、派手な裏のついた上衣をそつと玄関の隅に脱いだ。

（「三」）

これは、信子の結婚後はじめての俊吉との再会である。ここで信子はまず「彼が何時の間にか、いが栗頭でなくなつた」ことに気づいている。ということはつまり、彼女の結婚以前の、当時まだ学生であった彼が「いが栗頭」であったということである。ところで、この場面の草稿に次のような断片が残っているが、これを見ると、草稿段階では、この「いが栗頭」や、これに続く信子の「派手な裏のついた上衣」についての描写はなく、これらの描写が後になってかなり意味をもたせて書き加えられた表現であることが推測される。

が、彼女が格子戸を開けた時、案内に応じて出て来たのは、意外にも従兄の方であつた。彼は一年前と同じやうに、この珍客の顔を見ると、快活に「やあ」と挨拶した。「照子は留守？」――信子は上衣を脱ぎながら、上りしなにかう尋ねた。「買物に行つた、今し方。」

（「草稿」「（秋）①Ⅲ－a[★15]」）

まだ学生であつた俊吉の「いが栗頭」は、すでに大阪の商事会社に勤務が決まり、「帽子からも、背広からも、或は又赤皮の編上げからも、化粧石鹸の匂に似た、一種清新な雰囲気を放散させてゐるやう」な夫の姿と比較して、信子にはどのように映っていただろうか。また、「隣近所には、いづれも借家らしい新築が、せせこましく軒を並べてゐた。のき打ちの門、要もちの垣、それから竿に干した洗濯物、――すべてがどの家も変りはなかつた」という俊吉夫婦の「平凡な住居の容子《ようす》」が、「多少信子を失望させ」ることや、「若い細君の存在を語つてゐるものは、唯床の間の壁に立てかけた、新しい一面の琴だけであつた」（以上「三」）といった家の中の様子が信子の注意を引くことなどから判断すると、妹夫婦が比較的地味な生活を営んでいることが窺える。濱川勝彦が指摘するように、同じ郊外生活でも、信子夫婦の「幸福なるべき新家庭」とは対照的である。そして、そうした「平凡な住居の容子」にそぐわない信子の「派手な裏のついた上衣」は、二つの夫婦の生活の異質性、あるいは対照性をくっきりと浮び上がらせている。

俊吉と「昔から親しく往来し」ていた信子には、彼と結婚した場合、この妹夫婦のような「未来」

が待っていることはおおよそ見当がついていただろう。おそらくそれは、同窓たちが「羨んだり妬んだりし」ていた信子と俊吉の「未来」像とは大きく異なるものである。こう考えると、同窓たちの噂に対する信子の反応の意味も見えてくるのではないだろうか。すなわち、信子が俊吉との結婚の噂について、「一方では彼等の推測を打ち消」すのは、実物の俊吉には、同窓たちの噂が焦点化されている価値基準にそぐわない点があることを知っているからであり、また、「他方ではその確な事をそれとなく故意に仄かせたり」するのは、俊吉を「大学の文科」に在籍する、「将来は作家仲間に身を投ずる意志があるらし」い文学青年という情報のみから、「才媛」信子にふさわしい結婚相手として「羨んだり妬んだりし」てくれるかぎりにおいては肯定しているのだと考えられるのだ。だからこそ語り手は、「俊吉を知らないもの」の方がその羨望や嫉妬が一層甚しいことに対して、わざわざ括弧つきで「（滑稽と云ふより外はないが、）」と揶揄しているのである。同窓たちの関心は、愛情の有無の問題などに向けられてはいない。

　このように、同窓たちの噂についての思わせぶりな語りは、彼女達の羨望と嫉妬の的であった信子が、周囲に対する優越感や自尊心から、その付与された「才媛」物語のヒロインにふさわしい結婚相手として、俊吉ではなく、「高商出身の青年」を積極的に選んだということを、その表現の中に内包させている[★16・17]。その証拠に、信子は後に夫との幸福な新婚生活に陰りが見えはじめるまでは、「結婚後忘れたやうに、俊吉との文通を絶っていた」のであり、彼の動静は妹照子の手紙で知るだけで、「それ以上彼の事を知りたいと云ふ気も起さなかつた」（以上「二」）のである。

三　照子の手紙

信子はまた別の物語も生きている。同窓たちの噂が読者に提示された後、踵《きびす》を接するように、それとは明らかに位相の異なる第二の物語が提示される。言うまでもなく、式後大阪へ向かう信子が汽車に乗ろうとする間際にそっと手渡された、妹照子の手紙の中の〈恋ゆずり〉物語である。

〔中略〕照子は勿体ない御姉様の犠牲の前に、何と申し上げて好いかもわからずに居ります。「御姉様は私の為に、今度の御縁談を御きめになりました。さうではないと仰有つても、私にはよくわかつて居ります。何時ぞや御一しよに帝劇を見物した晩、御姉様は私に俊さんは好きかと御尋きになりました。それから又好きならば、御姉様がきつと骨を折るから、俊さんの所へ行けとも仰有いました。あの時もう御姉様は、私が俊さんに差上げる筈の手紙を読んでいらしつたのでせう。あの手紙がなくなつた時、ほんたうに私は御姉様を御恨めしく思ひました。〔中略〕けれどもあれから二三日経つて、御姉様の御縁談が急にきまつてしまつた時、私はそれこそ死んででも、御詫びをしようかと思ひました。御姉様も俊さんが御好きなのでございますもの。〔御隠しになつてはいや。私はよく存じて居りましてよ。〕私の事さへ御かまひにならなければ、きつと御自分が俊さんの所へいらしつたのに違ひございません。それでも御姉様は私に、俊さんなぞは思つてゐないと、何度も繰返して仰有いました。さうしてたうたう心にもない御結婚をなすつて御しまひになりました。〔中略〕

「御姉様。〔中略〕けれどもどうか何時までも、御姉様の照子を見捨てずに頂戴、照子は毎朝鶏に餌をやりながら、御姉様の事を思ひ出して、誰にも知れず泣いてゐます。……」

（「一」）

「秋」には複数の物語が交錯している。そのそれぞれの位相の差異を正確に見極め、注意深く踏み分けていかないかぎり、このテクストの構造を捉えることはできない。その意味で、この照子の手紙は、先の同窓たちの噂を相対化している。この二つの物語は一見、信子と俊吉の結婚を予想していたという点においては共通しているようであるが、実質はその予想の根拠も、物語の位相も大きく異なっているのである。

まず注意しなければならないのは、右の手紙における照子の関心が、同窓たちの噂の場合と違って表面的あるいは社会的な属性にはなく、ひたすら従兄の俊吉をめぐる自分と姉の愛情の問題に焦点化されているということである。姉が女子大学に在学中から担っていた「才媛の名声」だとか、従兄が「大学の文科」に籍を置き、「将来は作家仲間に身を投ずる意志があるらし」いかどうかといった問題は、少なくとも照子の側には何の影も落としてはいない。また、そのことと関連して、同窓たちの噂と比較した時、この照子の手紙に決定的に欠落している視点は、信子の夫に対する関心および認識である。「あれから二三日経つて、御姉様の御縁談が急にきまつてしまつた」と思っている照子は、それまでは姉の夫のことは何も知らなかったわけであり、女子大学の同窓たちには随分関心のあったらしい「大阪の或商事会社へ近頃勤務する事になつた、高商出身の青年」という社会的な属性も、「まだ女学校も出てゐない」照子にはこの手紙を書く時点まで何ら注意を引いていない。したがって、本章ですでに考察した、信子にとってその「高商出身の青年」が何者であったのかということについての認識が、照子には全く欠けているのである。だから彼女には、姉信子の結婚も「心にもない御結婚」としか映らないのだ。

〔前略〕が、彼女の結婚は果して妹の想像通り、全然犠牲的なそれであらうか。さう疑を挟む事は、涙の後の彼女の心へ、重苦しい気持ちを拡げ勝ちであつた。信子はこの重苦しさを避ける為に、大抵はじつと快い感傷の中に浸つてゐた。

（「二」）

これは信子の犠牲的結婚を否定する根拠としてしばしば引用される、照子の手紙の直後に続く一節である。この信子の〈疑い〉はどこからくるのだろうか。信子の結婚には、「才媛の名声」を担っていた彼女が俊吉ではなく、「夫」を積極的に選択したという一面があったことはすでに見た通りである。右の一節に続いて、先に見た、夫との幸福な新婚生活が描かれるという、プロットの構成上の問題からいっても、彼女の〈疑い〉の源がそこにあるのは明らかだろう。俊吉しか頭にないらしい照子の限定的な視点からは、信子の縁談が急に決まったかのように見えているが、実際はおそらく、少なくともその二、三日前である、照子の「俊さんに差上げる筈の手紙」を信子が読んだ頃には、彼女は縁談の相手の職業や出身校は言うまでもなく、外見、結婚後の住居や生活についてもすでに知らされていたと考えるのが自然である。「好きならば、御姉様がきつと骨を折るから、俊さんの所へ行け」とか、「俊さんなぞは思つてゐない」という照子への信子の言葉の意味についてもそういう文脈を踏まえておく必要がある。すなわち、その時すでに信子は「高商出身の青年」との縁談に傾いていたのであり、照子の「俊さんに差上げる筈の手紙」を読んだことは、渡りに舟とでも言うべき最後のひと押しをその決断に与えたに過ぎないのだと考えられる。そしてその結婚は、「御姉様も俊さんが御好きなのでございますもの」だと思っていた妹によって〈犠牲的結婚〉と信じられ、そこに信子が「才媛」物語に続いてもう一つのヒロインを演じる〈恋ゆずり〉物語が付与されたのである。この犠牲的結婚の物語は、酒井英行が指摘するように、信子がかぶれていた「当世流行のトルストイズム」や、「基督教の匂のする女子大学趣味の人生観」にも見合うものであっただろう。[★18] ただここで重要なのは、犠牲的結婚への〈疑い〉によって生じる「重苦しさ」を避けるため、「じつと快い感傷の中に浸つてゐ」る信子には、右に示したような〈疑い〉の原因が意識化＝言語化され、突き止められてはいない、ということである。

　こうして信子の結婚は、同窓たちの噂と照子の手紙の双方のヒロインを彼女が同時に生きることによってその優越感と感傷の光に満ち溢れ、順調すぎるくらい順調に始まったのである。

　ところが、女子大学の同窓たちは、信子が結婚して大阪へ行った後、「彼是二月ばかり経つと」、「彼女が書く筈だつた長篇小説の噂」ごと「全く信子を忘れてしま」う。そして、これと呼応するかのように、「結婚後彼是三月ばかり」の「幸福な日」も過ぎた「残暑が初秋へ振り変らうとする時分」、つまり信子が結婚して迎えた最初の秋に、早くも彼女は、同窓たちによって与えられた「才媛」の座から転落していく。信子が見下していた「下卑た同僚たち」に「存外親しみを持つてゐるらしかつた」（以上「二」）夫の実像が見えてくるのである。かつて同窓たちに「妬ましい感情」を抱かせ、信子自身も魅了された夫の属性が、ことごとく幻想に過ぎなかったことが次第に明らかになっていく。

夫の変貌は、ある日の会社の出掛けに、信子の不注意で、彼の汗じみた襟の替えがなかったことに始まる。「夫は日頃身綺麗なだけに、不快らしく顔を曇らせ」、「「小説ばかり書いてゐちや困る」と何時になく厭味を云」う。また、「それから二三日過ぎた或夜、夫は夕刊に出てゐた食糧問題から、月々の経費をもう少し軽減出来ないものかと云ひ出し」、「夫の襟飾の紹刺しをしてゐた」信子に向かって、「意外な位執拗に、「その襟飾にしてもさ、買ふ方が反つて安くつくぢやないか。」と、やはりねちねちした調子で云つた」りもする。さらに、ある夜遅く深酔いして帰宅した時には、「今夜は僕が帰らなかつたから、余つ程小説が捗取つたらう。」というような皮肉まで「何度となく女のやうな口から出た」（以上「二」）のである。

平岡敏夫は、このような夫の変化について、「一見ありきたりの話ではあるが、〈秋〉への移行が転機となっていることに注意したい。夫が身綺麗であり女性的ということが裏目に出て転機が生じることになっている」[★19]と的確に指摘しているが、そうした「身綺麗」で「女性的」という属性の意味と価値の反転に加えて、ここでは経済的な豊かさや理想的な郊外生活にも制限が加えられていることを見逃してはならないだろう。それに何よりも、信子の「才媛の名声」の源泉であった文学の創作において、ただでさえ結婚後、「思ひの外ペンは進まなかつた」（「二」）彼女に、夫のこうした「厭味」や

「皮肉」は追い討ちをかけ、その意欲を奪っていくのである。そして、「だんだん秋が深くなつて来た」頃には、「信子は何時か机に向つて、ペンを執る事が稀にな」り、夫も「前程彼女の文学談を珍しがらないやうにな」（以上「二」）る。新婚当初「誇りがまし」く感じた夫の魅力のほとんどすべてが急に色褪せ、信子にとってそれらの価値が失われていくのはこういう過程においてである。

ここに到って、信子の結婚は結果的に、照子の手紙の通り「心にもない御結婚」となったのだ。「月々の雑誌に、従兄の名前が見えるやうにな」（「二」）り、信子の俊吉への関心が復活するのは、丁度その頃のことである。

四　観客を失ったヒロイン

同窓たちによって付与された「才媛」物語がこのように崩壊していく中で、やがて信子は、彼女をヒロインとするもう一つの物語を紡ぎ出し、その中で彼女に限りない感謝を捧げているはずの妹照子へとすがっていく。夜、床の中でほろほろと涙を落としながら、「こんな処を照子が見たら、どんなに一しよに泣いてくれるであらう。照子。照子。私が便りに思ふのは、たつたお前一人ぎりだ」（「二」）と度々心の中で呼びかける信子にとって、照子は今や残された唯一の観客＝評価者なのである。

ところが、この照子との関係にも一つの転機が訪れる。母親が手紙で俊吉と照子の結婚を知らせてきたのである。その晩信子と夫は、照子の結婚を話題にする。

〔前略〕信子はまだ妹へ祝つてやる品を決し兼ねて、火箸で灰文字を書いてゐたが、この時急に顔を挙げて、「でも妙なものね。私にも弟が一人出来るのだと思ふと」と云つた。「当り前ぢやないか、妹もゐるんだから。」——彼女は夫にかう云はれても、考深い眼つきをした儘、何とも返事をしなかつた。

（「二」）

信子は俊吉が自分にとって「従兄」から「弟」になることに気づき、「考深い眼つき」をしている。[20]ここで重要となるのは、三人の人間関係における距離の変化の問題である。信子の結婚以前においては、姉妹である信子と照子のいずれにとっても俊吉は「従兄」であり、彼は彼女達双方にとって等距離にあった。照子の手紙の中に、「私の事さへ御かまひにならなければ、きつと御自分が俊さんの所へいらしつたのに違いございません」とあることからも窺えるように、二人の姉妹は従兄に対して交換可能な、基本的には対等の位置に置かれていたと言える。信子の結婚後も、彼女は人妻にはなったものの、姉妹双方にとって俊吉はやはり「従兄」以外の何者でもなく、その距離の均衡は保持し続けられる。しかし、俊吉と妹照子との結婚は、この均衡を決定的に破ることになるのだ。照子にとって俊吉は当然「夫」となり、その瞬間彼は信子にとって「従兄」である以前に「弟」（義弟）へと変容する。換言すれば、姉妹と一人の従兄という関係から、夫婦と一人の姉という関係へと変化したのである。そして、ここで姉妹の間に生じた、俊吉との関係における距離の不均衡は、やがてそれぞれの生活に積み重ねられていく時間の重みによって、共有していたはずの〈恋ゆずり〉物語に向き合う両者の位置をずらしていく。

　翌年の秋、信子は一人で妹夫婦の新居をはじめて訪れる。そこでは、「声に応じて出て来たのは、意外にも従兄の方であ」り、照子も女中も留守であったため、久しぶりに再会した信子と俊吉とは「一つ火鉢に手をかざしながら、いろいろな事を話し合」う。「が、二人とも云ひ合せたやうに、全然暮し向きの問題には触れなかつた」ので、「それが信子には一層従兄と、話してゐると云ふ感じを強くさせた」（以上「三」）と語られている。ここに端的に示されているように、信子から見た俊吉は、照子との結婚の後も一貫して「従兄」である。彼女が俊吉を前にして、「弟」あるいは「義弟」と表記されることは最後まで一度もない。これは、先に見た信子の夫の場合と同じく、視点人物である信子の内面における俊吉に対する意識（あるいは無意識）を表現していると思われる。信子は、照子の手紙の中に示された〈恋ゆずり〉物語から微妙にずれて、俊吉が「従兄」であった頃にとどまろうとしているのである。ただしここでも、信子にはそのことが自覚されてはいない。

　では、そんな信子に比べて、結婚後の照子はどうだろう。信子が結婚する前の、俊吉と二人の姉妹との関係は次のように描かれていた。信子の在学中、三人はよく一緒に展覧会や音楽会へ行った。


〔前略〕彼等三人は往きも返りも、気兼ねなく笑つたり話したりした。が、妹の照子だけは、時々話の圏外へ置きざりにされる事もあつた。それでも照子は子供らしく、飾窓の中のパラソルや絹のショオルを覗き歩いて、格別閑却された事を不平に思つてもゐないらしかつた。信子はしかしそれに気がつくと、必話頭を転換して、すぐに又元の通り妹にも口をきかせようとした。そ

の癖まづ照子を忘れるものは、何時も信子自身であつた。〔後略〕

〔二〕

ここで照子に付与されている「子供らしさ」という性質は、「桃色の書簡箋」に書かれた「少女らしい手紙」にもよく表れている。そしてそれは結婚後も、「照子はそれが可笑しいと云つて、子供のやうな笑ひ声を立てた」（〔三〕）などとあるように、彼女の変わらない性質として保持されている。その彼女が再会した姉に、「活き活きと、血の色を頰に透かせながら、今でも飼つてゐる鶏の事まで、話して聞かせる事を忘れなかつた」（〔三〕）のは、言うまでもなくあの〈恋ゆずり〉物語への感謝を忘れてはいないことをその〈恩人〉に伝えるためである。

しかし、照子はその物語の後に、「従兄」ではなく「夫」としての俊吉と一年近い時間を過ごしている。結婚後も変わらない彼女の「子供らしい」、「活き活きと」した無邪気な性質の一方で、その積み重ねられた時間は明らかに彼女に変化をもたらしている。例えば、姉の信子が訪問してきた日の夕食後の会話の中で、詭弁を弄する俊吉に対抗して、「「ぢや女でなけりや、音楽家になれなくつて？アポロは男ぢやありませんか。」――照子は真面目にこんな事まで云つた」とあるが、「真面目にこんな事まで」という表現には、以前〈三人一緒〉だった頃の、「時々話の圏外へ置きざりにされる事もあつた」彼女とは随分変わったということが含意されている。さらに、その夜寝る前に庭へ降りた俊吉が、「誰を呼ぶともなく「ちよいと出て御覧。好い月だから。」と声をかけ」ると、以前と同じように「まづ照子を忘れ」て一人で出ていった信子とは対照的に、「格別閑却された事を不平に思つてもゐないらしかつた」以前とは異なり、「二人が庭から返つて来ると、照子は夫の机の前に、ぼんやり電燈を眺めてゐた」（以上「三」）のである。これらはいずれも、照子が俊吉と夫婦として過ごしてきた月日を思わせるものであるが、それは〈三人一緒〉の時点にとどまろうとしている信子との差異を顕在化させる機能をもっている。作者がわざわざ結婚後一年近くも、信子を妹夫婦に引き合わせなかった意図の一つはここにあると思われる。

そしてこのようなずれが二人の間に露呈するのが、翌朝俊吉が外出した後、姉妹が長火鉢を隔てて向かい合い、二人だけで話をする場面である。照子の言葉の中に、「夫の愛に飽き足りてゐる新妻の心があるやう」に感じた信子は、「照さんは幸福ね」という言葉にも、「自然と其処へ忍びこんだ、真面目な羨望の調子だけは、どうする事も出来な」い。それに対して照子は、「無邪気らしく、やはり活き活きと微笑しながら」、「「御姉様だつて幸福の癖に」と、甘えるやうに」応じる。ところが、「その言葉がぴしりと信子を打」つ。思わぬ姉の反発に驚いた照子は、「でも御兄様は御優しくはなくて？」と、「明かに、気の毒さうな響が籠つてゐ」（以上「四」）る声で尋ねる。かつては同窓たちの羨望の的であり、また結婚生活の理想が崩れた後には、「気の毒さうに、時々夫の顔色を窺つて」（「二」）もいた信子が、ここでは逆に照子を羨望し、妹に気の毒がられる存在へと化しているのである。しかし、周囲に対する優越感という哀れな性癖をもつ信子の心は、「何よりも憐憫を反撥し」（「四」）、自分に対する感謝を妹に強要すべく、あの〈犠牲的結婚〉を強引に思い出させようとするのである。照子はとうとう泣き出してしまう。

〔前略〕信子は残酷な喜びを感じながら、暫くは妹の震へる肩へ無言の視線を注いでゐた。それから女中の耳を憚るやうに、照子の方へ顔をやりながら、「悪るかつたら、私があやまるわ。私は照さんさへ幸福なら、何より有難いと思つてゐるの。ほんたうよ。俊さんが照さんを愛してゐてくれれば――」と、低い声で云ひ続けた。云ひ続ける内に、彼女の声も、彼女自身の言葉に動かされて、だんだん感傷的になり始めた。すると突然照子は袖を落して、涙に濡れてゐる顔を挙げた。彼女の眼の中には、意外な事に、悲しみも怒りも見えなかつた。が、唯、抑へ切れない嫉妬の情が、燃えるやうに瞳を火照らせてゐた。「ぢや御姉様は――御姉様は何故昨夜も――」照子は皆まで云はない内に、又顔を袖に埋めて、発作的に烈しく泣き始めた。……（「四」）

従兄であった俊吉との〈三人一緒〉の時点にとどまろうとする信子と、夫である俊吉との現在に生きる照子。そのずれは、信子の〈犠牲的結婚〉の信憑性を突き崩し、それへの自らの〈疑い〉を感傷によって意識下に抑圧してきた信子を、その感傷の外に引きずり出す。そしてその結果、姉妹で共有していた〈恋ゆずり〉物語は崩壊し、「妹とは永久に他人になつたやうな心もちが、意地悪く彼女の胸の中に氷を張らせ」（「四」）ることになる。こうして信子の結婚後二度目の秋に、かつて二つの物語のヒロインであった彼女は、遂に最後の観客を失ったのである。

五　言語化されない物語

この後信子は俊吉の帰りも待たずに、人力車に身を託して帰途につく。その途中彼女は、車上のセルロイドの窓の中にこちらへ歩いてくる俊吉を発見するが、動揺と逡巡のうちに彼に声をかけるのをためらい、そのまま二人はすれ違ってしまう。そして信子が「秋――」としみじみ思うところで作品は結末を迎えるのである。

三好行雄はこの結末の場面について、「信子は崩解した〈仮構の生〉の残骸を抱いて、日常の時間に帰ってゆく。彼女の惻々とした感慨とともに、〈秋――〉という、吐息にも似た哀切な独白が放たれるのである」と分析し、そこに、「成熟することが喪失することでしかない空虚さの発見。そのむなしさを〈無〉のままに対象化した〈抒情〉」を見出している。信子の結婚を価値づけ、彼女がヒロインを生きていた同窓たちの噂と照子の手紙の中の物語は確かに崩壊した。もし彼女がこの二つの物語の中だけを生きていたに過ぎないのであるならば、この時の、「寂しい諦め」に支配されていた彼女の心には、もはや何も残っていないことになるだろう。しかし、もし本当にそれらの物語が崩壊した結果、（三好が言うように）信子には「崩解した〈仮構の生〉の残骸」しか残っておらず、「秋――」という「独白」にこめられているのが「むなしさを〈無〉のままに対象化した〈抒情〉」でしかないのであれば、この最後の場面における、俊吉の姿を前にした信子の心の「動揺」や「逡巡」の意味を説明することはできない。最後の場面の解釈において、三好の論に決定的に欠落しているのは、この俊吉との関係である。しかも、この場面での信子のこうした心の動きは、ここまでテクストを読み進めてきた読者にとって、何ら不自然でも唐突でもないと思われる。したがって、ここでの信子の心は決して〈無〉ではなく、既に崩壊した二つの物語に換言されない何らかの物語が、テクストに織り込まれ、作品の底に流れていたのだと考えられる。そしてそれは、同窓たちの噂や照子の手紙のように第三者の言葉によって付与された物語ではなく、俊吉への微かな想いをめぐる信子自身の物語とでも言うべきものである。

〔前略〕唯、彼は信子と違つて、当世流行のトルストイズムなどには一向敬意を表さなかつた。さうして始終フランス仕込みの皮肉や警句ばかり並べてゐた。かう云ふ俊吉の冷笑的な態度は、時々万事真面目な信子を怒らせてしまふ事があつた。が、彼女は怒りながらも、俊吉の皮肉や警句の中に、何か軽蔑出来ないものを感じない訳には行かなかつた。
　だから彼女は在学中も、彼と一しよに展覧会や音楽会へ行く事が稀ではなかつた。〔中略〕俊吉はすべてに無頓着なのか、不相変《あいかわらず》気の利いた冗談ばかり投げつけながら、目まぐるしい往来の人通りの中を、大股にゆつくり歩いて行つた。……

（「二」）

これは、作品冒頭にある、同窓たちの噂の前提として、語り手が俊吉について紹介した言説の一部である。しかし、ここにさりげなく描かれている信子と俊吉との生き方の相違、及び信子の俊吉に対する関心のあり方は、それぞれ別の意味で二人の結婚を予想していた同窓たちの噂と照子の手紙のどちらにも、直接的にはその視界に入っていない。同じ作家志望ではあっても、流行など周囲に左右されることなく、「すべてに無頓着なのか」、「気の利いた冗談ばかり投げつけながら、目まぐるしい往来の人通りの中を、大股にゆつくり歩いて行」く俊吉の生き方は、明らかに信子のそれと対照的に描かれている。[★21・22] けれども、そういう彼の「冷笑的な態度」に怒りながらも、「万事真面目な」信子が「在学中も、彼と一しょに展覧会や音楽会へ行く事が稀ではなかつた」理由は、その「皮肉や警句の中に、何か軽蔑出来ないものを感じない訳には行かなかつた」からだというのである。妹照子の存在も忘れて、俊吉との話に熱中する彼女の姿も語り手によって映し出されている。ただし、この「何か軽蔑出来ないもの」を、照子の手紙にあるように即座に恋愛感情と解釈するのは早計である。なぜならば、その「何か軽蔑出来ないもの」への信子の興味は、「高商出身の青年」の社会的あるいは表面的な属性の魅力の前に、一時はいとも簡単に吹き飛んでしまったのだから。

　第三者によって自らに付与された物語の中を生きる信子は、この、俊吉に感じていた「軽蔑出来ないもの」の意味を自覚することなく、どんどんそこから反れていく。例えば、同窓たちの噂の中では、彼女は羨望の対象であったが、その中で育てられた彼女の優越感は、俊吉との関係の意味を見えなくしている。信子の結婚後、月々の雑誌に載り出した俊吉の小説を読んで彼女は、「気のせゐか、その軽快な皮肉の後に、何か今までの従兄にはない、寂しさうな捨鉢の調子が潜んでゐるやうに思」うと同時に、「さう思ふ事が、後めたいやうな気もしないではな」（以上「二」）い。また、翌年の秋に信子が妹夫婦の新居を訪問した時、俊吉と火鉢を隔てて差し向かいになる場面では、沈黙が二人の間に来る度に、「微笑した儘、眼を火鉢の灰に落」す信子の、「待つとは云へない程、かすかに何かを待つ心もち」（以上「三」）が描き出されている。……というように、漠然とではあるが信子自身、俊吉の、自分への恋愛感情を心のどこかで予想していたらしいことが暗示されている。しかし、「故意か偶然か、俊吉はすぐに話題を見つけて、何時もその心もちを打ち破」り、しかも「彼は平然と巻煙草の煙を呼吸しながら、格別不自然な表情を装つてゐる気色も見えなかつた」（以上「三」）というように、俊吉の態度はこの信子の漠然とした予想を支持しない。むしろ目立つのは、その日の夜、俊吉の「談論風発が、もう一度信子を若返らせた。彼女は熱のある目つきをして、「私も小説を書き出さうかしら」と云つた」（「三」）などとあるように、俊吉に動かされる信子の姿である。

さらに、幸福そうな妹夫婦の結婚生活の様子を目の当たりにした日の翌朝、「信子の心は沈んで」おり、「彼女はふと気がつくと、何時も好い加減な返事ばかりしてゐる彼女自身が其処にあ」（以上「四」）るのを見出す。しかし信子はその意味を自ら直視することはなく、無理矢理〈恋ゆずり〉物語を持ち出すことで感傷によってその心を抑圧し、優越感を回復しようとするのであるが、照子の「抑へ切れない嫉妬の情」が意外にも信子の前に立ちはだかり、その物語を崩壊させる。

このように、信子の俊吉に対する心の動きは、ぼんやりとした、あいまいなものとしてしか表現されてはいない。これは、この小説の視点人物が信子であることと密接に関係していると思われる。同窓たちの噂や照子の手紙といった、第三者によって既に言語化された物語の中にいる信子には、その物語の外にある、彼女自身の心の動きの意味が正確に認識されてはいないのである。★23 だから、かつて信子が俊吉に感じた「何か軽蔑出来ないもの」は分節化・言語化されることなく、はっきりとした形＝表現を与えられないまま彼女の心の中に残されているのだ。そして、信子の心と眼を曇らせていた二つの物語が崩壊し、彼女がそのヒロインの座から転落した今、改めて俊吉の姿を視界に捉えた彼女の心ははじめて動揺する。

二三時間の後、信子は電車の終点に急ぐべく、幌の上に揺られてゐた。彼女の眼にはひる外の世界は、前部の幌を切りぬいた、四角なセルロイドの窓だけであつた。其処には場末らしい家々と色づいた雑木の梢とが、徐《おもむろ》にしかも絶え間なく、後へ後へと流れて行つた。もしその中に一つでも動かないものがあれば、それは薄雲を漂はせた、冷やかな秋の空だけであつた。

〔中略〕

信子はふと眼を挙げた。その時セルロイドの窓の中には、ごみごみした町を歩いて来る、杖を抱へた従兄の姿が見えた。彼女の心は動揺した。俥《くるま》を止めようか。それともこの儘行き違はうか。彼女は動悸を抑へながら、暫くは唯幌の下に、空しい逡巡を重ねてゐた。が、俊吉と彼女との距離は、見る見る内に近くなつて来た。彼は薄日の光を浴びて、水溜りの多い往来にゆつくりと靴を運んでゐた。

「俊さん。」——さう云ふ声が一瞬間、信子の唇から洩れようとした。実際俊吉はその時もう、彼女の俥のすぐ側に、見慣れた姿を現してゐた。が、彼女は又ためらつた。その暇に何も知らない彼は、とうとうこの幌俥とすれ違つた。薄濁つた空、疎《まばら》な屋並、高い木々の黄ばんだ梢、——後には不相変人通りの少い場末の町があるばかりであつた。

「秋——」

信子はうすら寒い幌の下に、全身で寂しさを感じながら、しみじみかう思はずにはゐられなかつた。

（「四」）

蒲生芳郎は、この結末の場面において語りと対象（信子）との距離が急に消失することを指摘し、「芥川はこの小説の締め括りを間違ったのではないか」という疑問を提示する。そして、「そういう機軸の動揺、対象と向き合う姿勢のあいまいさが、『秋』という小説を、底の浅い、しかも焦点の定まらぬ失敗作に終わらせている」と結論づけている。確かにこの蒲生の指摘は、〈恋ゆずり〉物語の崩壊後、この結末の場面に到って、作品がその調子を変えることを捉えている点で重要であると言える。しかし、そう思われるのは、語りの焦点が定まっていないからではなく、それまで信子の意識を蔽っていた、第三者から付与された物語が崩れ去ったためであり、芥川は「間違えた」のでも、「失敗」したのでもない。最初からそのように計算して書いていると思われる。「秋」は決して「焦点の定まらぬ失敗作」ではなく、むしろ積極的に、複数の物語を交錯させることによって、それぞれの物語の位相の差異、焦点のずれが意味を生み出す構造になっているのである。信子に付与された複数の物語＝〈仮構の生〉の生成と崩壊の過程をよく見れば、それを通して、作者芥川が描き出そうとしているのが、〈仮構の生〉そのものではなく、実はその底を流れる、〈信子自身にとって俊吉とは何であるのか〉という漠然とした意味内容をもつ、〈言語化されない物語〉であることに気づくはずである。

だからこそ、それらの〈仮構の生〉が崩壊した今、ふと上げたその眼に飛び込んできた俊吉の姿に、

「彼女の心は動揺し」、人力車を止めるかどうか、「唯幌の下に、空しい逡巡を重ね」るのである。「薄日の光を浴びて、水溜りの多い往来にゆつくりと靴を運」び、「ごみごみした町を歩いて来る、杖を抱へた従兄の姿」に。目まぐるしい往来の人ごみの中でも、流行に左右されることなく、自分の足で大股にゆっくりと歩いていく俊吉と、第三者によって与えられた物語の中を右往左往した挙句、遂にはその観客を失った信子。四方を幌に覆われた人力車の上を揺られていく彼女の姿は、その意味で象徴的である。半透明の「四角なセルロイドの窓」を通してではあるが、かつて信子が漠然と「何か軽蔑出来ないもの」を感じていた、以前と変らない俊吉の姿が、新たな意味をもって明確に意識されかけているのである。

しかし、「俊さん」という声が「信子の唇から洩れようと」する寸前、「彼女は又ためら」い、その言葉はのみこまれる。言葉によって何らかの表現を与えられようとしていた、信子の心の底を流れる〈言語化されない物語〉は、最後まで俊吉へ向かって開かれることはなかったのである。彼女はセルロイドの窓を通して見る、一方的な視線のこちら側にとどまり続ける。★24

「その暇に何も知らない彼は、とうとうこの幌俥とすれ違」う。するとその瞬間、つまり、動かない「薄雲を漂はせた、冷やかな秋の空」を背景として、「徐にしかも絶え間なく、後へ後へと流れて行」く「四角なセルロイドの窓」の中の風景から俊吉が姿を消したその時、風景は一瞬その動きを止め、「薄濁つた空、疎な屋並、高い木々の黄ばんだ梢」という「不相変人通りの少い場末の町」が、あたかも絵のように切り取られる。そして、その風景に「秋――」という信子のしみじみとした思いが冠せられることによって、それは一枚の絵として完成するのである。すなわち信子は、ついに言語化されなかった彼女自身の物語を、一つの風景の中に閉じ込め、それを一枚の絵として表現したのである。

以上考察してきたように、「秋」は、同窓たちの噂や照子の手紙といった、第三者によってすでに言語化された複数の物語を重ね合わせて語りつつ、実はそれらの位相の差異に、〈信子自身にとって俊吉とは何であるのか〉というぼんやりとした意味内容をもつ〈言語化されない物語〉をすべり込ませ、前者の物語の崩壊を通過した後、最後にその底流する物語に一枚の絵として表現を与えることによって作品世界を構築している。[★25] その絵には、冒頭からそこに到るまでに描かれた全過程が包含され、そのテクストのすべてが織り込まれているのである。このことは、この作品を読み終えた瞬間、読者の意識の中で作品世界の全体が、この一枚の絵によって彩られることによっても証明できると思う。信子が言葉をのみこみ、その瞬間、眼前の風景から俊吉が姿を消した、「秋」という絵によって。その意味で、「如何にも秋の色の鮮かに現はれた作」「一種特別の機で自然を人間の上に織込んだ作」という上司小剣の同時代評[★26]や、「作品の底に悠然と流れてゐる口籠るやうな哀愁」という室生犀星の指摘[★27]は、端的にこの作品の急所を射貫いているように思われる。

読者はここで一つの物語の完成に立ち会う。それは確かに信子の自己完結的な物語ではあるが、それだけに最終的に崩壊することなく、作品全体を包み込む。かつて「才媛の名声」を担っていた一人の女性の心の中でのみ展開された、一人の従兄への言葉にならない微かな想いをめぐる物語の、一枚の絵としての完成である。

【注】

★1 『中央公論』一九二〇年四月。

★2 芥川は「芸術その他」(『新潮』一九一九年十一月)の中で、「就中恐る可きものは停滞だ。いや、芸術の境に停滞と云ふ事はない。進歩しなければ必退歩するのだ。芸術家が退歩する時、常に一種の自動作用が始まる。と云ふ意味は、同じやうな作品ばかり書く事だ。自動作用が始まつたら、それは芸術家としての死に瀕したものと思はなければならぬ。僕自身「龍」を書いた時は、明にこの種の死に瀕してゐた。」と書いている。引用は『全集』第五巻に拠った。

★3 例えば芥川は、一九二〇年四月九日滝井孝作あて書簡に、「「秋」は大して悪くなささうだ 案ずるより産むが易かつたと云ふ気がする 僕はだん〳〵あゝ云ふ傾向の小説を書くやうになりさうだ」と書き、また、同年四月十三日、南部修太郎あて書簡には、「「秋」は三十枚なれど近々三百枚で感服させる事あるべし御用心々々々実際僕は一つ難関を透過したよこれからは悟後の修業だ」と書いている。引用は『全集』第十九巻に拠った。

★4 『中央文学』一九二一年六月。引用は『全集』第七巻に拠った。

★5 三島由紀夫「解説」(『南京の基督 他七篇』角川文庫、一九五六年)、『三島由紀夫全集』第二十七巻(新潮社、一九七五年)所収。

★6 三好行雄「芥川龍之介のある終焉 仮構の生の崩解」(『國文學』一九七〇年十一月)、後加筆して、『芥川龍之介論』(筑摩書房、一九七六年)所収。本稿における三好の言説の引用および要約はすべてこの論文に拠った。

★7 「秋」のテクストの引用はすべて『全集』第六巻に拠った。「 」内の数字は章番号。

★8 高田正夫「芥川龍之介「秋」―大正デモクラシーの文学体験」(『文学と教育』一九九一年十一月)。

★9 濱川勝彦「「秋」を読む――才媛の自縄自縛の悲劇」(『國文學』一九九二年二月)。本稿における浜川の言説の引用および要約はすべてこの論文に拠った。

★10 蒲生芳郎「芥川龍之介『秋』私見――信子の造型をめぐって」(『宮城学院女子大学キリスト教文化研究所 研究年報』一九九三年三月)。蒲生はそこから推量を進めて、信子の結婚に彼女の「〈堅実な〉計算が働いた」と考える。また、「この青年の、見たところ「身奇麗」で、「おとなしく」て「上品」そうな印象が、「学校を卒業」したばかりの信子の気にいったと考えるのはいっそう自然である」とも指摘している。なお、本稿における蒲生の言説の引用および要約はすべてこの論文に拠った。

★11 『一橋大学百二十年史』(一橋大学学園史刊行委員会編、一橋大学、一九九五年)によれば、「一九一六(大正五)年の本学卒業生の月給が、専攻部卒の場合、帝大出身者と同等の最低四〇円、本科卒業者で三〇円から三五円程度であった」とあり、帝大とはいえ将来作家志望の不安定な俊吉と信子の夫との経済的な格差は、当時の読者の意識にもおのずと上ったと思われる。

★12 ★10参照。『一橋大学百二十年史』に一部引用されているが、『教育時論』(一九一八年十一月二十五日)には「卒業生の大景気」の題で、「戦争成金の輩出と共に各種事業雨後の筍の如く勃興する、それと反比例に人物は益々払底する、東京高等商業学校明年度卒業生は各会社銀行の引張凧の姿で今や其申込を謝絶してゐると言ふ事である（後略）」という記事が見られる。ただし、引用中の漢字は新字体に改めた。

★13 神田由美子は「秋」（海老井英次・宮坂覺編『作品論 芥川龍之介』双文社出版、一九九〇年）の中で、「秋」作品中の、新聞紙上の食糧問題、米価問題その他に注目し、作品に描かれている二つの秋を、一九一八、一九年のそれと推定している。この推定に従って、信子の結婚を一九一八年、彼女が女子大学を卒業した後のことであると考え、「大阪の或商事会社へ近頃勤務する事になつた」信子の夫の背景にこうした「大戦景気」を読み取る解釈もあるいは可能かもしれない。

★14 西山康一「芥川作品の語り出される〈場所〉――「秋」をめぐって」（『藝文研究』一九九八年六月）。西山は、吉見俊哉「大正期におけるメディア・イベントの形成と中産階級のユートピアとしての郊外」（『東京大学新聞研究所紀要』一九九〇年三月）などを参照しつつ、当時の女性雑誌に、後に信子夫婦の間で問題となる「紹刺し」や「芸術的趣味」を推奨する記事が見られることなどについても言及している。

★15 引用は『全集』第二十一巻に拠った。

★16 本稿とはやや見解は異なるが、信子の、周囲に対する優越感や自尊心に注目して彼女の結婚を考察したものに、生内由香「中期・芥川の「現代物」への道――「秋」その他」（『藤女子大学国文学雑誌』一九八七年九月）、酒井英行「「秋」の世界――虚実の葛藤」（『藤女子大学国文学雑誌』一九八八年九月）などがある。

★17 浅野洋は「作品事典 「秋」」（菊地弘・久保田芳太郎・関口安義編『芥川龍之介研究』明治書院、一九八一年）の中で、信子のこうしたボヴァリズムについて、当時の「新しい女」と称される女性達との関係からも考える必要性を説き、「信子に投げられた作者の皮肉な眼差しは、そうした「新しい女」という時代プロパーの女性群の知性の質に向けられた芥川の現実観とも、意外に太いパイプで繋げられていたのではないか」（傍点原文――以下同様）と問題を提起している。また、生内由香（★15参照）は、同様の論点から芥川の書簡との関係を指摘している。

★18 ★15参照。

★19 平岡敏夫「「秋」――その意味するもの」（『一冊の講座 芥川龍之介』有精堂、一九八二年）。

★20 海老井英次は「「秋」の象徴性――別稿との比較を中心に」（『文学論輯』一九七九年十二月）の中で、ここでの信子の心情と、照子と俊吉との式の当日に大阪にいた信子の口中を離れなかった昼食の魚の「生臭さ」とを関連づけ、「この語（生臭さ:引用者注）の内容としては、俊吉が彼女の〈弟〉になるという事実に対する信子の複雑な心情が含まれるであろう。妹照子と俊吉との結婚は、俊吉を信子の〈弟〉に組替えるわけであり、それゆえに〈愛〉は質的に変化しなければならないはずである」と指摘している。信子の俊吉への感情を〈愛〉と言い得るかどうかはひとまず置くとして、「俊吉が彼女の〈弟〉になるという事実に対する信子の複雑な心情」の原因が、その人間関係の質的な変化にあるのは確かである。ただし海老井はこの「信子の複雑な心情」を、近親相姦のタブーといった性的な問題として解釈する。

★21 山崎甲一は「「秋」――彼等三人の内面の劇」（関口安義編『アプローチ 芥川龍之介』明治書院、一九九二年）の中で、こうした俊吉についての表現に注目し、「俊吉と信子とは「歩」く速度が余りにも「違つて」いすぎる」と指摘している。

★22 「秋」としばしばセットで論じられる「路上」（『大阪毎日新聞』一九一九年六月三十日―八月八日）には、主人公の安田俊助について、「彼は世間に伍して、目まぐるしい生活の渦の中へ、思ひ切つて飛びこむ事が出来なかつた」という表現が見られ、登場人物を形象化するにあたって、この種の表現を芥川が意図的に用いていることが窺える。引用は『全集』第五巻に拠った。

★23 「秋」にほんの数箇所出てくる、信子以外の人物の視点で書かれる部分は、信子自身に自覚されていない心の動きを間接的に照らし出している。例えば、俊吉の小説を読んで以来、「夫に対して、一層優しく振舞ふやうになつた」信子について、「夫は夜寒の長火鉢の向うに、何時も晴れ々々と微笑してゐる彼女の顔を見出した。その顔は以前より若々しく、化粧をしてゐるのが常であつた」（以上「（二）」）と描かれている。

★24 中田睦美は「女性のまなざし、女性へのまなざし――「秋」とセルロイドの窓」（浅野洋・芹澤光興・三嶋譲編『芥川龍之介を学ぶ人のために』世界思想社、二〇〇〇年）の中で、セルロイドの窓を隔てて信子が俊吉とすれ違うこの場面を、「〈まなざし〉を交わすことのない一方的な視線のドラマ」だと指摘している。

★25 言語化されなかった信子の俊吉をめぐる心の動きを、〈愛〉と名づけてしまうのは適切でないだろう。また、篠崎美生子は「芥川龍之介の表現意識の転換――『文芸一般論』など」（『日本の文学』一九九二年十二月）において、「芸術その他」以後の芥川の表現意識の変化を丹念に考察し、一九一九年頃から数年間の芥川の軌跡を「どうしても「表現」できないものに何とか「表現」を与えようと試行錯誤を繰り返していたと考えるべきではなかろうか」と指摘している。

★26 上司小剣「花見月の文壇（九）」（『読売新聞』一九二〇年四月十四日）、関口安義編『芥川龍之介研究資料集成』第一巻（日本図書センター、一九九三年）所収。

★27 室生犀星『芥川龍之介の人と作』上巻（三笠書房、一九四三年）。

Column 1

批評から小説が生まれるとき

野田康文

一

「この小説を読んで、多襄丸、真砂、武弘の三人の中で、誰の証言が最も真実に近いと思いますか？　推測してください。また、あなたがそう考える理由や根拠についても、具体的な場面を挙げながら、説明してください」

大学や専門学校の講義で芥川龍之介の小説「藪の中」（一九二二年）を扱う時、講義に入る前に、筆者は必ず最初の一コマ目を使って、受講する学生にこの問いに対して四百〜八百字程度で書くという課題に取り組んでもらうことにしている。すると、多くの学生は熱心に、というよりむしろかなり面白がってこの課題に取り組んでくれる。学生たちが書いた答案の内容や書きっぷりから、明らかに食いつき方が違うのがわかるのだ。他の文学作品についての課題では、これほどの熱量を感じることはなかなかない。学生の答案を読むたびに、おそらくこのテクストが読者を〈真相〉へと向かわせる強い力を有していること、言い換えれば、そこに「藪の中」という小説の大きな魅力の一つがあることを感じずにはいられない。文学テクストが言葉の織物であるとすれば、このテクスト特有のそのような力や魅力を無視して批評することは、その織り目や肌理《きめ》を見ずに織物を品評するに等しく、あまりにも惜しい。なぜなら、文芸批評、あるいは文学研究にしても、その役割とは、（究極的には）それを読むものに〈読む／書く〉行為（もっと読みたくなるとか、読んで書きたくなるとか）へといざなうような、対象とするテクストの魅力（限界をも含めて）を引き出すことにあると思うからである。

さて、肝心の学生たちの答案の中身だが、学年や学校を変えて繰返し同じ課題に取り組んでもらった結果、いくつかの興味深いことに気づく。

例えば、事件の当事者三人のうち、誰の陳述が「最も真実に近い」と思うかという問いに対しては、（十回近くの課題で）学生の答えは例外なく、多襄丸、武弘、真砂の順で多い。しかも、そう答えた学生の数の比も、ほぼ毎回おおよそ「三対二対一」で一定している。つまり、この事件の当事者三人は三者三様の陳述であるとはいえ、まったく異なる読者でありながら、毎回毎回、「最も真実に近い」と考える学生が、真砂の陳述より多襄丸のそれの方が三倍もいるということである。このことは何を意味しているだろうか。

この課題に取り組んだのは、複数の大学や専門学校の一般教養科目を受講する学生であるので、文系・理系の別なくさまざまな学部に所属しており、普段は本を読むこともあまりない学生も少なくないのだが、それだけに自らが「最も真実に近い」と考える陳述の根拠を、純粋にテクストのみから抽出してくる。このような雑多な学部に属する（専門学校では高卒者も大卒者もいる）、多様な人たちの集合的な考えを、決して侮ることはできない。なぜなら、多様な学部や学校に属する学生たちの自由な答案は、時に、研究史の知識や方法論のトレンドなどに縛られ、否応なく立論がある程度方向づけられる専門の研究論文より、却ってテクストに内在する論理を浮かび上がらせてくれることもあるからだ。ちなみに課題の答案で「最も真実に近い」と答える学生が常に一番多かった多襄丸説において、その根拠として挙げられているのは、検非違使に問われた（事件の当事者以外の）四人の証言と多襄丸の「白状」の内容とが一致しているからというものが最も多く、次いで多襄丸の「白状」の最後で示される極刑の覚悟などが続く。逆に、「最も真実に近い」と考えるものが常に一番少なかった真砂の陳述については、二度にわたって気を失っているという箇所に、信憑性がないと感じる学生が多かった。これらの根拠それ自体はどれもそれほど目新しいものではないが、それだけに、それら見えやすい根拠によって学生たちが読み取った、当事者三人の陳述の真実性にはっきりと差が認められることは注意したい。なぜなら、この繰返しの課題における同一の結果は、素直に読めば、多襄丸の「白状」が「最も真実に近い」と読者に読み取らせるように、「藪の中」のテクストが織られていることを示しているからだ（もちろんよく読めば、それが操作された見せかけの真実性であることは、本書の第一章で論証した通りである）。

またもう一つ、この課題について筆者が興味を引かれたのは、いわゆる〈優秀〉で〈真面目〉な学生ほど、答案を書くのに苦戦する傾向が強いということである。もちろん〈優秀〉といっても相対的なものではあるのだが、他の文学作品についての課題に比べて、明らかに混乱ぶりが読み取れる。その原因はほぼわかっている。どうやらそのほとんどが、〈優秀〉で〈真面目〉であるがゆえに、事件の当事者三人の三つの陳述を等価なものと考え、そのすべてに通用する筋の通った説明を見出そうとして迷路に入りこみ、わけがわからなくなって混乱に陥っているらしいことが、答案から手に取るようにわかるのである。

二

「藪の中」という小説が、芥川のいわゆる〈王朝物〉と呼ばれる作品系列に属し、『今昔物語集』のいくつかの説話を財源としていることはよく知られているが、同時に外国文学との関係についても、今日まで多くの比較文学的研究がなされており、いくつもの文学作品との類似点やその影響関係が指摘されている。その中で、「藪の中」の創作方法を考える上で特に重要なのは、イギリスの詩人・ロバート・ブラウニングの長詩『指輪と本（*The Ring and the Book*）』（一八六八–六九年）との関係である。文学研究の分野では、この作品との関係についてもすでに幾人かの論者が論じているのだが、ここではこれまであまり指摘がなく、かつ創作方法の観点から重要だと思われることについて、覚書風に記してみたい。

一九二六年五月三十日付・木村毅宛書簡に「Browning の Dramatic lyric が小生に影響せるは貴意の通りなり。これは報恩記のみならず「藪の中」に於ても試みしものに御座候。」とあり、作者の芥川自身、ブラウニングの詩の影響、とりわけその劇的独白の手法を「藪の中」創作にあたって意識的に試みたことを認めていることや、その技法と構成の形式の類似などから、「藪の中」にはブラウニングの長詩『指輪と本』の影響が早くから指摘されてきた。また、「藪の中」の二年近く前に発表された芥川の「余の愛読書と其れより受けたる感銘」（一九一九年）という文章に、「此の一週間ばかりに病床にて読みし小泉八雲氏の Interpretations of Literature 二巻及び Appreciations of Poetry 一巻を近来にない好著と存じ、邦人の英文学に親しまんとするものにとりて絶好の指針たるは元より「怪談」「心」等を愛読するものにとりても、殆ど八雲氏と膝を交へてその卓励風発を耳にするの概ある所快心極りなかる可く候。」と書いていることから、芥川の「藪の中」は直接には（ブラウニングの詩そのもの以上に）、小泉八雲（ラフカディオ・ハーン）が一八九六―一九〇二年にかけて東京帝国大学で行った講義録であるこれら二書のうちの、『詩の鑑賞（*Appreciations of Poetry*）』（一九一六年）の第五章「ブラウニング研究（*Studies in Browning*）」中の『指輪と本』の批評の影響を受けて書かれたと推定されている。このことは、すでに第一章の終わり近くでも簡単に述べたが、ここではこのハーンの『指輪と本』の批評と芥川の「藪の中」との関係をもう少し詳しく見てみよう。

例えばハーンはこの批評のはじめに、ブラウニングの『指輪と本』について、「これは完全な心理劇である。通常の意味での場面とか叙述といったものはまったくない。すべてのことが第一人称で述べられる。全体は十二の部分に分かれていて。そのそれぞれがモノローグになっている。モノローグのほとんどすべては、異なった人物が語っている」と書いているが、この「十二の部分」を「七つの部分」に書き換えれば、ほとんどそのまま「藪の中」の解説となることに気づくだろう。しかもこれは、芥川がブラウニングの詩について最も関心を示していた劇的独白（dramatic monologue）の手法の説明ともなっているのである。

『指輪と本』は、十七世紀末イタリアの一殺人事件の裁判記録を素材に、事件の当事者、法律関係者、教皇、市民の代表、など九人ないしは十人の、互いに解釈の食い違う証言から構成されている。

ハーンは次に、そのそれぞれのモノローグの部分の主題を述べていくのだが、その第五章の、財産目あてで結婚した若い妻・ポンピリアに姦通の濡れ衣を着せ、これをメッタ刺しにした犯人・グィード・フランチェスキーニ伯爵の陳述について、「注意してほしいのは、これまでに表明された三種類の意見は、すべてが互いに矛盾し、間違っているけれども、それにもかかわらず、読んでいるあいだはそのどれもが真実のように思われるという点である。殺人を犯したグィード・フランチェスキーニ伯爵が自分を弁護する場合の話も同じである。諸君は冒頭から彼にたいする反感を植えつけられているが、まず彼の側から物語を読んでみれば、いかにも筋の通った真実の話と思わざるを得ない」と書いている。これもまた、「藪の中」の読者であれば、多襄丸の「白状」と置き換えても、十分に通用する説明であることにおそらく異論はないはずだ。

このように並べてみると、芥川がブラウニングの『指輪と本』の劇的独白の技法を自作「藪の中」に試みるにあたって、ラフカディオ・ハーンの解説を参照し、その補助線としていた可能性の高いことがはっきりと見えてくる。確かに「藪の中」のテクストは、一つの殺人事件をめぐる七つの証言の部分に分かれており、そのそれぞれが一人称で語られるモノローグになっている。それらのモノローグは、事件の当事者三人だけでなく、当事者以外の四人を含む人物の証言から構成されており、（特に当事者三人の陳述は）「互いに矛盾し」ているにもかかわらず、「読んでいるあいだはそのどれもが真実のように思われる」といった点では、ハーンの解説する『指輪と本』の作品構成と共通する特徴を持っているといえる。しかもこうした構成の特徴は、「藪の中」の財源とされている『今昔物語集』の説話には見られないのである。

しかしながら、この両作品の劇的独白の構成には、決定的な違いがある。それは、ブラウニングの『指輪と本』のモノローグは、もともと裁判記録をその素材としていることもあって、事件の当事者にしろ、法律関係者にしろ、教皇にしろ、市民の代表にしろ、そのすべてが事件の裁判をめぐって語られたものであるということだ。これに対して「藪の中」は、検非違使に問われた当事者以外の四人の証言と、それにつづく多襄丸の「白状」までの五つのモノローグは、確かに検非違使による〈裁きの場〉、いわば事件の裁判において語られたものであるが、残りの当事者二人、清水寺での真砂の「懺悔」と巫女の口を借りた武弘の「死霊の物語」は、いずれも裁判の外で語られたモノローグなのである。一見何気ないようであるが、この違いは重要である。

「藪の中」における『指輪と本』とのこの構成上の違いは何を意味しているのだろうか。またこの構成の変化によって、芥川は「藪の中」のテクストに何をもたらそうとしたのだろうか。筆者は、ハーンが『指輪と本』の十二のモノローグのそれぞれについてその主題を述べた後、この詩が含んでいる「きわめて高度な哲学的教訓」として、次のように書いていることに注目したい。裁判の結果、最終的には犯人のグィード・フランチェスキーニ伯爵は死刑に処せられるが、ハーンはこの裁判結果について当時の東京の殺人事件と重ね合わせる。

〔前略〕この世のほとんどいかなる出来事についてであれ、この『指輪と本』のなかで下されるのとどこか似たやり方で判断が下されるものである。たとえば、二百年も昔のイタリアの話の代わりに、今日の東京における殺人事件の話を考えてみよう。まず殺人の事実だけが知られると、その理由について大変な興味が寄せられ、さまざまな新聞はそれに関するさまざまな話を発表する。また、それぞれの側の見解を知っているさまざまな人々も、その理由と方法とについてさまざまな意見を表明する。これらの説明は、どれ一つとして完全な真実ではないと確信してよいだろう――真実であるはずがないのだ。なぜなら、説明する人々には、その犯罪に先立つ事情など完全にはわからないからである。しかし、やがてその事件は刑事裁判にかけられ、起訴をしたり弁護をしたりするための法律家が双方につく。それぞれが最善を尽くして義務を果たし、有罪を証明したり、無罪をかちとろうとしたりする。しかしこの法律家たちは、本当の話を一部始終知っているのだろうか。おそらくは知らないであろう。実際、法律家が犯罪の内部事情、つまりその心理学的な由来を知ることはめったにない。法律家が知るのはなまの事実だけであり、その事実から理論を組み立てねばならないのである。最後に、判事が判決を言い渡す。判事は事情をすっかり知っているのだろうか。知らないのはほぼ確実だろう。彼の職務は法律で厳密に定められており、その方向からそれるわけにはいかないからである。せいぜい事実から抽き出してくる大まかな結論に従って、判決を出すことができるにすぎない。そして大部分の事件の場合には、すべての結着がついてもなお、犯罪者と犠牲者双方の本当の秘密は永久に明かされないままである。さて、以上のことから、何が証明されるのだろうか。人間の判断は必然的にとても不完全なものであり、たとえ事実の真実性には疑いの余地がなくても、動機や感情の究極の真実ほど知りがたいものはないということが証明されるのである。〔後略〕

（『詩の鑑賞』「第五章　ブラウニング研究」傍線、引用者）

傍線部に注意してほしい。小説家の金井美恵子は、小説家にとって批評というものの「いちばん重要な役割」として、「その批評によって、もう一度小説家をエクリチュールにむかって誘惑してくれるような力を持っているかどうか、ということ」（「小説家と批評　大岡昇平について」『早稲田文学』一九九六年九月号）だと書いているが、「近来にない好著」と評したハーンの批評、とりわけ『指輪と本』の批評によって、芥川が新たな小説のエクリチュール、つまり〈書くこと〉に向かって誘惑される力を感じたのだとすれば、それはおそらく傍線部でハーンが「教訓」として指摘した、たとえ裁判の決着がついたとしても、「永久に明かされない」「犯罪者と犠牲者双方の本当の秘密」、あるいは「動機や感情の究極の真実」にあるのではないだろうか。そう考えると、『指輪と本』の構成との決定的な違い、「藪の中」で事件の当事者三人のうちの二人の陳述、真砂の「懺悔」と武弘の「死霊の物語」を、検非違使による〈裁きの場〉の外に置いたことの意味が見えてくる。

　第一章でも述べたように、多襄丸の「白状」までの五つのモノローグにおける、検非違使による裁判の証拠レベルでは、他の証人たちの証言と一致する物証と自白が揃っているのだから、この事件が多襄丸の犯行として判決が下されるのはほぼ確実であり、その裁判の後に配された清水寺での懺悔や巫女の口を介した死霊の言葉といった、裁判の外での、性質の異なる二つのモノローグが判決の行方に影響を及ぼすことはないだろう。事実、前述した学生たちの課題の結果からもわかるように、多くの読者が（一読しただけでは）事件の当事者三人のモノローグの中では多襄丸の「白状」が「最も真実に近い」、つまり多襄丸が武弘殺害の犯人だという印象を持つようにテクストは織られているのである。しかし、それでもあえてそれぞれまったく位相の異なる、不等価な三つのモノローグを重ね合わせることによって、各陳述の真偽の判定に三者の一致は不要となり、（裁判の結果とは別に）ほとんど数学的な論理によって事件の真相へと接近していくことが可能となる。これは前述した、読者を〈真相〉へと向かわせる強い力と相まって、このテクストの大きな魅力となっている。しかも圧巻なのは、その数学的な倫理に貫かれた〈真相〉への接近がその謎解きそのものを自己目的化するのではない。そうではなくて、その〈真相〉への接近の過程で、それぞれ異なる三つのモノローグの文体や語り、そして決定的瞬間の記憶のずれによって、（『指輪と本』では描けなかった）裁判の証拠や結果からだけでは知りえない、「犯罪者と犠牲者双方の本当の秘密」＝「動機や感情の究極の真実」といった心の真実という主題に迫り、読者にそれを体感させていくという離れ業をやってのけているところにテクストの核心があるのだ。

ラフカディオ・ハーンはその『指輪と本』の批評の最後に、「この巨大な詩を考察してみれば、諸君の幾人かは、将来きっとこの方法を何か実人生上の出来事に少し適用してみようという気にもなるだろう。ここで言うのは、詩によってではなく散文によってという意味である。もしそれを試みられるほど人間の本性というものに精通したならば、物語を語るにはこれ以上すぐれた方法はまたとない。これは完全にブラウニングの発明であるし、新しい方法と呼んでよいだろう。しかしもちろん、何かこれと同じことを行なえるようになるためには、人間の性格を読みとる大変な能力を備えなければならない」（傍線、引用者）と書く。かねてブラウニングの劇的独白の方法に強い関心を抱いていた芥川はまさに、ハーンの批評に誘惑されてブラウニングの方法を試みつつも、さらにその射程を超えて、

「詩によってではなく散文によって」、小説「藪の中」のテクストを構築したのである。すぐれた批評にいざなわれて新たな小説のエクリチュールが生み出される。それは感動的でさえある。その小説が果たして文学的に豊かといえるかどうかは議論の分かれるところであると思うが、その数学的に張りめぐらされたパズルを思わせる緻密なエクリチュールに、小説家・芥川龍之介の凄みを感じずにはいられない。

【引用文献】

『ラフカディオ・ハーン著作集　第八巻　詩の鑑賞』（篠田一士・加藤光也訳、恒文社、一九八三年）

第二部　〈私〉を探す物語

第三章　「庭」——受け継がれていくもの、作りかえられていくもの

入江香都子

序

作品「庭」は、一九二二（大正十一）年、七月一日発行の雑誌『中央公論』に掲載され、後に作品集『春服』（春陽堂、一九二三年五月）に収録された。[★1]

江戸時代には、宿場町で大名などが泊まる本陣であった「中村と云ふ旧家」の庭は「御維新後十年ばかりの間は、どうにか旧態を保つて」いた。その庭は皇女「和の宮様御下向の時、名を賜はつたと云ふ石灯籠」もあるほど由緒正しいものである。最初、中村家の母屋には隠居とその妻が、離れには「家督を継いだ長男」が妻と一緒に住んでいた。維新後の世の変化にともない、中村家の庭も形を変え、荒廃の運命を辿る。そして、その庭の変化は、「母屋」と「離れ」に住む中村家の人々の移り変わりとも関連している。隠居の死後に長男が跡を継ぎ、その後、長男が亡くなり、隠居の死の翌年から十年目、家出していた放蕩者の次男が帰還して母家に身を置く。ある日、彼は母親の歌う唄を聞き、それをきっかけに荒れた庭を「もとのやうに」しようとする。その思いはやがて、甥の廉一に受け継がれていくのだが……。

同時代評では、「傑作」という評もあったが、[2]その後の研究においては単独の作品論として論じられることが少なく、芥川の作品の中では、それほど重要視されることのなかったものである。しかし私は、芥川の作品に一貫して見られる登場人物のアイデンティティのテーマに光を当てることにより、この作品においてより深い読みができるのではないかと考える。中でも、「庭」と同時期に書かれた「六の宮の姫君」や「白」、後期の「玄鶴山房」、「河童」など、ある場所が登場人物のアイデンティティに深く関わっている芥川作品は少なくない。「庭」ではこうした場所の問題に、さらに明治維新という歴史的背景も加わり、登場人物のアイデンティティの継承の問題に関わってくるのである。本章では、中村家の人々が住む場所と、庭造りを通して中村家に代々受け継がれてきたアイデンティティの問題について、維新後の時代背景も視野に入れつつ考察したい。

このように、場所や歴史背景を視野に入れて登場人物のアイデンティティを論じた論文には、乾英治郎氏、[3]高橋龍夫氏[4]等の論がある。こうした先行研究を踏まえ、作品の中心的な場所である庭だけでなく、さらに「母屋」や「離れ」といった家族が住む場所にも注目したい。加えて、この作品においては、廉一が生きる明治三十年代を描いていることに重要な意味があると考えられる。

そのため、まず第一に、中村家の人々が住む「母屋」と「離れ」との関係に焦点をあて、「中村と云ふ旧家」に代々受け継がれた精神の継承者がどのように配置されているのかを考察する。第二に、由緒正しい庭が荒廃していく過程を追いつつ、それが中村家の人々の心のあり方とどのように関わっているのかに注目し、最後に、次男が庭を復興させることの意味と、その行為が廉一に伝えたものを分析し、芥川が中村家の人々のアイデンティティの継承の問題をどのように表現しているのかを、テキストと時代背景とを照らし合わせながら明らかにしていきたい。

一　「母屋」と「離れ」の人々

中村家の「母屋」と「離れ」に住む人々の位置関係は重要である。まずはじめに、この作品の舞台となっている中村家の母屋と離れ、及び庭を含む家全体、つまり「宿の本陣」とはどういう場所であったのかをおさえておきたい。

丸山雍成《やすなり》氏の『近世宿駅の基礎的研究』[★5]によれば、宿駅の本陣とは「主に参勤交代の諸大名がその道中において宿泊・休憩した旅館」で、「大名だけに限らず、宮家・公卿・幕府役人・高僧その他の貴人の休泊にもあてられた」ため、「宿駅において貴人の宿する大旅館」を意味するという。また、宿の本陣の「文化伝搬の役割が〔……〕大であった」ことも指摘されている。さらに、貴賓の泊まる奥座敷は一般的に「美しい庭園の情景が居ながらにして見える特別の間」なのだという。

実際この作品は、芥川の友人である洋画家・小穴隆一の家族の話に材を得たと言われており、小穴の実家は中山道における交通の要衝であった洗馬宿の脇本陣志村家である。洗馬宿の本陣、脇本陣には共に広大な屋敷と庭園があり、特に庭園は『善光寺道名所図会』[★6]に「中山道に稀な名園」と紹介されたほどで、その明媚な様は中山道の中でも群を抜いていると、有名だったという。志村家屋敷跡に「明治天皇御行幸在所」の碑が残っていることからも、貴人が滞在した往時の隆盛を偲ぶことができる。

作品「庭」の舞台となった洗馬宿の脇本陣であった志村家の庭の様子を描いた「志村氏林泉の図」。『善光寺名所図会　巻五』より。

作品の舞台となった洗馬宿の脇本陣・志村家や本陣の間取り図を、藤島亥治郎氏の著書『中山道』[★7]所収の図に見ることができる。いずれも広大な敷地の大部分を庭が占め、それを囲むような家屋の配置から、庭がいかに大事な場所であったかがうかがえる。これらのことを踏まえてテキストを読むと、作品世界はひときわ彩りを増して浮き上がってくるだろう。というのも、「庭」のテキストの記述とこれら本陣の間取り図は同様の構造をもっており、芥川は当時の本陣の家の造りを忠実に再現していると考えられるからだ。物語の始まりから、物語の舞台となる中村家の「母屋」の一室は「庭に面し」ており、そこには「隠居」とその妻が住まい、母屋と「廊下続きになつてゐる、手狭い離れ」には「長男」夫婦が暮らしていることが示されている。また、母屋が「庭に面し」ているというテキストの記述から、隠居は貴賓の泊まっていた

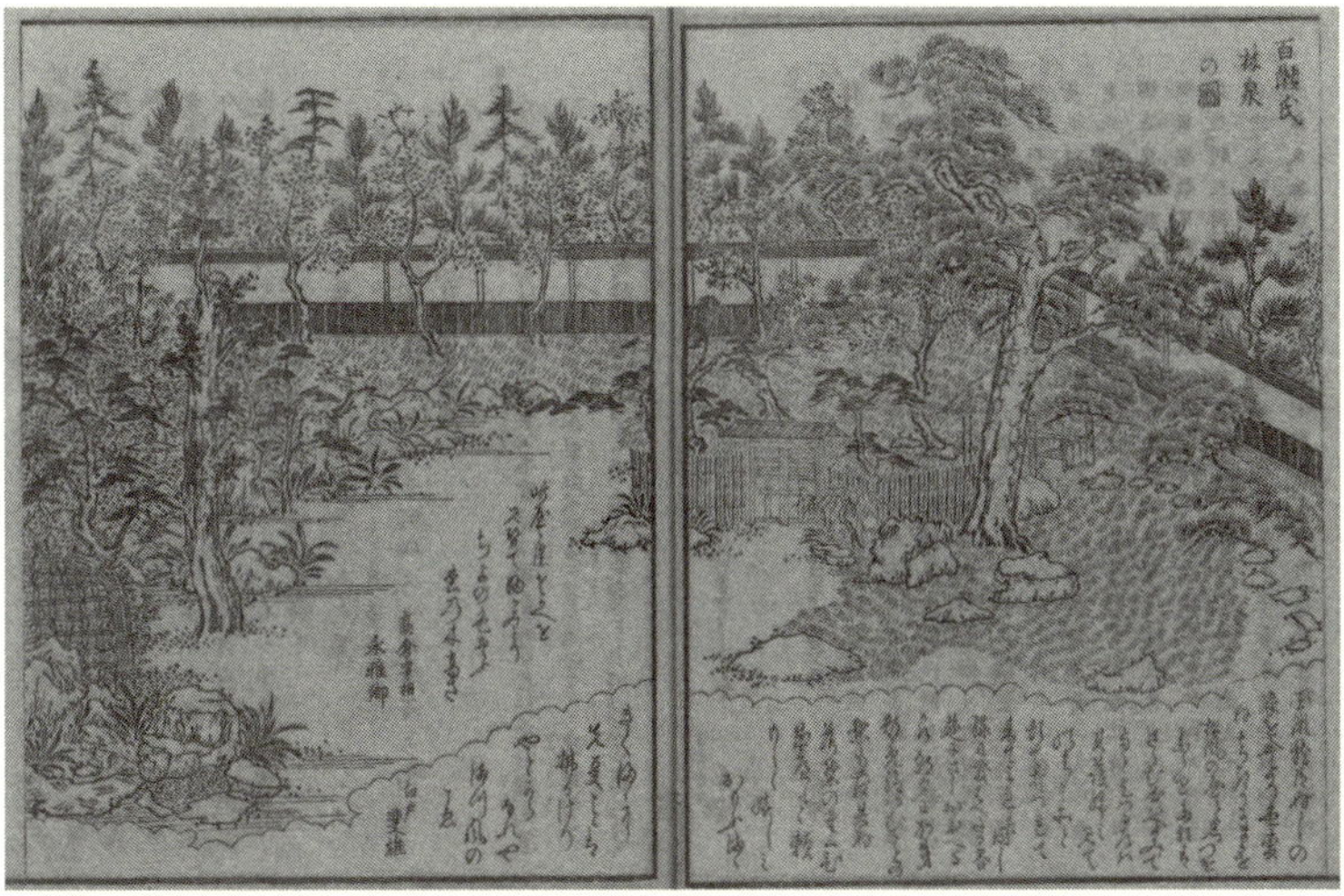

洗馬宿の本陣・百瀬家の庭の様子を描いた「百瀬氏林泉の図」。志村家とともに庭の美しさで知られていた。『善光寺名所図会　巻五』より。

奥座敷で過ごしていたことが推測できる。こうしたことから、「御維新後十年ばかり」は中村家の中心は、家督を長男に譲ったとはいえ、まだ「母屋」に住む隠居にあることが示唆されているのだ。

幕府の庇護のもと栄えた、大名などの武家や公家とつながりのある「宿の本陣」の主らしく、「庭」のテキストにおける、母屋での隠居は、妻と一緒に「碁を打ったり」、「花合せ」をして「屈託のない」日々を過ごしている。

また、跡取りの長男が「文室」という表徳（雅号）を持ち、乞食《こつじき》宗匠の井月《せいげつ》★8と親交があることなど、彼は風流を好むという点では、隠居の気質を受け継いだ人物だといえるだろう。

これと対照的に描かれているのが、物語の最初の時点では中村家の外にいる三男である。彼は家を出て「五六里離れた町の、大きい造り酒屋に勤めて」おり、「滅多に本家には近づ」かず、中村家から遠ざかっている存在として描かれている。三男は、跡継ぎの長男とは「気が合は」ず、また長男や次男とは違う「勤め」人である。「山気に富」み「米相場や蚕に没頭」する性質で、後に「事業に失敗した揚句」、懲りることなく当時の経済の中心「大阪へ行つた」ことからも、風流を愛する父や兄とは違い、それよりもむしろ経済に重きをおいた性格が浮かび上がってくるのである。

その後、隠居の死を境に、母屋と離れの住人は変化していく。母屋には隠居の妻と長男夫婦、隠居の死の翌秋に生まれた長男の「一粒種」廉一の四人が暮らし、離れは、中村家とは縁のない「土地の小学校の校長」に貸すことになる。これは、単に他人が家に入り込んできたということを意味するのではない。「御維新後十年ばかり」が経ち、その後庭が「二年三年と荒廃を加へていつた」時期のある夏、すなわち明治維新から明治十二、三年頃の中村家が、家の一部を貸さなければ経済的に立ち行かなくなっているということも表しているのである。

小学校長は、立身出世の学問を奨励するため明治五年に制定された学制の理念を象徴する人物であり、同時に「福沢諭吉翁の実利の説を奉じてゐ」る人物として描かれている。彼は、新しい時代の思想を中村家にもたらすことになる。

そして、長男の死後、校長の転任を機に今度はその離れに、それまで中村家の外にいた三男が、勤め先の末娘と結婚して移り住むのである。嫁入り道具が届き、離れは華やかな様相を呈する。一方、家の中心であるはずの母屋の様子は、それとは対照的に描かれている。そこでは、それまで徳川幕府との結びつきの深い大名によって栄えていた中村家の明媚な庭が維新を境に荒廃し、家が没落していくに従って、隠居、長男、長男の嫁、と死人や病人が相次ぎ、挙げ句には住人は隠居の妻と廉一だけとなってしまう。そうして、隠居の死後に「駆落ちをしてから十年目」、すなわち明治二十三、四年頃に、それまで放蕩をしていた「道楽者」の次男が、中村家へ帰ってきて母屋に身を置くのである。

或雪曇りの日の暮方、駆落ちをしてから十年目に、次男は父の家へ帰つて来た。父の家――と云つてもそれは事実上、三男の家と同様だつた。三男は格別嫌な顔もせず、しかし又格別喜びもせず、云はば何事もなかつたやうに、道楽者の兄を迎へ入れた。

爾来次男は母屋の仏間に、悪疾のある体を横たへたなり、ぢつと炬燵を守つてゐた。

（「中」[★9]）

作品「庭」は、「上」「中」「下」の三章から成り立っている。これは、「中」の冒頭の場面である。家が最早「事実上、三男の家と同様」であるにもかかわらず、次男が「悪疾のある体を横たへた」のは母屋の、しかも仏間である。そこには「大きい仏壇に、父や兄の位牌が並んでゐ」る。つまり、「母屋の仏間」は、先祖代々続いてきた中村家を象徴する場所であるといえる。放蕩の限りを尽くしてきた次男は、まるで顔向けができないかのように「位牌の見えないやうに、仏壇の障子をしめ切つて置」き、仏間に閉じこもったまま日々を過ごすのだが、彼が「母屋の仏間」に身を置いていることは、この後の作品の展開において重要な意味を持つのである。この時点で、母家には次男の他にも隠居の妻、長男の「一粒種」廉一の三人が住んでいる。廉一が、中村家が「宿の本陣」として栄えていた昔の隆盛を知り、往時を語る可能性のある唯一の人である祖母（隠居の妻）とともに物心ついた頃から母家で暮らしていることには意味がある。ここに、彼が中村家の精神の継承者にふさわしい人物だということが示唆されているからだ。そしてそれは、彼が後に次男の庭造りを手伝っていることとも無関係ではない。一方、長男の死後、実質的な当主となった三男が、それにもかかわらず当主の住まう母屋ではなく、離れに住み続け、風流を解さず実利に重きを置いていることは、廉一の描かれ方とは対照的である。

こうした人物と住居との関連からみていくと、母屋には武士階級に代々支えられてきた中村家の人々の精神を継承する人間が住み、[★10]離れには実利主義の小学校長や経済優先の勤め人である三男から想起される、明治の新しい思想を持った人が住むという構図が浮かび上がってくる。

この作品における、中村家の庭の崩壊と一家の没落の関連は早くから指摘されてきたが、[★11]従来あまり考察されることのなかった、こうした「母屋」と「離れ」の相互の役割に注目したい。そこに住む人々は、時代の移り変わりや中村家の人間としての精神の継承と密接な関係をもっていると考えられるのである。

二　由緒正しい庭とその荒廃

次に、これまで考察してきた「母屋」と「離れ」の関係を念頭に置きながら、庭の移り変わりを考察したい。作品冒頭では「昔はこの宿の本陣だつた、中村と云ふ旧家」の庭が、どのようなものであったのかが詳しく記述されている。

昔はこの宿の本陣だつた、中村と云ふ旧家の庭である。

庭は御維新後十年ばかりの間は、どうにか旧態を保つてゐた。瓢簞《へうたん》なりの池も澄んでゐれば、築山の松の枝もしだれてゐた。栖鶴軒《せいかくけん》、洗心亭、――さう云ふ四阿《あずまや》も残つてゐた。池の窮《きは》まる裏山の崖には、白白と滝も落ち続けてゐた。和の宮様御下向の時、名を賜はつたと云ふ石灯籠も、やはり年年に拡がり勝ちな山吹の中に立つてゐた。

（「上」）

ここには庭の様子とともに「中村と云ふ旧家」に関する多くの情報がさりげなく盛り込まれている。中村家は、幕末まで交通の要衝として賑わっていたある宿場町で、大名や公家、幕府の役人など高貴な人々が公式に宿泊する宿「本陣」を営み、「中村と云ふ」名字帯刀を許された「旧家」として描かれている。庭には、公武合体政策のため一八六二年に十四代将軍徳川家茂の元に降嫁した皇妹、和宮が江戸へ向かう際、ここに宿泊したことを示す「石灯籠」が立っている。このことには、重要な意味がある。幕府の権威が失墜していたこの時期、幕府側が朝廷の権威を借り、その力を少しでも堅固なものにしようと計ったこの婚姻は、まさに国家の一大事であって、京から江戸へ向かう道には中山道がとられ、警戒は厳重をきわめ、非常に大がかりなものであったという。[★12]こうしたことを踏まえた時、この旅の途中で和宮が中村家に立ち寄っていることが、この家の、大名や公家との繋がりの深さをより強く表していると考えられる。

しかし、この冒頭部分には、「明媚な人工の景色」を誇る庭が、明治維新を境に「御維新後十年ばかり」経った後には崩壊していく兆しも同時に示されている。中村家が武士階級を中心とする幕府によって栄えた宿場町で、特に上級武士や高貴な公家を相手にしていた「宿の本陣」である以上、武士の世が終焉を迎えて時代が明治へと移れば、そこに「何処かにある荒廃の感じは隠せなかつた」のは当然のことだからである。江戸の佇まいを残している「庭の内外」つまり中村家の庭や宿場町に、「何か人間を不安にする、野蛮な力の迫つて来た事」とは、時代の変動という「力」であり、江戸時代の武士階級が崩壊したために後ろ盾をなくした一つの旧家が、時代の風にさらされるようになったことをも示している。テキストは、この家の隆盛を象徴してきた庭の移り変わりの説明を要所要所に据えながら、それと対峙させるように中村家の家族について語り、この旧家が崩壊していく過程をより鮮明に浮き上がらせる、という構成で描かれている。

例えば、「旧態を保つてゐた」頃の庭の様子は、長男と井月の詠んだ『山はまだ花の香もあり時鳥、井月。ところどころに滝のほのめく、文室』という附合《つけあい》からも読みとることができる。庭にはまだ目を愉しませる美しい山や滝の〈眺望〉に、鳥の鳴き声や滝の流れる〈音〉が聞こえ、嗅覚を心地よく刺激する花の〈香り〉もあり、五感を使って風流な句を詠める状態であることがわかる。しかし、維新後十年を過ぎると、庭は「二年三年と、だんだん荒廃を加へて」いき、「澄んでゐ」た瓢簞なりの池には「南京藻が浮び始め」、松の枝が美しく手入れされ「しだれてゐた」築山の「植込みには枯木が交るやうにな」っていく。

ところで、このように手入れが行き届かず、庭が荒廃し始めた明治十年前後の日本の様子をみると、明治九年に武士の世の終わりを告げる「廃刀令」が発令されている。明治三年に庶民の帯刀が禁止されて以来、ついに旧武士である士族の帯刀が禁止されるのである。これは、大名をはじめ位の高い武士を最大の顧客とした「本陣」を営み、それ故に公家などの賓客も泊まっていたことがアイデンティティの源であった中村家の人々の没落とも呼応しているといえるだろう。そして、それを象徴するかのように、家の中心である母屋に住んでいた隠居が間もなく頓死する。死の四、五日前、隠居の目に「池の向うにある洗心亭へ、白い装束をした公卿が一人、何度も出たりはひつたりしてゐた」「幻が見えた」（「上」）のも、かつて武家社会の中で栄えた中村家に宿泊していた身分の高い「公卿」の姿を庭に見、中村家がそのような由緒正しい家であることに彼のアイデンティティがあったことを示しているのだと考えられる。そして、隠居の死から、庭は大きく変化し始めるのである。

隠居の死後、長男は「母と母屋に住」み、名実ともに中村家の当主となる。その後、離れを借りた「土地の小学校の校長」は、「庭にも果樹を植ゑるやうに、何時か長男を説き伏せ」、その結果、花見もできて「一挙両得ですね」と評したりする。つまり校長の目からは、「瓢箪なりの池」や「築山」、「四阿」、「滝」といった、庭を美しくかたどり、風流を愉しみ愛でるためだけにあるものは、役に立たないものとみなされるのだ。

その結果、庭は春になると「雑色の花を盛るやうにな」るが、語り手はそのような変化を捉え、「築山や池や四阿は、それだけに又以前よりも、一層影が薄れ出し」、「自然の荒廃の外に、人工の荒廃も加はつた」と否定的に述べている。言い換えれば、手入れが行き届かず荒れてしまった「自然の荒廃」に、愛でるために植えられた木々の中に、食べるための果樹を植えた結果「雑木」になってしまうという「人工の荒廃」が加わったことになるのである。

その結果、均衡を保っていたはずの中村家の庭は、この庭本来の雅やかさを失うことになる。そして、ついには裏山の火事で「池に落ちてゐた滝は、ぱつたり水が絶えてしま」う。作品冒頭では「白白と滝も落ち続けてゐた」と記述され、長男と井月の句の中でも「滝のほのめく」と詠まれ、最後までその荒廃が一度も語られなかった滝が、ここで絶えてしまうのだ。まず、果樹を植えることで視覚的均衡を失い、次いで、火事で山が焼けたことにより耳を愉しませていた時鳥《ほととぎす》の泣き声や水音が消え、そして水が池に流れるという動きまでもが失われてしまったことを、滝の水が絶えてしまうことで表しているのだと考えられる。

このことは、長男が死ぬ間際に、「もう井月はとうの昔、この辺の風景にも飽きたのか、さつぱり乞食にも来なくなつてゐた」（上）と書かれていることにも表れている。つまり、「飽きたのか」という断定しない表現からも推察できるように、「飽きた」というよりはむしろ、井月にとって、庭が五感に訴えず歌を詠むのにふさわしくない場所となったことを意味し、同時に中村家が、もはや井月に「酒を飲ませたり字を書かせたり」できない経済状態となったことも読みとれるだろう。

これと時を同じくして「当主」である長男が「肺病」になり、彼の死から一年後の暮れには、その妻も同じ病で亡くなる。長男の妻の野辺送りの翌日には、「築山の影の栖鶴軒が、大雪の為につぶされてしま」い、翌年の春には「濁つた池」のほとりに、ここが由緒ある庭であったことをうかがわせる四阿「洗心亭の茅屋根」だけをわずかに残し、花さえ咲かない「雑木原の木の芽」に変わったことが示されている。

旧態を保っていた頃の庭を知っている隠居と長男、そしてその妻が相次いで亡くなり、由緒正しい中村家の精神を象徴していた庭も荒廃していくというこの状況は、単に旧家の没落だけを描いているのではない。武家社会に支えられた風流を解する名門としてのアイデンティティの継承者が絶えたことも意味しているのである。

三　造り直される庭

この作品において次男は、廉一と並んでもっとも重要な人物である。彼は「縁家の穀屋へ養子に行き」、三男同様「滅多に本家には近づかな」い人物として描かれている。父の死の翌年に駆け落ちをし、以来十年間行方知れずであったため、荒廃した庭や中村家の状況を知らないのである。その空白を示すように、彼が帰ったのは「父の家」と書かれており、ここには、次男の父親が当主であった頃の家という、彼自身の意識が表れている。それは同時に、庭が「旧態を保つて」いた頃を意味していると考えられる。

〔……〕すると或日彼の耳には、かすかな三味線の音が伝はつて来た。と同時に唄の声も、とぎれとぎれに聞え始めた。「この度諏訪の戦ひに、松本身内の吉江様、大砲固めにおはします。……」次男は横になつた儘、心もち首を擡げて見た。と、唄も三味線も、茶の間にゐる母に違ひなかつた。「その日の出で立ち花やかに、勇み進みし働きは、天つ晴勇士と見えにける。……」母は孫にでも聞かせてゐるのか、大津絵の替へ唄を唄ひ続けた。しかしそれは伝法肌の隠居が、何処かの花魁に習つたと云ふ、二三十年以前の流行唄だつた。「敵の大玉身に受けて、是非もなや、惜しき命を豊橋に、草場の露と消えぬとも、末世末代名は残る。……」次男は無精髭の伸びた顔に、何時か妙な眼を輝かせてゐた。

（「中」）

これは、父の家に帰ってきた次男が病身にもかかわらず、庭を「もとのやうに」しようとする契機になる場面であり、この物語の転換点でもある。聞こえてきた三味線と唄声は母によるもので、昔、伝法肌の隠居が高級遊女である花魁《おいらん》に習った二、三十年前、つまり幕末期の流行歌である。

高橋龍夫氏はこの場面を「既に喪失してしまっている父（旧家）への回帰意識を蘇生させた」と的確に指摘している。[★13] しかし、次男が動き出す契機となったこの唄を歌っているのが、母親だということも見逃してはならない。

父親が「二三十年前」（幕末期）に唄っていた歌が、母親の記憶を介して次男の耳に聞こえ、「中村と云ふ旧家」が本来どのような家であったのかを、討幕派と戦う藩士の勇姿を[★14]「末世末代名は残る」と歌う唄によって彼に気づかせたのである。それは、今や母親が、中村家が大名や公家が宿泊する「宿の本陣」として栄えていた頃から次男がいた頃までを知る、唯一の人物であることからも読みとることができる。幕府の庇護の元、由緒正しい旧家として継承されてきた精神の媒介として、昔を知る母親の唄は機能しているのである。だからこそ、次男は、維新後に浸透した実利主義とは無縁に、「明媚な人工の景色」を愛でるためだけに丹精込められた頃の庭にすべく、「もとのやうに」しようとしているのだと考えられる。

ただ、「縁家の穀家へ養子に行き」「滅多に本家には近づかなかつた」次男にとって、彼の記憶に残る庭は、「陽炎の中に〔……〕煙つてゐた」、「殆ど幻のやうに昔の庭を見る事が出来た」、「細かい部分の記憶になると、はつきりした事はわからなかつた」（以上「中」）と、不確かなものであることが繰り返し描写されている。そうして、ついには病と過労のために「混乱して来た」頭で思い出すかつての庭が、どのようなものであったのかさえ、「わからなくなつてしま」うのである。しかし、「豆を拵へたり、生爪を剝いだり」し、時には「死んだやうに」倒れ込んでも「何分かの後、彼は又蹌踉《よろよろ》と立ち上ると、執拗に鍬を使ひ出すのだつた」（以上「中」）と、次男の庭造りが一時の思いつきなどではなく、真剣に命がけでやっていることもうかがえる。

家族のだれもが次男の庭造りに冷ややかな中、彼は、庭を荒らしていく「自然の荒廃」すなわち手入れが行き届かず荒れるに任せることと、「人工の荒廃」つまり、風流を解さず近代的な実利主義で手を入れたことによって庭を荒廃させていく状況に逆らい、それらに見向きもしない「人間」（家族）に「背を向けながら」、黙々と美しい庭を造るためだけに「少しづつ庭を造り変へて行」くのである。

その後、甥の廉一の助けを借りながら、庭は次第に姿を表す。もとの庭と同じではないものの、美観を守り、愛でるためだけに丹誠込めた庭なのだ。その意味で、この庭が単なる一般的なそれではなく、かつての中村家の精神を受け継いだ庭だということを示すように、「「庭」は其処にあつた」と、敢えて括弧付きで強調されていることは重要である。それが、「名高い庭師の造つた、優美な昔の趣は、殆ど何処にも見え」ず、「何箇所でも、直したい所が残つてゐた」不完全なものであっても、次男を「幸福」にし、「骨を折つた甲斐だけはある」と「満足」させたのである。その満足は、庭そのものの完成度に対するものではなく、かつての理想の庭に戻そうと、実利とは関係なく、美しい庭を造るためだけに懸命に「骨を折つた」行為に対する満足だと考えられる。

養子となり穀屋の跡取りでありながら、養家の財をさらい、全てを捨てて酌婦と駆け落ちをしたものの、そこには、理想とはかけ離れた「十年の苦労」が次男を待ち受けていた。挙げ句には病気をうつされ、「諦め」の気持ちで生家に戻った彼にとって、造り直した「庭」が、描いていた理想（＝かつての庭）とは外面的には違うものでも、「仕方がな」いと「諦め」がついたはずである。それよりも、今の彼にできる限りのことをやり、中村家に代々伝わる、打算を抜きにした愛でるためだけの美しい庭を造り、そこに努力の跡を刻んだ満足感が次男を「救つた」のだろう。だからこそ、息を引き取った次男の死に顔は「笑つてゐるやう」に満足げであったのだ。さらには、家出から帰還して以来、顔向けができないかのように、父や兄の「位牌の見えないやうに」、「しめ切つて置いた」仏壇の「障子が明いてゐる」（以上「中」）たことは、次男自らが死ぬ前に開けたことを意味しており、それが彼の「満足」と繫がっているといえるだろう。

そして、この実利抜きの庭造りを通して、次男から中村家の人間としての精神を受け継ぐのが甥の廉一である。彼は隠居が亡くなった年（明治十三年頃）の翌年、すなわち次男が酌婦と駆け落ちをした年と同じ年の秋に生まれていることから、明治十四年頃の生まれと推測できる。つまり、「もとのやう」な庭を廉一は知らないのである。一方、荒廃した庭を次男が知らないことと考え合わせると、二人が一緒に庭造りをすることで、お互いの空白期間を間接的に繫げると考えられる。しかしそれは同時に、時間的空白は繫いでも、中村家の庭に対する視覚的情報を、二人が共有していないことも意味している。

次男が駆け落ちから戻ってきた「十年目」に、やっと十歳になっている廉一にとっての「庭」は、次男の手伝いをする中で、次男の目を通して見ているものでしかない。廉一は、次男が造ろうとする庭を、自身の中で彼固有のイメージとして描くしかなく、そのため次男と廉一がイメージする庭は、必ずしも一致してはいない。しかし、次男の作った「せんげ」の縁に廉一が「石を並べて」美しく彩ろうとし、手伝いを申し出、熱心に手伝っていることから、彼には、知らないながらも次男の造ろうとするものに共感し、風流を解する心があると考えられる。その意味で、廉一は、次男が庭造りを通して継承した中村家の人間としての精神を、さらに受け継ぐものとして描かれているのである。

そのことを示すかのように、次男の死後、家がなくなって語りの現在を生きている廉一を語った「下」の冒頭では、庭が次男の手によって「旧に復した後、まだ十年とたたない内」、つまり明治三十年前後に既に「家ぐるみ破壊された」にもかかわらず、「昔はこの宿の本陣だつた、中村と云ふ旧家の庭である」と現在形で書かれている。つまり、次男から廉一に継承されていったものは家と無関係ではありえないのだ。その後の描写を通して、形をなくした庭がどのように継承されていったのかがわかり、その意味で、次男が受け継ぎ、廉一に伝えたものは、単に物質としての庭の美ではなく、ただ愛でるための美しいもののために丹精込め、「骨を折」り懸命に努力するという、中村家の精神であったといえるだろう。芸術感や美意識といった価値観の枠におさまるものではないのである。

さて、作品「庭」の時代背景との関連に関しては、神田由美子氏、高橋龍夫氏、安藤公美氏等[★15]による詳しい考察があるが、私は、ここで中村家の庭が崩壊した後の明治三十年代に特に注目し、考察を進めたいと思う。庭が崩壊し、廉一が生きる明治三十年代の時代背景は、非常に重要な意味を持つと考えられるからだ。

「宿の本陣」であった中村家の庭が、明治政府による新時代の象徴、鉄道を意味する「停車場」に取って代わられ[★16]、「家ぐるみ破壊された」頃である明治三十年前後の日本の様子をみてみると、この時期が日清戦争（明治二十七〜二十八年）の後にあたることがわかる。これは、明治を象徴する思想である実学を推し進め、明治政府の中心的課題の富国強兵政策が実を結び、日本が勝利した戦争である。つまり、幕末までの日本の基本的教学であった儒教を伝え、手本となってきた大国、清に、西洋思想で欧化した日本が勝利した戦争なのである。

この勝利による多額の賠償金で、日本は資本主義的発展と軍事拡張の財源を得、その後、政府は軍備をさらに拡張、明治三十一年には軍事費が国家予算の五〇パーセントを超えたほどであった。『日本国有鉄道百年史』[★17]によると、その中でも鉄道には「経済的機能と軍事的機能とを両立」させることが求められ、日本の鉄道は「このの ち日露戦争開始の時期にこのような方針にのっとってその態勢を固めてい」る。その結果、日清戦争から十年後の日露戦争の際には、青森・下関間、つまり本州全土を貫く鉄道網が完成し、はるかに大規模な兵力と軍需品とを出港地に集結できるようになったという。

これらのことを考えると、旅客の宿泊施設や荷物輸送の人馬を整え、幕末まで交通の要衝として栄えた宿場で、大名や公家の庇護の元で本陣として栄えた「中村と云ふ旧家」は、幕府に替わる新政府の「力」によって、この時期、その機能を鉄道に取って代わられ「破壊」されたということになるのである。

明治期に生を享け、「旧態を保つてゐた」頃の庭を知らない廉一が、今や東京にいて、維新前の日本的な雰囲気を持つ「故郷の家庭と、何の連絡もない」西洋的なものに囲まれ「油絵の画架」に向かう姿も、このような時代の移り変わりを示している。しかし、ここで重要なのは、次男との庭造りを通して彼が中村家の人間として継承したものである。

実利とは関係なく、見せるため、愛でるためだけに丹精込めて手入れされた明媚な人工の庭、それこそが中村家の本来の姿であった。そして、それを造り、残すために懸命に努力することを惜しまない。それが、幕府と繫がりのある大名や公家たちによって栄えた、由緒ある旧家、中村家としての精神であり、一族の人々を支えてきたアイデンティティであったと考えられる。それは、時代が移り、実体としての「庭」が喪失しても、庭の再興のために次男と共に懸命に「骨を折つた」廉一に、形を変えて確かに受け継がれているのである。明治、大正期を近代人として生きる廉一も、やはり、実利とは程遠い「貧しい中に」、庭と同様、人に見せ、愛でるための「油画を描き続け」、懸命に「不断の制作」を続けていることからも、そのことは明らかである。と同時に、作者が、中村家の実質的な跡取りであった実利的な生き方をする三男を、「三男の噂は誰も聞かない」と廉一とは対比的に描き、その後が何も語られていないことも、彼がその精神を継承していないことを意味しているといえるだろう。★18

ただし、廉一は、中村家の精神を受け継ぎつつも、個を活かすという近代的な価値を獲得していることも見逃してはならない。そこで、廉一が選んだものが「油画」であることに注目したい。それは、作り手の名を要さず、佇まいがその「家」を象徴する庭ではなく、作者自身の固有名が確かに署名されるものである。つまり、新しい時代を生きる廉一のアイデンティティとは、次男と全く同一というわけではない。中村家の精神を継承しつつも、それを新たな時代の中で「個」として新しく作り替え、活かしているものなのである。それは、家族の中で彼だけが「廉一」という固有名詞を与えられていることからも明らかだと思う。[★19]

以上、作品「庭」において、中村家の人々に受け継がれたアイデンティティの問題について、芥川作品の一貫したテーマの一つである、ある場所が登場人物のアイデンティティを形成する上で重要な意味を持つという、場所との関わりに注目して考察した。

中村家が、江戸時代の徳川幕府と縁の深い大名や公家との繋がりの中で、由緒正しい旧家の人間としての精神を受け継いできたことは、住人達の住む「母屋」と「離れ」という場所の相互関係と、その庭の造りと復興の過程に描かれていた。

こうした、場所とアイデンティティのテーマを、他の芥川作品とも共有しながら、場所が人々のアイデンティティに与える影響と、実態としての場所を失ってもなお形を変え、新たな要素を加えながら人の心に残っていくものを、日本の近代にとって重要な意味を持つ幕末から明治期という時代を背景に描いているところに、この作品の独自性はあるのだと思う。

さまざまな価値観が、役に立つものや経済性といった実利に傾倒した明治期において、実利的には無意味でも、人の心や五感に訴える美しいものを懸命に作り続けていくという、その精神こそが中村家の人間としてのアイデンティティであったのだと考える。それは、時代が変わり、たとえ目に見えるものが実体を失ったとしても、決して壊されることなく、形を変え、受け継がれた人の中に残り、新たな形を成して連綿と受け継がれていくものなのである。

【注】

★1 『中央公論』（第三七年第七号一九二二年、七月一日初出。後に短篇小説集『春服』春陽堂、一九二三年）に収録。

★2 加藤武雄の「取り立てゝいふ程のものではない」（『読売新聞』「七月文壇の一瞥（一）」一九二二年、七月七日）との評の一方、藤森淳三が「芥川氏の「庭」は傑作」の題名で「全くこの作品には私は文句なしに、感服してしまった」（『時事新報』「七月月評　批評と紹介（六）」）一九二二年、七月十三日）と絶賛している。

★3 乾英治郎「芥川龍之介『春服』における〈庭〉の意味」（『日本文学論集』、一九九九年九年、三月）では、作品集『春服』の中で「〈庭〉という空間が重要な意味を持つ作品」の一つとして作品「庭」を挙げ、「〈庭〉の〈自然〉による解体と〈人為〉的な復興とが旧家の自己同一性《アイデンティティー》の荒廃に重ね合わされている」と解釈している。

★4 高橋龍夫「「庭」の方法――父と故郷の問題」（『香川大学国文研究』、一九九九年九年、九月)では、「庭」は各章毎に明治十年代、二十年代、三十年代の時代変遷を辿っており、これらを「各章毎の登場人物に照合させると、いずれも各時代の社会・文化状況を体現している」と捉え、詳細に分析している。

★5 丸山雍成『近世宿駅の基礎的研究　第二』「吉川弘文館、一九七五年）

★6 滝井孝作「純潔――『藪の中』をめぐりて」（『改造』一九五一年、一月）には、この作品は芥川の友人で画家の小穴隆一が提供した話をもとにしたという記述がある。廉一を想起させる小穴は、中山道、洗馬宿のあった長野県塩尻市出身。

★7 『善光寺道名所図会』（選者：豊田利忠／校訂者:小田切春江、嘉永二年）。図表は、同書五冊目の「志村氏林泉の図」。作品の舞台となった洗馬宿脇本陣志村家の庭の絵であり、他に本陣「百瀬氏林泉の図」もあり、往時の庭の様子を見ることができる

★8 俳人、井上勝之進。芥川は「雑筆」（『人間』第三巻一月号、大正十年一月）において「井月」の表題で、「信州伊那の俳人に井月と云ふ乞食あり。拓落たる道情、良寛に劣らず」と述べている。大正十年十月、下島勲編『井月の句集』に、文章が跋として掲載された。

★9 「庭」のテキストの引川は全て『全集』第九巻に拠った。「　」内は章題を示す。

★10 母家における、当主が住むという役割に関しては、安藤公美「芥川龍之介「庭」――異文化の交差と時差」（『異文化との出会い』、二〇〇三年、三月）に指摘がある。

★11 例えば、神田由美子「芥川龍之介の「庭」について」（『目白近代文学』、一九八〇年、十二月初出。『芥川龍之介作品論集成第4巻』、一九九九年、六月所収）や、笠井秋生「『お富の貞操』『雛』『庭』」（『作品論　芥川龍之介』双文社出版、一九九〇年、一二月）他。

★12 小川四郎『日本の歴史　開国と攘夷』（中央公論新社、二〇〇六年）

★13 高橋龍夫（前掲論文★4参照）

★14 大津絵は江戸時代初頭に近江大津で売り出された民族絵画を歌い込んだ歌謡のことで、時期、地域等により様々な替え歌が作られている。神田由美子氏（前掲論文★11参照）は、この歌を水戸藩攘夷派の「天狗党」が上洛の際、幕府側のために命をかけて戦った松本藩の一兵士のことを歌ったものであると指摘している。

★15 神田由美子（前掲論文★11参照）、高橋龍夫（前掲論文★4参照）、安藤公美（前掲論文★10参照）。神田由美子氏は幕末期、高橋龍夫は明治十～二十年代の分析が特に詳しい。

★16 安藤公美（前掲綸文★10参照）は、メディアの交替という観点で、幕末から明治四十年代にかけて、宿がなくなり鉄道の停車場が開通していく過程を追っている。また、明治二十九年に設立された「白馬会洋画研究所」をはじめ、明治三十年代に盛んになった洋画研究所のことにも触れている。

★17 『日本国有鉄道百年史』第3巻（成山堂書店、一九九九年）

★18 『中央公論』初出時の結末には、廉一がブラッシュを動かしていると浮かぶ「寂しい老人」の顔（引用者注＝次男）に対して、「彼はこの顔を思ふ度に、何か心強い心もちがした」「その顔は何時も懐かしさうに、かう廉一に呼びかけるのである」という記述がある。また、「三男の噂は誰も聞かない」の一文は、後に加筆されている。これらのことから、継承者である廉一と三男の対比関係が強調されていることがわかる。

★19 「廉一」という個人名に個という観点から注目しているものとして、本稿とはやや見解が異なるが、安藤公美氏(前掲論文★10参照)などがある。

第四章　「六の宮の姫君」——原典からの改変にみるアイデンティティの問題

入江香都子

序

作品「六の宮の姫君」[★1]は、芥川龍之介が『今昔物語集』をはじめとする古典作品から材を得て書いた「王朝物」といわれる小説の中で、最後に書かれたものである。

「古い宮腹の生れ」である父を持つ六の宮の姫君は、「父母と一しよに、六の宮のほとり」で、その「教へ通り、つつまし」く暮らしていた。姫君の名前は、「その土地の名前に拠つた」という。ところが、父母の死を境に暮らしは経済的に困窮し、そのため、乳母が姫君に夫を迎えることを勧める。やがて、姫君は夫となった「男を頼みに暮ら」すことに「はかない満足を見出」すようになった。しかし、それもつかの間、翌年の春、男は父の任国、陸奥へ同行することになり、「五年たてば任終ぢや。その時を楽しみに待つてたもれ」という約束をして、姫君に別れを告げるのである。ところが……。

作品「六の宮の姫君」は、『今昔物語集』巻第十九「六宮姫君夫出家語」第五（以下、「巻第十九」と略す）を中心的な原話とし、その他に、同書巻第二十六「東下者宿人家値産語」第十九、同書巻第十五「造悪行人最後唱念仏往生語」第四十七の二つの原話を挿話的に加え、それを芥川が全六章からなる一つの物語にまとめたものとされている。

従来の研究では、「芥川は女主人公六の宮の姫君を、はっきりとした自我を持たぬ女として造形した。運命を自らの手で開拓してゆこうとせず、運命のままに流される女とした」という長野嘗一氏[★2]の指摘をはじめ、ヒロインである姫君の自我や主体性、あるいは性格の問題が繰り返し論じられてきた。[★3]しかし、この作品における姫君の人格は、彼女個人の意志や感情の問題というよりも、むしろ生まれ育った環境をはじめとする、様々な外的要因と結びついたものとして描かれているのだと思う。

また、高橋博史氏[★4]がいうように、これまでは、原典との比較において、姫君の臨終場面である第五章や内記の上人が登場する第六章が注目されてきた。言い換えれば、物語の〈筋〉の上で、原典と芥川の作品の異なる部分が注目される傾向にあった。しかし、〈筋〉の違いだけでなく細かい〈表現〉の違いを比較していくと、テキスト全体の構造として芥川の「六の宮の姫君」の創作意図が浮かび上がってくるのではないだろうか。

本章では姫君の生涯に関する描かれ方の問題を、個人の人格を社会との関わりにおいて説明するという意味で〈アイデンティティ（自己同一性）〉という言葉を使って考察したい。ヒロイン姫君におけるアイデンティティ、正確にはアイデンティティの不安の問題を、芥川のテキストと原典、とくに「巻第十九」との表現の差異に注目し、まず第一に姫君と彼女の生まれ育った環境との関係からひもといてみる。第二に、男の愛情と経済との関係に焦点をあて、最後に、芥川の創作である最終章の意味を、語る人の立場や見方という角度から分析することで、姫君のアイデンティティの不安の問題を芥川がどのように形成しているのかを明らかにしたい。

一　「六の宮」という場所

「六の宮の姫君」の中心的な原話となっている「巻第十九」との比較において、姫君のアイデンティティに関わる重要なことの一つに、彼女の生まれ育った場所、および環境に関する記述の改変の問題がある。

六の宮の姫君の父は、古い宮腹の生れだつた。が、時勢にも遅れ勝ちな、昔気質の人だつたから、官も兵部大輔より昇らなかつた。姫君はさう云ふ父母と一しよに、六の宮のほとりにある、木高い屋形に住まつてゐた。六の宮の姫君と云ふのは、その土地の名前に拠つたのだつた。父母は姫君を寵愛した。〔……〕姫君も父母の教へ通り、つつましい朝夕を送つてゐた。それは悲しみも知らないと同時に、喜びも知らない生涯だつた。が、世間見ずの姫君は、格別不満も感じなかつた。「父母さへ達者でゐてくれれば好い。」――姫君はさう思つてゐた。

古い池に枝垂れた桜は、年毎に乏しい花を開いた。その内に姫君も何時の間にか、大人寂びた美しさを具へ出した。（「一」）

これは作品の冒頭部であるが、この場面で注目したいのは、「六の宮の姫君と云ふのは、その土地の名前に拠つたのだつた」という、場所と結びついた姫君の名前の由来についての表現である。これに対し、原典の冒頭部は、「今は昔、六の宮と云ふ所に住ける、旧き宮原の子に、兵部の大輔　と云ふ人有けり。心　にして旧めかしければ、世に指出も不ㇾ為で、父の宮の家の木高くして大なるに荒は（衍カ）れ残たる東の対にぞ住ける、年は五十余に成ぬるに、娘一人有けり」[★6]（字体は新字体に）となっており、姫君の名前の由来については特に記されていない。もちろん、「六の宮」という場所に住んでいる「兵部の大輔」の娘が「六の宮の姫君」だということは原典からも読みとることはできるが、それを敢えて芥川が「六の宮の姫君と云ふのは、その土地の名前に拠つたのだつた」と書いていることには意味があるのではないだろうか。[★7]ここには、父母に寵愛され、その「教へ通り」に暮らした「宮腹」を思わせる「六の宮」という場所と結びついて形成された、姫君のアイデンティティの問題があると考えられる。そして、こうした姫君と土地の結びつきの問題は、この作品における特徴の一つとなっているのである。

例えば、「古い池に枝垂れた桜は、年毎に乏しい花を開いた」という六の宮の風景描写は、前後の文脈から考えて、姫君を象徴する隠喩となっていると考えられる。つまり、「古い池」とは「古い宮腹」の生まれである父や母と一緒に暮らした屋形のある「六の宮」という「土地」、あるいは「昔気質」「昔風」の父親を、「枝垂れた桜」と「乏しい花」すなわち桜は、父母の「教え」通り「つつましい朝夕」を送り、やがて「何時の間にか、大人寂びた美しさ」を具えた女性に育っていく姫君を、それぞれ象徴していると思われる。[★8]つまり、名前と土地との関係が最初に明示され、その後、何気なく挿入された風景描写にも姫君と土地との結びつきという特徴は表れているのである。これは父母の死後零落した六の宮の屋形が、男との結婚によって活気を取り戻し、姫君も「その懶《ものう》い安らかさの中に、はかない満足を見出し」（〔二〕）はじめていた時に、「乳母は、年の若い女房たちと、銚子や高坏を運んで来た。古い池に枝垂れた桜も、莟《つぼみ》を持つた事を話しながら。……」（〔二〕）と、再び姫君の状況と六の宮の土地とが結びつけて描写されていることからもわかるだろう。ただし、この時姫君が男に別れを告げられたことを、乳母はまだ知らなかったのだが。

また、姫君と六の宮という場所の結びつきで重要なのが、男が任地へと去り、約束の五年を過ぎても帰ってこなかったことによって前より一層零落した姫君が、六の宮の地を離れなくてはならなくなり、朱雀門の曲殿において臨終の間際に詠んだ和歌である。その和歌とは、「たまくらのすきまの風もさむかりき、身はならはしのものにざりける」（〔五〕）というもので、原典にも引かれている。この歌は、これまで男との関係でのみ解釈されがちであったが、しかしここで注目すべきは、芥川が読んだとされる、池辺義象編『今昔物語　上巻』★9 におけるこの歌に対する頭注に、「我れ昔父母在世の時は手枕の隙間の風だに寒しと思ひし身なれども貧しくなり果てゝはかゝる住居も寒しとは思はず、されば身は習はしによりて変るものなりとて、今の哀れさを自らかこちたる也」と記されていることである。これを芥川の作品の文脈に置き換えてみれば、住居つまり場所の変化に伴う環境の変化によって、「六の宮」を去らざるを得なくなった姫君が、父母と一緒に暮らしていた昔の住居すなわち「六の宮」を懐かしく思い、嘆いていると解されるのではないだろうか★10。

両親に「寵愛」され、「父母の教へ通り、つつましい朝夕を送つてゐた」姫君にとって、「姫君は〔……〕昔と少しも変らず、琴を引いたり歌を詠んだり、単調な遊びを繰返してゐた」（〔一〕）、「姫君は昼は昔のやうに、琴を引いたり双六を打つたりした」（〔二〕）、「しかし姫君は昔の通り、琴や歌に気を晴らしながら、ぢつと男を待ち続けてゐた」（「三」）というように、和歌や琴や双六は、宮腹の父や母と暮らした時の「教へ」つまり教養であり、父母在世の時に両親とともに暮らした「六の宮」での生活と結びついたものとして語られているのだ。その「教へ」が、父母の死後、どのような環境においても姫君の中に残され保持され続けていることは、「昔と少しも変らず」「昔のやうに」「昔の通り」という言葉の繰り返しからも明らかである。六の宮という場所から引き離されて「不気味な程痩せ枯れ」「浅ましい」（以上「五」）姿になった姫君が、そうした教養のひとつである和歌により、臨終の床で嘆きを歌っていることの意味は大きい。いわば、かつて父母在世の時、そのつつましい生活の中で培われた教養が、死の直前まで、彼女のアイデンティティの拠り所となっているのである。

このこととの関連で見落とせない重要な改変に、注目してみよう。

六の宮へ行つて見ると、昔あつた四足の門も、檜皮葺きの寝殿や対も、悉く今はなくなつてゐた。その中に唯残つてゐるのは、崩れ残りの築地だけだつた。（「四」）

右は、約束の五年を過ぎても姫君のもとへ帰らなかった男が九年目になってようやく京に戻り、「六の宮」を訪れた時の屋形の様子である。そこには、もはや姫君はいない。ここでは荒れ果てた屋形の様子を描写しているが、原典と比較してみると、これまでほとんど注意を払われてこなかった、さりげない、しかし重要な改変があることに気づく。それは「築地」の描写の違いである。原典では、

「六の宮に忩《いそ》ぎ行て見れば、築地頽《くずれながら》乍も有しに皆小屋居にけり、四足の門の有しも跡形も無し、寝殿の対などの有も一も不レ見」となっており、在りし日の「六の宮」の面影は失われ、かつては崩れながらもあった築地もすっかりなくなり、小さな家があるばかりである。しかし、芥川の作品では「その中に唯残つてゐるのは、崩れ残りの築地だけだつた」と、築地だけを残しているのである。

小泉和子、玉井哲雄、黒田日出男編『絵巻物の建築を読む』によると、「原則的には五位以上の人々の屋敷にしか築地は築けなかった」[★11]とあり、築地は高い身分の屋敷を示すものでもあったことがうかがえる。[★12]芥川の作品における「古い宮腹の生れ」である姫君の父の官職は「兵部大輔」、つまり五位であることに注意しなければならない。そして、これまで述べてきたように、姫君のアイデンティティが、この「宮腹」の父や母と一緒に住んでいた「六の宮」の土地と結びついていたことと考え合わせると、この崩れながらも残った築地は、姫君が死に至るまで持ち続けた和歌をはじめとする教養、つまり「宮腹」の家系につながるものとして受けた父母の「教へ」を示していると思われるのだ。

このように考えてくると、居場所を失った姫君が最期に行き着き、死してなお嘆きを送り続ける場所が「朱雀門」であることの意味合いも、芥川のテキストでは原典とは異なってくるように思われる。平岡敏夫氏も指摘しているように、[★13]朱雀門は、大内裏すなわち皇居と諸官庁が占めた地域の正門であるが、「内裏を出発地、目的地とするこの門の用例のすべてが行幸に関するものであった」[★14]ことから、宮家との繋がりを思わせる境界的な場所である。

これらのように、姫君のアイデンティティは、生まれ育った場所や環境、あるいは教養と深く結びついたものであり、彼女は最期まで「六の宮」で生まれ育った由緒正しい姫君としてのアイデンティティを保持し続けた人物として描かれていることがわかる。

二　愛情と経済

姫君のアイデンティティの不安の問題は、彼女の生まれ育った環境や教養の問題にとどまらない。次に姫君のアイデンティティに影響を及ぼす作中人物の改変、[★15]特に男の描写の改変について注目し、それが姫君のアイデンティティとどう関わっているのかを考察したい。

男が乳母の伝手で姫君の屋敷へ通い始め、姫君の美しさに惹かれていくという点、その後、父親について任国へ行き、戻ってきた時には姫君はすでに六の宮におらず、その数日後に朱雀門で零落した姫君の臨終に彼が立ち会うという点では、芥川の作品、原典どちらも共通している。しかし、細部の表現を比較していくと、いくつかの特徴的な改変が行われていることが見えてくるのだ。

まず第一に、芥川の作品では、原典に比べると姫君に対する男の愛情の要素が随所で弱められていることが指摘できる。例えば、原典では、男を魅了する姫君の美しさについて「形美麗にして、髪より始めて姿様体、此は弊《つたな》しと見る所無し、心ばへ厳《いつくしく》して、気はひ労たし」と、外見の美しさが具体的に事細かに描かれ、しかも外見にとどまらず、性格や人柄についても申し分ないとされている。そして、京を離れてからの男の姫君への気持ちをみると、「何しか消息を上げむ」、つまり、すぐにも京に便りを出そうと思ったり、任終の年には「忩ぎ上らむ」と帰京の途を急ぐなど、姫君に会えないことへの焦燥感が繰り返し語られる。加えて、「態《わざ》と京に消息（をカ）遣とも」と、結果は失敗に終わったものの特別に手をまわして手紙を出したことが強調されている。さらに、任国において、男は父の命令で常陸の守の娘を娶るが、その女が若く魅力に富んだ女性ではあるものの「彼の京の人には可㆑当くも非ねば、常に心を京（へ脱カ）遣つゝ恋ひ詫びつと云とも甲斐無し」と、六の宮の姫君には遠く及ばず、いつも姫君のことを一番に思っていることが書きこまれているのである。

　これに対して芥川のテキストでは、姫君については「何時の間にか、大人寂びた美しさを具へ出した」（「一」）と、その外見の美しさが漠然と述べられているばかりである。また、任国へ去ってからも、原典のように姫君に会えない男の焦燥感は描かれていない。同じ手紙を出すにしても「男は鄙にゐる間も、二三度京の妻のもとへ、懇ろな消息をことづけてやつた」（「四」）と、返事をもらえないという結果は原典と変わらないものの、むしろ、京を離れていた「九年」の間に、わずか「二三度」しか姫君に便りを送らなかったということがわかる。

　さらに、これは原典にはない芥川の創作部分だが、男が約束の五年を過ぎても帰ってこないために乳母が別の男を姫君に勧め、彼女がこれを断った場面がある。その直後に、まるで際だたせるかのように「丁度これと同じ時刻」と断った上で、男が妻に迎えた常陸の守の娘と酒を酌み交わしている姿が描かれている。そうして、「その時なぜか男の胸には、はつきり姫君の姿が浮んでゐた」（以上「三」）と続く。この「なぜか（……）浮んでゐた」という表現からもわかるように、ここでは、それまでは男が姫君のことを忘れがちであったことが示唆されているのである。★16

　加えて、男が朱雀門で姫君を見つけた場面についても同様のことがいえる。原典では、男は最初はその人が姫君だと気づかず、姫君だとわかるやいなや驚いて彼女に掛けてある筵を自ら掻き開いて抱き上げたのに対し、芥川のテキストでは、男は「一目見ただけで」姫君その人であると気づきながらも、「浅ましい姫君の姿を見ると、なぜかその声が出せ」ず、直ちに駆け寄ってはいない。その後、和歌を詠む「姫君の声を聞いた時、思はず姫君の名前を呼」（以上「五」）び、彼女が倒れてからはじめて乳母と一緒に姫君を抱き起こしたのである。これらの違いから明らかなように、芥川の作品では原典と比べて、男の姫君に対する愛情が全体として弱められていることがわかる。[★17]

　そして第二の改変は、このことと入れ替わりに、男が通ってくることによって姫君の家の経済的な問題と結婚との結びつきがより強められているということである。姫君の家の経済が両親の死後に急激に傾き、そのため男を婿として迎え入れざるを得なくなる点、そして、男が任国へ去った後に経済的行き詰まりから零落し、ついには姫君が貧窮から死に至るという点では、原典も芥川の作品も違わない。

　ところが、原典では「荒は（衍カ）れ残たる東の対にぞ住ける」、あるいは「父貧しき身にて」というように、父母の生前からその貧しさが語られているのに対して、芥川の作品では父母の生前にはこうした経済状態に関する記述はなく、姫君は「格別不満も感じ」ていない。「姫君にも暮らしの辛い事」が「だんだんはつきりわかるやうにな」（以上「一」）るのは、父母の死後、家に代々伝わる調度品がなくなり、召使いもいなくなってきてからなのである。

　芥川の作品では、両親の死をきっかけに「家に持ち伝へた螺鈿《らでん》の手筥《てばこ》や白がねの香炉は、何時か一つづつ失はれて行つた。と同時に召使ひの男女も、誰からか暇をとり始めた」（「一」）と、最初の経済的変化が訪れる。その後、「丹波の前司なにがし」の男が通うようになると「屋形は少しづつ、花やかな空気を加へ初めた。黒棚や簾も新たになり、召使ひの数も殖えたのだつた」（「二」）と、暮らし向きは豊かさを盛り返している。しかし、その男が任国の陸奥へと去り、約束の五年を過ぎても帰って来ないと、姫君の屋形の「召使ひは一人も残らず、ちりぢりに何処かへ立ち退いてしま」い「棚の厨子はとうの昔、米や青菜に変」わり、「姫君の袿《うちぎ》や袴も身についてゐる外は残らなかつた」（以上「三」）と、再び、しかも以前にも増して零落していくのである。

すなわち、両親が亡くなると落ちぶれ、男が来ると経済は盛り返し、男が去るとまた落ちぶれる……これらの繰り返しから、芥川の作品では、明らかに結婚と経済的な問題が結びつけられ強調されていることがわかる。しかも、このような表現は原典にはない。したがって、ここには芥川の明らかな創作意図があると思われるのである。重要なのは、「その男に肌身を任せるのは、不如意な暮しを扶ける為に、体を売るのも同然だつた。勿論それも世の中には、多いと云ふ事は承知してゐた」（「一」）、男に「悪い心は持たなかつた。時には頼もしいと思ふ事もあつた」（「二」）、「ぢつと男を待ち続けてゐた」（「三」）というように、姫君の男に対する依存意識も、経済状態の盛衰につれてその都度移り変わっていくということである。

これらのこととの関連で思い出されるのが、「六の宮の姫君」が雑誌『表現』に発表される前年、すなわち一九二一年、九月三十日から十月二十九日まで『東京朝日新聞』に掲載された厨川白村の「近代の恋愛観」を契機として日本を席捲した、大正末期の恋愛論の流行である。『近代の恋愛観』は単行本として出版されベストセラーになるが、その中で著者は、恋愛結婚の重要性を主張し、「経済上の独立を有しない人――殊に婦人が、愛なき結婚関係によって、自己の物質生活の安固を得るが如きは〔……〕一種の隷属的売淫生活」であると、経済問題に起因した結婚を痛烈に批判している。[★18]作品「六の宮の姫君」と恋愛論の流行との関連については、すでに松本常彦氏が指摘している。[★19]松本氏は右の厨川の主張にも触れ、姫君が「不如意な暮しを扶ける為に、体を売るのも同然だつた」（「二」）と泣いた場面を、現代小説としてのヒロインが当時の恋愛論の流行に影響を受けて「立ちすくんでいる」と解釈している。しかし、これまで考察してきたように、原典との改稿過程において、愛情問題が弱められていると同時に経済問題が強められているのであり、厨川のいう恋愛至上主義に反して、結婚に経済問題は欠かせないということがこの作品で示唆されているように思われる。

例えば、「六の宮の姫君」の二年後に発表された小説に「或る恋愛小説――或は「恋愛は至上なり」」[★20]がある。このサブタイトル「恋愛は至上なり」は、厨川白村の『近代の恋愛観』に引用されたブラウニングの有名な詩句である。また作中では、「厨川博士の「近代恋愛論」以来、一般に青年男女の心は恋愛至上主義に傾いてゐ」るという言葉が、これから書こうとしている小説の構想を編集者に語ろうとしている小説家・保吉の言葉を借りて語られる。しかし、これに反してその構想では、主人公である貧しい音楽家・達雄と山の手の邸で暮らす外交官の妻・妙子の恋愛をめぐる感情のすれ違いが、経済感覚の違いによるズレとして描かれている。つまり、芥川は「恋愛は至上なり」という言葉を、厨川に対する皮肉な意味を込めて、否定的に用いているのである。ここからも、芥川の厨川白村の『近代の恋愛観』に対する批判的な態度がうかがえる。

さらに、「或る恋愛小説」と同月、つまり「六の宮の姫君」が作品集『春服』の巻頭に収められた翌年に発表された小説「文放古」[★21]において、「自活に縁のない教育を受けたあたしたちはどの位熱烈に意志したにしろ、〔恋愛結婚を…引用者注〕実行する手段はないんでせう」と、結婚と経済問題が切り離せないという憤懣を「六の宮の姫君」を引き合いに出して登場人物の女性に語らせてもいる。

以上のことから、「六の宮の姫君」では原典と比べ、結婚と経済的な問題は密接に結びつけられ、同時に姫君のアイデンティティも、男による経済状態の盛衰につれてその都度移り変わっており、愛情の問題は後景に退くというふうに書き換えられていることがわかる。もちろんこれらは、この作品に愛情の要素がないということを意味するのではない。例えば、篠崎美生子氏は姫君に対する男の愛情について芥川のテキストを分析し、男が任国へ去る際に、父に隠して姫君を妻にしたというそれだけの理由で、姫君を残して任国へ下る場面における男が「優柔不断すぎる」という点や、男が「父や新しい妻に逆らわない範囲で、できる限りのことをしている」が、「だが逆に言えば、それだけのことしかしなかったとも言える」という点などから男の愛情の薄さを指摘しているが[★22]、これらは原典との比較から導き出した本章の考察とも通じるものである。つまり、原典との比較で相対的に考察した時、芥川の作品の改変部分から、愛情の要素が弱められ、逆に経済面が浮き上がってきているところに、芥川の意図が読みとれると考えられるのである。

三　作り替えられる「生涯」

ここまで見てきたように、姫君のアイデンティティは、生まれ育った環境、教育、あるいは経済問題といった外的要因によって左右される不安定なものとして描かれている。しかし、そのアイデンティティを不安定なものにしているのは、こうした姫君の生涯そのものに直接影響を及ぼすものだけではない。この作品には、姫君のアイデンティティを規定する外的要因のひとつとして、同じ姫君の生涯とはいえ、それを語る人の見方や立場によって、その生涯、人物像はいかようにも作り替えられるという問題も含まれていると思う。最後に、この語る人の立場の問題を、結末の場面を通して明らかにしたい。

「この頃この朱雀門のほとりに、女の泣き声がするさうではないか?」

法師は石畳に蹲《うずくま》つた儘、たつた一言返事をした。

「お聞きなされ。」

侍はちょいと耳を澄ませた。が、かすかな虫の音の外は、何一つ聞えるものもなかつた。あたりには唯松の匂が、夜気に漂つてゐるだけだつた。侍は口を動かさうとした。しかしまだ何も云はない内に、突然何処からか女の声が、細そぼそと歎きを送つて来た。

侍は太刀に手をかけた。が、声は曲殿の空に、一しきり長い尾を引いた後、だんだん又何処かへ消えて行つた。

「御仏を念じておやりなされ。」

法師は月光に顔を擡げた。

「あれは極楽も地獄も知らぬ、不甲斐ない女の魂でござる。御仏を念じておやりなされ。」

しかし侍は返事もせずに、法師の顔を覗きこんだ。と思ふと驚いたやうに、その前へいきなり両手をついた。
「内記の上人ではございませんか？　どうして又このやうな所に」
在俗の名は慶滋の保胤、世に内記の上人と云ふのは、空也上人の弟子の中にも、やん事ない高徳の沙門だつた。（「六」）

結末の第六章は原典にはなく、芥川の創作であることから、これまで作者の創作意図をさぐる手がかりとなる場面として、しばしば論議されてきた。

右の場面は、姫君の死から数日後の月夜、その臨終に立ち会った法師が相変わらず朱雀門におり、そこにこの門のほとりに「女の泣き声がする」という噂を聞いて立ち寄った侍が、法師に話しかけるところである。この法師は第五章の末尾で姫君の臨終に立ち会い、往生のために念仏を一心に唱えるよう彼女を励ますが、姫君は細々と唱えたもののすぐに念仏が立ち消えになり、あえなく息を引き取る。つまり、篠崎美生子氏や高橋博史氏らも指摘しているように、法師は姫君の臨終の場面にしか立ち会っていない。★23 にもかかわらず、姫君の嘆きの声を「あれは極楽も地獄も知らぬ、不甲斐ない女の魂でござる」と、言い切っているのである。

ところで、法師のこの言葉は、作品冒頭で語り手が姫君について語る「それは悲しみも知らないと同時に、喜びも知らない生涯だつた」（「一」）という言葉を想起させる。それ以降、テキスト内でこの表現は、姫君の感情を語る際に変形しながら繰り返される。「悲しいと云ふよりも、途方に暮れずにはゐられなかつた」（「一」）、「悲しみも少ないと同時に、喜びも少ない朝夕だつた」（「二」）、「たとひ恋しいとは思はぬまでも、頼みにした男と別れるのは、言葉には尽せない悲しさだつた」（「二」）等々というふうに、姫君の喜びや悲しみの変化が何度も語られている。つまり、姫君の臨終で終わる第五章までは、姫君のアイデンティティにかかわる、悲しみと喜びをめぐる悲劇の物語が語られていたのである（このことは原典の挿話の改稿過程からもうかがえる。例えば、原典「造悪行人最後唱念仏往生語《あくごうをつくるひとさいごにねんぶつをとなえておうじょうすること》」第四十七からの改変では、姫君の臨終に際して、彼女自身の意志ではなく乳母の要請で法師は臨終に立ち会い、また、法師は姫君自身の信心も確かめずに、ただ仏名を唱えるよう繰り返し強いる。それに対して姫君は、言われるがままに細々と仏名を唱えているだけである。かつて、男がもう戻ってこないことを悟った姫君が「わたしはもう何も入らぬ。生きようとも死なうとも一つ事じや。……」と言ったことからわかるように、姫君にとっては、現世で苦しみや悲しみに満ちた生を生きることも、死して苦しみも悲しみもない極楽浄土へ往生することも、もはや同じことなのだ。原典では罪を犯した悪人でさえも念仏を唱えることで往生を遂げられたのに対して、それとは対照的に、生まれ育った六の宮をアイデンティティの拠り所としている芥川の小説の姫君は極楽へ行くことに意味を見出さず、自身の意思のないまま唱える念仏は途切れていく。そのため、死後の世界を想起させる「火の燃える車」も「金色の蓮華」も姫君には見えなくなり、「跡には唯暗い中に、風ばかり吹」くだけだと繰り返し、息絶えてしまうのである）。

　ところがそれが、芥川が付け加えた最終章では、姫君の臨終の場面しか知らない法師によって、いささか唐突に「極楽も地獄も知らぬ、不甲斐ない女」の物語に作り替えられている。すなわち、法師は、さまざまな外的要因によって左右された姫君の悲しみや喜びの生涯を知ることなく、臨終の床で念仏を唱えきれなかった彼女個人の意志の問題としてのみ、その生涯の全てを解釈しているのである。しかもそれが「やん事ない高徳の沙門」だというところに、芥川の皮肉が込められているのだと考えられる。

それに加えて、ここで法師の話を聞いている侍の関心が、噂となっている女の泣き声の主へ向かうのではなく、その話をしているのが誰であるのかということに向かうことも見逃してはならない。その話をしている法師の正体がわかるやいなや、侍は「いきなり両手をつい」てひれ伏す。そうして、その法師は「在俗の名は慶滋の保胤、世に内記の上人と云ふのは、空也上人の弟子の中にも、やん事ない高徳の沙門だつた」と、権威づけられるのである。[★24・25] すなわち、第五章の臨終の場面まではアイデンティティの不安の中で揺れながらもヒロインであった六の宮の姫君が、最終章において、臨終の場面以外に姫君の生涯を何も知らない権威ある法師から、ただ「腑甲斐ない女」として断罪され、しかも、その法師の権威がクローズアップされることによって、最後には姫君のヒロインとしての位置さえ霞んでしまうのである。

以上、六の宮の姫君のアイデンティティについて考察してきた。芥川龍之介の「六の宮の姫君」における、姫君のアイデンティティは、単に彼女の自我や主体性といった、姫君自身の独立した問題としてではなく、生まれ育った環境や教育、結婚にともなう経済問題などの外的要因によっても左右される不安定なものとして描かれている。また、権威ある内記の上人によってその生涯さえ書き替えられており、人の見方や立場によって、人間の生涯はさまざまに言い換えられ得るという問題をも含んでいると考えられる。[★26]これらのことから、一般に人が確かだと思いがちな「自分自身が何であるのか」という自己同一性も、本当には様々な外的要因によって変化する可能性のある、不確かな脆いものであるという普遍的な問題を、芥川はこの作品で表現しているのではないだろうか。朱雀門に漂う姫君の嘆きは、ともすれば日々の中で翻弄される私たち自身の嘆きでもあるのかもしれない。

【注】

★1 雑誌『表現』(一九二二年、八月)初出。翌年、作品集『春服』(春陽堂、一九二三年)に収録。堀辰雄、室生犀星らによってその「小説美」が早い時期から評価された。

★2 長野甞一『古典と近代作家──芥川龍之介』(有朋堂、一九六七年)。

★3 例えば、下西善三郎氏は「「曲殿の姫君」と「六の宮の姫君」──『今昔』と芥川」(『古典の新生と変容』明治書院、一九八四年)で、姫君の姿勢に「積極的に生きるためには何事をも意志しないという否定的な強さが潜んでいる」といい、菊地弘氏は「芥川龍之介『六の宮の姫君』論──転換期における視点」(『跡見学園女子大学国文学科報』、一九九三年)で、「極楽も地獄も知らない〈不甲斐ない〉姫君の生涯には人間として自立する意欲もなく、哀れである」という。この他にも、作品の主題を姫君個人の意志や主体性の問題として捉えた見解が多数みられる。

★4 高橋博史『芥川文学の達成と模索──「芋粥」から「六の宮の姫君」まで』(至文堂、一九九七年)。

★5 「六の宮の姫君」のテキストの引用は全て、『全集』第九巻に拠った。「 」内の数字は章番号である。

★6 原典の引用は全て、芥川が読んだとされる池辺義象編『校注国文叢書 今昔物語』上・下(博文館、一九一五年)に拠った。

★7 姫君の名前の由来を示すこの表現に関しては、篠崎美生子「「六の宮の姫君」論──〈内面〉の「物語」の躓き」(『文学』、一九九六年、一月)も注目している。篠崎氏はこの表現を分析し、「「六の宮」という地名を知り、「六の宮の姫君」という不幸な死を遂げた女のいたことだけは知っている存在」としての「聞き手」を、「語り手」が想定していたことを示すものだと解釈している。

★8 これらの中で、枝垂れ桜が姫君の隠喩だということについては中根東樹氏が「芥川龍之介の「鼻」「六の宮の姫君」──『今昔』と芥川、および堀辰雄」(『研究実践紀要』、一九八三年、六月)で指摘している。★9、★6参照。

★10 菊地由夏氏は「芥川龍之介『六の宮の姫君』論──物語と書くということ」(『福岡大学日本語日本文学』、二〇〇一年、一二月)において、芥川が参照した『今昔物語』の頭注を取り上げ、「「ならはし」とは「父母在世」=「父母の教えの通り」の言葉に充足し、調和していた時」と指摘している。

★11 小泉和子、玉井哲雄、黒田日出男編『絵巻物の建築を読む』(東京大学出版会、一九九六年)。

★12 崩れた「築地」は、古典文学にもよく登場する。『日本国語大辞典』(小学館、一九七五年)にもあるように、「竹取物語」「枕草子」「源氏物語」等にも築地の表現はみられる。例えば、「枕草子」第二十五段の「人にあなづらるるもの」では「人にあなづらるるもの 築地のくづれ」(『新編日本古典文学全集』第十八巻、小学館、二〇〇二年)と挙げられている。また、『源氏物語』の須磨の帖では、須磨に流された源氏の元に届いた花散里からの文に、源氏が去ってから荒れてしまった邸の様子が書かれており、「長雨に築地所どころ崩れてなむ」(『新編日本古典文学全集』第二十一巻、小学館、二〇〇二年)と知らされる。

「花散里の邸の経済力では修理が困難だった」（同）との頭注からも、雨に弱く崩れやすい築地の維持には費用がかかるため、崩れかかった築地の表現は家の没落を示す象徴であったと思われる。

★13 平岡敏夫「羅城門から朱雀門へ――芥川と古典・「六の宮の姫君」」（『國文學』、一九七二年、十二月初出。同『芥川龍之介　抒情の美学』（大修館書店、一九八二年所収）

★14 飯淵康一『平安時代貴族住宅の研究』（中央公論美術出版、二〇〇四年）。

★15 姫君の意識に影響を及ぼす作中人物の改変について指摘したものに、松本常彦「『六の宮の姫君』――「体を売る」姫君」（『国文学　解釈と鑑賞』、一九九九年、十一月）がある。松本氏は乳母像の改変に注目し、「乳母は姫君の主体を編成する不可欠の媒体として意識的に変更」されていると考察している。そして、「姫君の「主体」が姫君だけの問題でない」ことを指摘している。

★16 雑誌『表現』初出時では、「丁度これと同じ時刻」は「丁度同じ夜の同じ時刻」という表現であった。このことから、姫君と男の対照的な行動の同時性を強調する意図が、芥川にはあったことがわかる。

★17 その他、原典は「六宮姫君夫出家語」、芥川作品は「六の宮の姫君」と、作品タイトルの違いからもわかるように、姫君の臨終の後も、原典では男が彼女の死をきっかけに出家し一心に修行に打ち込んだことが書かれていることに対して、芥川の作品では、男のその後のことは何も語られていない。

★18 厨川白村『近代の恋愛観』（改造社、一九二二年）。この他にも大正期には結婚と経済問題との結びつき、あるいはその制度上の問題点が様々な論者によって繰り返し論じられている。

★19 松本常彦「体を売る姫君」（『叙説』、二〇〇二年、八月）。松本氏は「六の宮の姫君」と恋愛論の流行との関連を多くの資料を挙げ、考察している。なお、大正期の恋愛論の流行の全般的な状況について考察したものとしては、菅野聡美『消費される恋愛論　大正知識人と性』（青弓社、二〇〇一年）に詳しい。菅野氏はその恋愛論の流行を「恋愛論ブーム」と位置づけている。

★20 「或る恋愛小説――或は「恋愛は至上なり」」（『婦人グラフ』、一九二四年、五月）。『全集』第十一巻所収。

★21 「文放古」（『婦人公論』、一九二四年、五月）。『全集』第十一巻所収。

★22 篠崎美生子「「六の宮の姫君」――その自立性」（『繡』、一九九〇年、三月）。ただし、篠崎氏は姫君と男の愛情を自律性の問題と絡めて対比的に捉えているが、本稿では姫君と男の愛情の問題を経済的な問題と絡めて捉えている。

★23 篠崎美生子（前掲論文★7参照）、高橋博史（前掲書★4参照）。

★24 法師の言葉の持つ権威性に注目しているものとして、本稿とはやや見解が異なるが、篠崎美生子（前掲論文★7参照）がある。こうした語るものの権威に対する批判は、作品「白」（『女性改造』、一九二三年、八月）にも見られる。語る人やメディアの権威、見方によって、事実はいかようにも書き替えられ得るという問題は、「白」における、大新聞による報道の捉えられ方にも

★25

通じると考えられる。詳しくは、第五章「「白」――名前をめぐる物語」を参照していただければ幸いである。

★26 伊藤氏貴氏は「他者の在処――芥川の言語論」（『群像』、二〇〇二年、六月）で、芥川の「作品に通底するものとしての〈伝達可能性に対する不信〉」を指摘している。

★27 もう一つの原典「東下者宿人家値産語」も同様に、自分自身が他者の言葉をどのように受け取るかという問題を含んでいると考えられる。原典から、芥川の作品ではどのように改編されたかの詳細は、Column 2「「凡てを相対的にみる」ということ」で詳細を述べるので、併せてご参照いただきたい。

第五章　「白」——名前をめぐる物語

入江香都子

序

「白」[★1]は、芥川が執筆した八篇の童話[★2]の一つとして数えられ、その最後を飾る小説である。物語はおよそ次のように展開していく。

「或春の午過ぎ」、「白といふ犬」は、「犬殺し」に捕まりそうになっていた「一匹の黒犬」＝「お隣の飼ひ犬の黒」を見殺しにしてしまう。家へ逃げ戻ってきた白は、不思議なことに飼い主のお嬢さんと坊ちゃんに白だとは気付いてもらえない。それどころか、「体中真つ黒だから」という坊ちゃんの言葉で、「仔犬の時から、牛乳のやうに白かつた」自分の体が「鍋底のやうに真つ黒」に変わっていることに初めて気付き、驚愕する。家を追い出された白は、東京中を彷徨うのだが、「醜い黒犬」になった姿がどうしても忘れられず、理髪店の鏡や水たまり、窓硝子など、姿を映し出すものを恐れた。そんな時、「茶色の仔犬」＝「ナポレオン」が子どもたちにいじめられている場面に遭遇し、今度は黒の時とは違って臆病な気持ちに負けず、救出する。その後の白については、数々の新聞が「勇ましい一匹の黒犬」として報じ、その犬を題材にした『『義犬』と云ふ活動写真』も流行したほどだった。

季節は移り、「或秋の真夜中」、白は主人の家へ帰ってくる。月に向かって「可哀がつて下すつた御主人」に「唯一目会ひたい」と「独り言」を言った後、眠りにつき、翌朝、幼い主人たちの声で目覚める。そして白はお嬢さんの「黒い瞳」に「清らかに、ほつそりと」「白い犬」が映っているのを見て涙する……

「白」に対する従来の評価は、「童話は彼の魂のもっとも無垢な部分を盛ることができた形式だった」という中村真一郎[★3]の論をはじめとして、児童文学作品という枠内で傑作と評する論が多く[★4・5]、その大半が「苦悩に直面することによってつぐなわれるという凡人の誠実さに対する救い[★6]」、「我執・裏切り（罪）――罪意識――罪への苦悶――罪の告白（懺悔）――救済という宗教的（キリスト教的）救済のイメージが完結性をもって表されている[★7]」といった、罪とその救いという倫理的あるいは宗教的救済をテーマとみなしている。確かに、同時期の芥川の書簡には、この作品が「お伽噺」であると示されてはいる[★8]。ただ、そのことから子ども向けの作品だと安易に考え、〈救い〉というテーマに一元的に収束して単純な物語だと推測することで[★9]、あまりにも倫理的、教訓的に偏った読み方がされてきたのではないだろうか[★10・11]。実際、全五章から構成される物語の中で、従来は、作品の結末に論点が集中し、色の変化＝罪の象徴、最終章における白の「独り語」＝罪の告白、あるいは最後の場面においてお嬢さんに抱きしめられることそれ自体を罪からの〈救い〉等々と捉えた論が多くを占める。そして、これを宗教的な問題あるいは作家自身の個人史と結びつけて解釈する論者も少なくないようである。その一方で、テキストを読み進める過程で出てくる茶色の仔犬ナポレオンのことや、新聞記事のことまで、全てを連関させ作品構造全体を視野に入れて論じたものは極めて少ない。児童文学としての読みやすさや教訓的、倫理的側面は確かに認められるものの、芥川はこのテキストで、児童文学の枠におさまらない、〈言葉〉をめぐる普遍的な問題を問いかけていると筆者は考える。★12

本章では、作品「白」を、テキストに表現されていることから忠実に読みとり、芥川が描こうとした作品世界の意味を解釈していこうと思う。とりわけ、言葉の果たす機能と、それが読者に与える印象を考察し、それによってテキストがどのよう構造になっているのかを探究したい。まず、作品内に語り手の言葉として表現されるカッコ付きの表現から、語り手が読者をどのように誘導しているかを示し、次に、茶色の仔犬ナポレオンとの出会いの意味を視野に入れつつ、色と名前との関係が変化していく過程を分析する。そして、新聞記事として描かれた表現が読者に喚起させるものと、最終章の白の独り言との関連の意味を明らかにし、これらの仕掛けによって芥川がどのように作品を構築しているかを、総合的に読みとっていきたい。

一　語り手の役割

「白」のテキストでは、中心的な視点を主人公の白におきつつ、語り手が時に白に寄り添い、時に離れて説明するという方法がとられている。そうした語りの一つとして、あたかも語り手が読者にだけそっと伝えるかのように、カッコ付きで説明されている部分がある。まず、ここに注目してみたい。

「お嬢さん！　坊ちゃん！　今日は犬殺しに遇ひましたよ。」

白は二人を見上げると、息もつかずにかう云ひました。(尤もお嬢さんや坊ちやんには犬の言葉はわかりませんから、わんわんと聞えるだけなのです。)しかし今日はどうしたのか、お嬢さんも坊ちやんも唯呆気にとられたやうに、頭さへ撫でてはくれません。白は不思議に思ひながらも、もう一度二人に話しかけました。

「お嬢さん! あなたは犬殺しを御存知ですか? それは恐ろしいやつですよ。坊ちやん! わたしは助かりましたが、お隣の黒君は摑まりましたぜ。」

それでもお嬢さんや坊ちやんは顔を見合せてゐるばかりです。おまけに二人は小時《しばらく》すると、こんな妙なことさへ云ひ出すのです。

「何処の犬でせう? 春夫さん。」

「何処の犬だらう? 姉さん。」

何処の犬! 今度は白の方が呆気にとられました。(白にはお嬢さんや坊ちやんの言葉もちやんと聞きわけることが出来るのです。我々は犬の言葉がわからないものですから、犬もやはり我々の言葉はわからないやうに考えてゐますが、実際はさうではありません。犬が芸を覚えるのは我々の言葉がわかるからです。しかし我々は犬の言葉を聞きわけることが出来ませんから、闇の中を見通すことだの、かすかな匂を嗅ぎ当てることだの、犬の教へてくれる芸は一つも覚えることが出来ません。)

「何処の犬とはどうしたのです? わたしですよ! 白ですよ!」

けれどもお嬢さんは相不変《あいかわらず》気味悪さうに白を眺めてゐます。

仲良しの黒を見捨てて逃げ帰った白が、幼い主人たちに自分が白だと認識してもらえない場面で、挿入される文章である。ここで三度にわたり、犬は人間の言葉がわかるが、「我々」人間は犬の言葉を「聞きわけることが出来」ないと、語り手が繰り返していることは重要である。つまり、語り手は〈人間は人間の言葉しか理解できないが、犬は犬の言葉も人間の言葉も両方理解できる〉という、一般的な通念とは異なる構図を読者に繰り返し提示しているのである。言い換えれば、このカッコ付きの言葉によって読者は、その操作された構図を自然に受け入れることになる。そうして、人間である語り手の視点で白を見つめながら、犬である白の言葉や心の動きにも同時に寄り添い、読者は両方の世界を自由に行き来できることになるのである。

このような語り手による〈操作〉は、「白」のテキストの大きな特徴の一つであり、それが作品冒頭からすでに始まっていることも見逃してはならない。

（「二」）

白と云ふ犬は土を嗅ぎ嗅ぎ、静かな往来を歩いてゐました。狭い往来の両側にはずつと芽をふいた生け垣が続き、その又生け垣の間にはちらほら桜なども咲いてゐます。白は生け垣に沿ひながら、ふと或横町へ曲りました。が、そちらへ曲がつたと思ふと、さもびつくりしたやうに、突然立ち止まつてしまひました。

それも無理はありません。その横町の七八間先には印半纏を着た犬殺しが一人、罠を後ろに隠したまま、一匹の黒犬を狙つてゐるのです。しかも黒犬は何も知らずに、この犬殺しの投げてくれたパンか何かを食べてゐるのです。けれども白が驚いたのはそのせゐばかりではありません。見知らぬ犬ならば兎も角も、今犬殺しに狙はれてゐるのはお隣の飼ひ犬の黒なのです。毎朝顔を合せる度にお互の鼻の匂を嗅ぎ合ふ、大の仲良しの黒なのです。

（「一」）

一見何でもない物語の始まりであるが、語り手が「白」と「黒」という色の表現を対比させながら説明していることがわかる。テキストに表された主人公の白に関する情報は、この時点では「白と云ふ犬」ということのみである。これに対して、隣の飼い犬である黒に関しては「一匹の黒犬」、「黒犬」、「お隣の飼ひ犬の黒」、「大の仲良しの黒」というように、その犬の体の色が黒であり、白の仲良しで黒という名なのだと書かれている。このように段階を踏んで、〈黒い体＝黒という名前〉という構図が暗に提示されることによって、読者はテキスト内に一言もその視覚的情報が書かれていないにもかかわらず、「白と云ふ犬」がその白という名から、白犬なのだと信じこんでしまうのである。

そして、そのイメージをさらに固定化する役割を担っているのが、「御覧なさい。坂を駈け下りるのを！」（「一」）という語り手によるたたみかけるような読者への呼びかけである。熊谷信子氏は、[★14]「白」が〈童話作品〉であることを大前提とし、その観点からこの場面における「御覧なさい」という語り手の呼びかけを、「読者にやさしく呼びかけをしている」と解釈し、「読み手である児童を充分意識した語り手の姿勢がうかがわれる。それによって逃げていく白の姿を映像的に現出させていくことが可能となる」と説明している。しかし、テキストの表現を正確に追えば、第一章では、既にみたように「白と云ふ犬」についての外見的な情報は与えられていない。白が確かに「まだ仔犬の時から、牛乳のやうに白かつた」（「二」）とわかるには、二章まで待たなければならず[★15]、この時点では熊谷氏がいうように逃げていく白の姿を「映像的に現出させ」ることはできない。にもかかわらず、「御覧なさい」という語り手の呼びかけによって、読者は否応なく映像化を要求され、白が白犬なのだと信じてしまうのだ。従って、「白」における語り手は、熊谷氏が結論づけるように「物語の主人公である白と読者の距離を縮め」るというよりは、むしろ読者に与える言葉の印象や色へのイメージを、語りによって巧みに〈操作している〉のだと考えられる。

二　色と名前とナポレオンとの出会い

従来の研究では、白が黒を見殺しにしたために黒くなったということが自明のこととなっている。しかし、前章でも述べた通り、テキストによると白の体の色が白色であったと判明するのは第二章に入ってからであり、第一章では、黒の記述に見られるように〈白犬〉とか〈白い犬〉といった白の体の色についての表現はまったく出てこない。ただ「白と云ふ犬」と表記されているだけである。「まだ仔犬の時から、牛乳のやうに白かつた」白の体の色が、どの過程で黒色に変わったのかは、どこにも明示されていないのである。白や黒が自由に行動していることや、第三章で茶色の仔犬ナポレオンを送っていく際に、飼い主の居る「カフエ」に「二三時間たつた後」（以上「三」）にやっと到着していることなどから判断して、現代の様相とは異なり、当時は犬が飼い主の家から自由に出入りし、放し飼いになっていたことがうかがえる。そのような要素を含めて考察しても、白が飼い主とどのくらいぶりで会っているのかは不明である。作品冒頭から一度も白の体が白いと語られずに、坊ちゃんの「こいつも体中まつ黒だから」の言葉で、白かったはずの色がいつの間にか黒色になったと明示されるまでの、一体どの過程で黒くなったのかはテキストからは確定できない。あるいは黒を見殺しにする前から黒くなっていたとしても、本当のところは誰にもわからないのである。

〈白い色が友達を見捨てたことで黒く変わった〉ということを思わせる記述がテキストに表れるのは、唯一、最終章である第五章で月へ向かって語られる白の「独り語」の中だけである。「わたしの体のまつ黒になつたのも、大かたそのせいかと思つています」と言っているように、白自身がそう思っているに過ぎないのである。

そして、この場面で最も注目すべき点は、白のアイデンティティを巡って実体と名前との逆転現象が起こっているということである。つまり、体の色は、白自身を語る上ではその一部分でしかなく、表層を表す体の色が変わったとしても、白が白であることに変わりはない。しかし、飼い主であるお嬢さんと坊ちゃんには、色が違うということで、白ではないと判断され「逐い出され」（「三」）るのである。言い換えれば、「牛乳のやうに白かつた」から白と名前がついたにもかかわらず、名前に合わない体の色になったからという理由で自己同一性を認められない、という逆転現象が起こっているのである。その意味で、「「お嬢さん！　坊ちやん！　わたしはあの白なのですよ。いくら真つ黒になつてゐても、やつぱりあの白なのですよ。」」（「二」）という悲痛な言葉には強い意味が内包されており、冒頭の「白と云ふ犬」という書き出しの一句は、この伏線となっていると考えられる。

　こうした名前と色とを巡る問題を読者に繰り返し印象づけるかのように、白がお嬢さんと坊ちゃんに追い出された直後の描写から、「黒塀」、「モンシロ蝶」、「黒ビイル」、「黒塗りの自動車」、「白薔薇」（以上「二」～「三」）といった、あたかも名前と実体が合致するかのように、色が先にあり、それに応じて名付けられた名称が、随所にさりげなく組み込まれている。[★16・17] 実体と名前が一致している「モンシロ蝶」の「気楽さう」な様子と、遊離してしまった白の「悲しさと怒り」（以上「二」）が対照を為して描かれているのも印象的である。

　かくして、白い体でなくなった犬の「白」という名前は、実体から離れて独り歩きを始める。「何処へどうしても、忘れることの出来ないのは真つ黒になつた姿のことです」と、白自身が黒い体の色と名前が合致しないことに苦しみ、「客の顔を映してゐる理髪店の鏡」、「雨上がりの空を映してゐる往来の水たまり」、「往来の若葉を映してゐる飾り窓の硝子」、「カフエのテエブルに黒ビイルを湛へてゐるコップ」、「大きい黒塗りの自動車」といった、「鏡のやうに」外から自分の「姿を映すもの」を「恐れ」るのである（以上「三」）。

　さて、このように、名前と実体が合致しているかのような名称の連続によって、〈名前＝色〉という関係を自明のこととして信じ込まされてきた読者の認識は、一匹の犬の登場によって根元的に問い直される。それは「茶色の仔犬」ナポレオンである。「首のまはりへ縄をつけた茶色の仔犬」、「茶色の仔犬も嬉しさうに」、「茶色の仔犬と佇んでゐました」（以上「三」）と、語り手に何度もその仔犬が茶色であることを強調させながらも、作者は明らかに「白」や「黒」の場合とは違う意味をもつ名前を彼に与えている。「蓄音機」、「大正軒と云ふカフエ」、「カレエ、ライスだの、ビフテキだの」（以上「三」）という描写から飼い主の西洋趣味を読者にイメージさせ、[★18] それによって名付けられたことが推測できる、フランスの英雄・ナポレオンの名を仔犬に与えているのである。それまでの、白い犬だから白、黒い犬だから黒というような名前ではなく、体の色が茶色であることとは全く無縁な名前であることがわかるはずである。その意味で、白とナポレオンとの間に交わされる名前と体の色とを巡る会話は、作品全体を考える上で極めて重要なのだ。


「ぢや名前だけ聞かして下さい。僕の名前はナポレオンと云ふのです。ナポちやんだのナポ公だのとも云はれますけれども。――おぢさんの名前は何と云ふのです？」

「おぢさんの名前は白と云ふのだよ。」

「白――ですか？　白と云ふのは不思議ですね。おぢさんは何処も黒いぢやありませんか？」

白は胸が一ぱいになりました。

「それでも白と云ふのだよ。」

「ぢや白のおぢさんと云ひませう。白のおぢさん。是非又近い内に一度来て下さい。」

「ぢやナポ公、さやうなら！」

「御機嫌好う、白のおぢさん！　さやうなら、さやうなら！」

（「三」）

この場面でナポレオンに対して、「それでも白と云ふのだよ。」と言った言葉は、第二章で白を白だと認めてくれないお嬢さんと坊ちゃんに「やつぱりあの白なのですよ」と訴えた言葉と、同様の響きを持って発せられている。しかし、同じセリフでありながら、幼い主人たちが体の色の変化のみによって白を白だと受け入れないのと対照的に、ナポレオンは、最初こそ「不思議ですね」と言いながらも、最終的には「ぢや白のおぢさんと云ひませう」と体の色と名前が合致しない白という名前を受け入れている。実体とは違う意味を持つナポレオンの登場と、色と名前が違うことにとらわれないこの犬の視点は、相関関係を為しているのである。

三　新聞記事という視点の導入

ナポレオンと別れてからの、白のその後を伝えるために、第四章では新聞記事をそのまま紹介するという、他の章とは違う特別な手法がとられている。語り手は、「一一《いちいち》話さずとも、いろいろの新聞に伝へられてゐます」と説明し、「しかしまだ不幸にも御存知のない方があれば、どうか下に引用した新聞の記事を読んでください」と続けて、読者が新聞記事を読んでいるかのような気持ちにさせている。酒井英行氏は、この新聞記事の機能について、「子供の読者に対して、当時実在した新聞を実名で出すことで、白を実在の犬と思わせ、白の行動に現実性を持たせ」たと説明している。また、新聞記事であることを「客観的事実の報道という新聞記事の原則に拠っ」ているという。[★19] しかし、本当に大新聞の与える情報が酒井氏の言うように客観的事実の報道として、このテキストでは書かれているのだろうか。確かに、ここに挙げられている新聞は、「東京日日新聞」、「東京朝日新聞」、「国民新聞」、「時事新報」、「読売新聞」（以上「四」）と、いずれも大新聞であり、今日でもそうであるように、大新聞であるがゆえに読者は記事の信憑性について疑いを差し挟むことなく、記事をそのまま事実として受け入れがちである。そのことを前提として、ここで注目したいのは、白を指し示す「黒犬」に関する表現方法である。

> 東京日日新聞。昨《さく》十八日《にち》（五月《ぐわつ》）午前《ごぜん》八時《じ》四十分《ふん》、奥羽線《あううせん》上《のぼ》り急行列車《きふかうれつしや》が田端駅《たばたえき》付近《ふきん》の踏切《ふみきり》を通《つう》過《くわ》する際《さい》、踏切《ふみきり》番人《ばんにん》の過失《くわしつ》に依《よ》り、田端《たばた》一二三会《くわい》社員《しやゐん》柴山《しばやま》鉄太郎《てつたらう》の長男《ちやうなん》実彦《さねひこ》（四歳《さい》）が列車《れつしや》の通《とほ》る線路内《せんろない》に立《た》ち入《い》り、危《あやふ》く轢死《れきし》を遂《と》げようとした。その時《とき》逞《たく》ましい黒犬《くろいぬ》が一匹《ぴき》、稲妻《いなづま》のやうに踏切《ふみきり》へ飛《と》びこみ、目前《もくぜん》に迫《せま》つた列車《れつしや》の車輪《しやりん》から、見事《みごと》に実彦《さねひこ》を救《すく》ひ出《だ》した。この勇敢《ゆうかん》なる黒犬《くろいぬ》は人々《ひとぐ》の立《たち》騒《さわ》いでゐる間《あひだ》に何処《どこ》かへ姿《すがた》を隠《かく》した為《ため》、表彰《へうしやう》したいにもすることが出来《でき》ず、当局《たうきよく》は大《おほ》いに困《こま》つてゐる。
>
> （「四」）

「鍋底のやうに真つ黒」（「二」）、「醜い黒犬」（「三」）、と白が思い描いていた自分の黒い体のイメージと、新聞記事で書かれている「逞しい黒犬」、「勇敢なる黒犬」という表現との間には、同じ黒色でも大きなずれがあることに気付く。★20

ある新聞では「表彰したい」と書かれ、また別の紙面では「黒犬」は「けなげな犬」であり、その行方を捜すために「五千弗《ドル》の賞金を懸け」たという。またある時は、「黒犬」が遭難者を救助し、その行動は「神明の加護」と「信じ」（以上「四」）られているとさえ言われる。さらに、猛火の中から

「一匹の黒犬」によって息子を救出された名古屋「市長は今後名古屋市に限り、野犬撲滅を禁ずると云」い、小田原では巡回動物園から逃げ出した兇猛な狼を「一匹の黒犬」が「悪戦頗る努め」（以上「四」）嚙み伏せた、というように、新聞記事では「度々危い人命を救つた、勇ましい一匹の黒犬」（「四」）という固定化されたイメージに基づいて表現されているのである。そのイメージの延長線上として、「『義犬』と云ふ活動写真」（以上「四」）まで流行することになるのである。

　これらの表現は、酒井氏が言うような「客観的な事実の報道」を示しているのではなく、むしろ、一般的には客観的な事実と思われているメディアの情報といえども必ずしも確かではなく、ここでは白のある一面だけが誇張されて伝えられているということを読者に指し示しているのだと考えられる。また、テキストの第三章までは、対お嬢さんや坊ちゃん、対ナポレオンという個人的な関係における言葉とそれの与えるイメージの問題だったものが、第四章に至っては、新聞というメディアを一つの媒介として、不特定多数の人に向かって発せられるものになる。その情報は、読ませられた言葉のイメージによって、同じ犬に関することでも全く違ったものとなり、「度々危い人命を救つた、勇ましい一匹の黒犬」（「四」）という固定化されたイメージで独り歩きを始めるのである。当人である白が知らないところで、大新聞というメディアを通してそれらがあたかも真実であるかのように。

四　もう一つの結末

前節で述べた、ジャーナリズムの不確かさをもう一度思いだしてみたい。大新聞の報道によって、

「度々危い人命を救つた、勇ましい一匹の黒犬」とイメージづけられた黒犬である白の行動に対して、白自身はどのような気持ちで行動していたのか。それは、テキストの最終章で飼い主の家へ戻ってきた白の「独り語」において解明される。★21

「お月様！　お月様！　わたしは黒君を見殺しにしました。わたしの体のまつ黒になつたのも、大かたそのせいかと思つてゐます。しかしわたしはお嬢さんや坊ちやんにお別れ申してから、あらゆる危険と戦つて来ました。それは一つには何かの拍子に煤よりも黒い体を見ると、臆病を恥ぢる気が起つたからです。けれどもしまひには黒いのがいやさに、この黒いわたしを殺したさに、或は火の中へ飛びこんだり、或は又狼と戦つたりしました。が、不思議にもわたしの命はどんな強敵にも奪はれません。死もわたしの顔を見ると、何処かへ逃げ去つてしまふのです。わたしはとうとう苦しさの余り、自殺をしやうと決心しました。唯自殺をするにつけても、唯一目会ひたいのは可哀がつて下すつた御主人です。勿論お嬢さんや坊ちやんはあしたにもわたしの姿を見ると、きつと又野良犬と思ふでせう。ことによれば坊ちやんのバツトに打ち殺されてしまふかも知れません。しかしそれでも本望です。お月様！　お月様！　わたしは御主人の顔を見る外に、何も願ふことはありません。その為に今夜ははるばるともう一度此処へ帰つて来ました。どうか夜の明け次第、お嬢さんや坊ちやんに会はして下さい。」

（「五」）

お嬢さんと坊っちゃんに追い出されてからの白は「あらゆる危険と戦つて来」、それ故、新聞記事に書かれているように「度々危い人命を救つた、勇ましい一匹の黒犬」と言われるような行動をとっていたことがわかる。これは「煤よりも黒い体を見ると、臆病を恥ぢる気が起つた」からである。見殺しにした黒のことがよぎり、助けを呼ぶ声が「臆病ものになるな！」（「三」）と聞こえてナポレオンを助けた時や、子供を踏切から助けた時（東京日日新聞）、大蛇と戦ってペルシャ猫を助けた時（東京朝日新聞）、日本アルプス縦断中に遭難した一行を助けた時（国民新聞）には、確かに罪の意識があったことが読みとれる。と、同時に、「一つには」とあるように、「臆病を恥ぢる気」だけが白が「あらゆる危険と戦つて来」た理由の全てではないこともわかる。初めはこの「臆病を恥ぢる気」で為した行動の意味は、その過程で変化していき、「しまひには」「黒いわたしを殺したさ」のために行われたものであると、罪意識だけではなく黒い姿の自分を抹消したい気持ちを、他ならぬ白自身が語っているのである。[22]

この部分について、従来の論では、尾崎瑞恵氏の「エゴイズムからどうすれば脱却できるか」[23]や、宮坂覺氏の「罪の懺悔であり、祈禱でもあった」[24]、越智良二氏の「懺悔とも祈りともつかぬ告白」[25]などが挙げられる。これらの論に代表されるように、多くが教訓的、倫理的に捉えた解釈を展開しているが、テキストに書かれた内容を忠実に読み進めていくならば、この「独り語」が「エゴイズムから〔……〕脱却」、あるいは「罪の懺悔」や「祈禱」、「祈り」などの告白ではないことがわかるはずである。白は、自身の「煤よりも黒い体」を見るたびに感じた気持ちのうちの「一つ」として、「仲良しの黒」を見捨てた「臆病を恥ぢる」罪の意識で「あらゆる危険と戦つて来」たのだが、途中からは罪の意識ではなく「黒いのがいやさに」自棄的に危険に飛びこんでいったのである。同じ犬の起こした行動であるにもかかわらず、黒い犬のイメージは映し出されるものによって新聞記事では「勇敢」と賞賛され「義犬」とまで言われているのに、白自身は「醜い黒犬」、「煤よりも黒い」と苦しみ、危険に飛びこんでいる。そこに、表現の違いによる色の意味に大きなズレが生じていることがわかる。★26

また、同時にここで白が、「黒いのがいやさに」、「黒いわたしを殺した」いと、白い体でなければ自分ではないかのように思っていることも見逃せない。前に見たように、以前、色の違いでお嬢さんや坊ちゃんに白なのだと認めてもらえなかった時や、ナポレオンに体の色が黒いのに白というのは「不思議」だと言われた時、「それでも白と云ふ」のだと、外見に拠らない自己同一性を繰り返し訴え続けた気持ちが、その過程で変化したことがわかる。このことは重要である。

ここで、作品の始めの部分で、白が坊ちゃんの言葉によって自分の体の色が変わったことを知った瞬間の場面を思いだしてみよう。

〔……〕「こいつも体中真っ黒だから。」

白は急に背中の毛が逆立つやうに感じました。真っ黒！　そんな筈はありません。白はまだ仔犬の時から、牛乳のやうに白かつたのですから。しかし今前足を見ると、――いや、前足ばかりではありません。胸も、腹も、後足も、すらりと上品に延びた尻つ尾も、みんな鍋底のやうに真つ黒なのです。真つ黒！　真つ黒！　白は気でも違つたやうに、飛び上つたり、跳ね廻はつたりしながら、一生懸命に吠え立てました。

〔中略〕

「お嬢さん！　坊ちゃん！　わたしはあの白なのですよ。いくら真つ黒になつてゐても、やつぱりあの白なのですよ。」

白の声は何とも云はれぬ悲しさと怒りとに震へてゐました。（「二」）

この場面において、体が黒色に変わっている自分に気付いた白は「気でも違つたやう」になり、自身が白であることを訴えている。他人の目に映った姿がどうであろうと、自分は白なのだと強く訴えるのである。しかし、それ以降の白は、先述したように、「理髪店の鏡」、「雨上がりの空を映してゐる往来の水たまり」、「往来の若葉を映してゐる飾り窓の硝子」、「カフエのテエブルに黒ビイルを湛へてゐるコップ」、「漆を光らせた自動車の車体」、「池」と、常に自分の「姿を映すもの」（以上「三」）にとらわれるようになる。言い換えれば、自分のアイデンティティの一部分でしかない体の色が、他者の眼にどう映し出されるかに左右されるようになるのである。また、新聞記事に映し出された姿は、同じ犬であるにもかかわらず、本人の知らないところでさまざまな意味を持ち、それが真実であるかのように語り始められる。視覚的情報のみに左右されず、同種の犬として意思の疎通が可能なナポレオンは、体の色が名前と合致しなくても、白を白だと最終的には受け入れるが、前節でも述べたカッコ付きの言葉に象徴される、意思の疎通が不可能な人間と犬の間では、名前は人間から一方的に与えられるものであり、永遠に通じ合うことはないのである。

以上のことから、今まで「龍之介のやさしさと抒情がなんのてらいもなく流露し」、「はじめて罰せられたエゴイズムを救済した★27」ととらえた三好行雄氏に代表されるような、この最後の場面に〈救い〉のみを読み取り、明るく幸福な結末とする解釈は問い直されなければならないように思われる。

「お父さん！　お母さん！　白が又帰つて来ましたよ！」

白が！　白は思はず飛び起きました。すると逃げるとでも思つたのでせう。お嬢さんは両手を延ばしながら、しつかり白の頸を抑へました。同時に白はお嬢さんの目へ、ぢつと彼の目を移しました。お嬢さんの目には黒い瞳にありありと犬小屋が映つてゐます。高い棕櫚の木のかげになつたクリイム色の犬小屋が、——そんなことは当然に違ひありません。しかしその犬小屋の前には米粒程の小ささに、白い犬が一匹坐つてゐるのです。清らかに、ほつそりと。——白は唯恍惚とこの犬の姿に見入りました。

「あら、白は泣いてゐるわよ。」

お嬢さんは白を抱きしめた儘、坊ちやんの顔を見上げました。坊ちやんは——御覧なさい、坊ちやんの威張つてゐるのを！

「へつ、姉さんだつて泣いてゐる癖に！」

（「五」）

このように、「可哀がつて下すつた」「御主人の顔を見る外に、何も願ふことはありません」、つまりお嬢さんと坊ちゃんに他ならぬ白自身だと認めてもらいたいという、白のたった一つの願いは聞き届けられた。そして、白い色に戻ったその姿が白にとって「清らかに、ほつそりと」見え、彼が涙を流しているという意味において、波瀾に満ちた〈白自身の物語〉は多くの論者が指摘するように一面では〈ハッピーエンド〉★28を迎えたかのようにみえる。

しかし、一方で、テキストに沿って読み進めてきた読者にとっては、必ずしもこれが幸せな結末だとは思えない一抹の寂しさが残る。月への独り言に託された、白の〈願い〉を追う限り、彼の願いは単に「白い犬」に戻ることではなかったはずである。まして、これまで自明のこととして論じられてきた、罪とエゴイズムの救済でも。かつて「気でも違つたやう」に吠えたて、「悲しさと怒りに震えて」自己同一性を訴えていた白が、ここでは自身の姿（体の色）を確かめるかのように「唯恍惚とこの犬の姿に見入」り、「白い犬」である自分をそこに認めて、安堵している。これまで「鍋底のやうにまつ黒」、「逞ましい黒犬」などと表現された「白と云ふ犬」が、ここに来て「清らかに、ほつそりと」した姿で映し出されていることも印象的である。

人間から一方的に与えられた名前によって、白は自身のアイデンティティを揺るがされ、翻弄される。そして、名前と言葉の果たす機能の問題を通して、他者の目に映る姿のみによって自身を規定せざるを得ないという、決して通じ合うことのない、〈ハッピーエンド〉と表裏を為すもうひとつの結末が、ここに浮かび上がってくるのである。

【注】

★1 『女性改造』(一九二三年八月)初出。芥川の死後、一九二八年六月『三つの宝』に収録された。

★2 「蜘蛛の糸」(『赤い鳥』第一巻第一号、一九一八年七月一日)、「犬と笛」(『赤い鳥』第二巻第一号、一九一九年一月一日)「犬と笛」(下)(『赤い鳥』第二巻第二号、特別号、一九一九年一月一五日)、「魔術」(『赤い鳥』第四巻第一号、一九二〇年一月一日)、「杜子春」(『赤い鳥』第五巻第一号、一九二〇年七月一日)、「アグニの神」(『赤い鳥』第六巻第一号、一九二一年一月一日)、「アグニの神」(続き)(『赤い鳥』第六巻第二号、一九二一年二月一日)、「三つの宝」(『良婦之友』第一巻第二号、一九二二年二月一日)、「仙人」(『サンデー毎日』第一年第一号、一九二二年四月二日)、「白」(『女性改造』第二巻第八号、一九二三年八月一日)の八篇。ただし、児童文学としての作品の位置づけは論者によって違い、尾崎瑞恵「芥川龍之介の童話」(『文学』三八(六)一九七〇、六月)、三好行雄「〈お伽噺〉の世界で」(『鷗外と漱石――明治のエートス』、力富書房、一九八三年、『芥川龍之介論　三好行雄著作集　第三巻』、筑摩書房、一九九三年所収)らは、右の八篇を芥川龍之介の児童文学だとしている。恩田逸夫「芥川龍之介の年少文学」(『明治大正文学研究』一九五四年十月初出、『芥川龍之介　日本文学研究資料叢書』、有精堂、一九七七年所収)、鳥越信「芥川龍之介における〝童心〟」(『國文学』十二月臨時増刊号、一九七二年、十二月)は、これに未完の「三つの指輪」(一九二三年頃、未完)を加えた九篇を童話としている。また、海老井英次は「『蜘蛛の糸』――彼岸的なものとの出会い」(『芥川龍之介論攷――自己覚醒から解体へ』、桜楓社、一九八八年)で「仙人」を除く七篇を童話だとしている。さらに、未完の「三つの指輪」、「白い猫のお伽噺」(一九二〇年頃)を数え、十篇を童話だとする関口安義(『芥川龍之介と児童文学』、久山社、二〇〇〇年)などがある。この他に「トロッコ」(『大観』一九二二年、三月)や「少年」(『中央公論』、一九二四年、四、五月)などの作品も童話と捉える論もある。

★3 中村真一郎『芥川龍之介』(要書房、一九五四年)一三六頁

★4 例えば、尾崎瑞恵は「芥川龍之介の童話」(★2参照)で、「童話での芥川は、小説では全く見られなかったような積極的な生き方を示し、子供達の将来に明るい希望と夢を与えようとさえしている」とし、「『白』は芥川童話文学の行きつくべき一つの頂点に達してしまった」児童文学作品としての傑作であると述べている(九二一~九三頁)。

★5 この他、代表的な論として、三好行雄、関口安義らの論が挙げられる。三好は「〈お伽噺〉の世界で」(★2参照)で、芥川童話について「完成度と童話性の相均衡した最高の傑作は「白」であ」り、「主題・方法ともに芥川童話の最高の到達を示し」た「もっとも童話らしい童話の成功作」と惜しみない賛辞を述べている。そして、結末部に関して「おのれの卑怯を恥じた贖罪の物語を書く龍之介は決して照れてはいない。もちろん、白の行為は単純な贖罪として説明されるのではなく、〈しまひには黒いのがいやさに、――この黒いわたしを殺したさに、或は火の中へ飛びこんだり、或は又狼と戦つたりしました〉という白の心理には龍之介固有の美的倫理、含羞の感覚が片鱗をのぞかせていて、それがまた作品の奥行きをふかくする。〔中略〕龍之介は

はじめて、罰せられたエゴイズムを救済した」とし、倫理的贖罪の観点から「収束部の感動」として評価している（以上二八八頁、二九四〜二九五頁）。また、関口は『芥川龍之介と児童文学』（★2参照）の中で、「白」を「龍之介童話の傑作の一つ」であると評価し、「豊かな詩情」があり、「救済のイメージが」濃厚だと述べている。そして、お嬢さんの涙と白の涙という「二重の涙」が「読むものにカタルシスを与える」（以上一〇三頁、一〇五頁）と論じている。

★6 恩田逸夫「芥川龍之介の年少文学」（★2参照）、一八八〜一八九頁。

★7 宮坂覺「芥川龍之介の罪意識――「白」「歯車」を中心として」（『罪と変容』、日本キリスト教文学会編、一九七八年、笠間書院）八九頁

★8 芥川は一九二三年四月六日付け下島勲宛書簡に「今お伽噺二篇手をつけてゐます。出来たらお嬢さんを感心させます」（一三頁）と書いている。その後の作品の成立からみて、これが「白」と未完の「三つの指輪」を指していることが推測される。また、ここから作品に対する芥川の自信のほども窺える。引用は『全集』第二十巻に拠った。

★9 芥川は、「白」が発表された翌年の同誌『女性改造』（第三巻第三号、一九二四年三月一日発行）で「女性改造の夕」シリーズの一回として掲載された座談会「家庭に於ける文芸書の選択に就いて」において、お伽噺について、「一体今までお伽噺を書く人は調子を落して書くやうですね。あれは調子を下げないでやらなければ駄目ですね」（一三二頁）と述べていることから判断して、お伽噺や大人向けの作品という枠を作って書いていたのではないと思われる。引用は『全集』第一六巻に拠った。

★10 一例を挙げれば、佐古純一郎は『芥川龍之介の文学』（朝文社、一九九一年）の中で、結末部で黒い身体が白色に戻ることを「一種の「復活」」であるとし、「理屈をぬきにして、最後は美しい」と述べている（以上一三六頁）。

★11 芥川は『女性改造』（第二巻八号、一九二三年八月）に「白」と同時掲載された「女性改造談話会」の中で、「他の宗教は知らないが、科学を信じ文化を信じ、芸術を信ずる。何でもいい、自分の生活の中心となつて、精神を投げ出してゐるものの中に信仰が伴う筈だと思ふ。」（九八〜九九頁）と言い、また、「私は神を信じません。（中略）祈るやうな気持になる時は幸福な時です」（一〇一頁）と断じている。このことからも、芥川が「白」の結末において、自殺を決意した白の「独り語」を宗教的告白であると設定していたとは考え難い。引用は『全集』第一六巻に拠った。

★12 本稿と対極の見解として、菅野信賢は「芥川龍之介と児童文学――白をめぐる考察」（『児童文学研究』、一九八四年、十月）の中で、「蜘蛛の糸」、「杜子春」など、「白」以前に児童文学として書かれた作品に比べて「「白」の動物世界という設定には仕掛けの甘さが目立っている。そしてその甘さが作品の迫真性を奪い、テーマの贖罪という部分を目立たせすぎて、文学的感動はその分だけうすれてくるように思われる」と述べている（以上三九頁）。しかし、言葉をめぐる観点からテキストを捉えると、「仕掛けの甘さ」や「テーマの贖罪」という部分が目立つとするこの見解には疑問が残る。

★13 「白」のテキストの引用は全て『全集』第十巻に拠った。「　」内の数字は章番号である。

★14 熊谷信子「物語の仕組み——芥川龍之介「白」論」(『芸術至上主義文芸』二二、一九九六年、一二月)、四二～四三頁。

★15 『近代日本食物史』(昭和女子大学食物学研究室、近代文化研究所、一九七一年)によると、牛乳は明治期には「現在のように健康人が飲料として飲むものではなく、むしろ病人のための薬という観念が一般的であった。それに加えて〔中略〕母乳の代用としての用途がこの頃から急速に広まり、牛乳で小児を養うことが文明開花のしるしであるかのような風潮さえ一部にはみられた」(九四頁)と、栄養のある健康に良い飲み物であったとして述べられている。その後、明治三十年代には「ミルクホールも各地で開業し、牛乳の普及に一役買」い、「人気を得た」という(湯本豪一『図説 明治事物起源事典』、柏書房、一九九六年、二八九頁)。大正期には「栄養学の普及と洋菓子の増加で消費もぐんと伸び」(紀田順一郎『近代事物起源事典』、東京出版堂、一九九二年、五八頁)、洋菓子と共に一般化している。また、増田太次郎、『チラシ広告に見る大正の世相・風俗』(ビジネス社、一九八六年)では、西洋広告店のメニューに「チヨコレツト」「コーヒー」などのメニューと一緒に「一合一杯牛乳四銭」(一四〇頁)とある。これらのことから、第二章に至って白の体の色が「まだ仔犬の時から、牛乳のやうに白かつた」とはじめて明かされた時、それは単なる白色を表すだけでなく、健康的でハイカラなイメージの白色を読者に喚起させるものであったと考えられる。

★16 こうした、白と黒のイメージが連続するということを指摘した論に越智良二の「芥川童話の展開をめぐって」(『愛媛国文と教育』二二号、一九八九年一二月)がある。越智は、それを罪と「エゴイズムの克服」という観点から、白と黒は対照を為すイメージであるとし、「「牛乳」のように白い体」、「気楽そうな「モンシロ蝶」」、「平和な公園の「白薔薇」」といった白色を「清浄なプラス・イメージ」とし、「「鍋底のやうにまつ黒」で「煤よりも黒い」体」、「白を映し出す「黒いビイル」」「黒塗りの自動車」」を「白の絶望感を強調するマイナス・イメージ」と解釈している(以上九～十頁、一一頁)。しかし、後で述べるように、第四章以降の新聞記事では、黒色は「勇ましい一匹の黒犬」、「逞しい黒犬」、「勇敢なる黒犬」、「見慣れぬ黒犬=けなげな犬」などというようにプラスイメージで描写されており、越智の説明では不十分であると思われる。

★17 黒と白について、これを人種差別という観点から解釈し、独特の見解を示しているものとして、有光隆司の「芥川龍之介の童話を読み直す(一)——「白」をめぐって」(『清泉文苑』第一八号、二〇〇一年、三月)が挙げられる。しかしながら、越智論と同様、ナポレオンや新聞記事についての言及は欠落しており、テキスト冒頭に書かれた隣家の飼い犬・黒の描写だけを頼りに人種問題と結びつけるのは偏りがあると思われる。

★18 カレーは今日の感覚では必ずしも西洋的な料理ではないが、しかし例えば小菅桂子『カレーライスの誕生』(講談社、二〇〇二年)によれば、カレーはインドで生まれ、その後イギリスに伝わり高級料理として「上流階級を風靡」し、幕末から明治初期頃に代表的な「西洋料理」の一つとして日本に伝えられたという(以上四八～六二頁)。そして文明開化期以降、カレーライスとして洋食屋で供されてた。その後、大正期に入ると、より気軽に食べられるようになり、カレー、コロッケ、トンカツといった「日本の三大洋食が庶民の家庭の食卓に溶け込み、家庭の味として浸透していった」（一四〇頁）と述べている。また、『朝日クロニクル　週刊20世紀　1923大正12年』（朝日新聞社、二〇〇〇年、三四頁）によると、作品「白」の発表された一九二三年には「国産カレー粉」が誕生、さらに、『近代日本食物史』（昭和女子大学食物学研究室、近代軍歌研究所、一九七一年、四四八頁）では、大正期には「とんかつ、カレーライス類を食べさせる、いわゆる「洋食屋」が急激に増加した」と書かれている。以上のことから、大勝軒のメニューとなっているカレーライスは、牛乳やビフテキと並び、西洋を喚起させるものであったことがわかる。

★19 酒井英行「芥川龍之介の童話（続）」（『国文学雑誌』藤女子大学四六、一九九一年三月、のち『芥川龍之介　作品《テクスト》の迷路《ラビリンス》』有精堂、一九九三年（『芥川龍之介作品論集成第5巻　蜘蛛の糸　児童文学の世界』、一九九九年所収）、一五六頁。

★20 「白」発表より五年ほど前の文章ではあるが、芥川は「或悪傾向を排す」（『中外』第二巻第一二号、一九一八年一一月）で、「単に「赤い」と云ふのと、「柿のやうに赤い」と云ふのとは、そこに加はつた小手先の問題ではなくて、始からある感じ方の相違である。技巧の有無ではなくて、内容の相違である。いや、技巧と内容とが一つになつた、表現そのものゝ問題である。」（二九〇頁）と述べている。このことからも、芥川が「ある感じ方の相違」（色のイメージ）と表現の問題とを結びつけていたことが窺える。それは例えば、「白」の最終章での独白の場面において、「白い月が一輪」「寂しい月」（以上一二八頁）と表現されていることにも表れており、ここには、自分の姿を月に投影している白の〈感じ方〉が表現されているといえるだろう。引用は『全集』第三巻に拠った。

★21 例えば、越智良二は前掲論文（★16）で、白は「お月様（神）の前に総てを投げ出し……翌朝お嬢さんの腕に抱れて忘我の涙を流す」とし、「白の外形を変化させた神（お月様）は、罰を与え罪を克服させた点で極度に親切な試験官であった」との見解を示している（以上一二、一三頁）。しかしテキストの表現を中心に解釈する本稿の立場からは、月＝神であるということは困難であると思われる。

★22 この白の独り言と新聞記事とのズレに注目したものには、酒井英行の前掲論文（★19）がある。酒井は新聞記事の前半三紙と後半二紙において白は自己を「明確に区別している」とし、前半では自分の体の色が黒くなったことを黒を見殺しにしたせいであり、その「臆病さを恥じ、同じ過ちを再び犯すまいとする前向きで生産的な白の心」で色の変化を「条理のあることとして、納得して受け入れた」が、後半では「白を駆り立てた動機は自己抹殺願望」であったと指摘している。（以上一五七頁）

★23 前掲論文（★2参照）、九二頁。

★24 前掲論文（★7参照）、八七頁。

★25 前掲論文（★16参照）、一二頁。

★26 芥川は、雑誌『女性改造』（第二巻八号、一九二三年八月）に掲載された「女性改造談話会」（★11参照）で、「私の信仰は、全てのものは相対的であるといふ信仰です」、「信仰も懐疑も亦相対的です」（以上一〇三頁）と述べている。「白」における色と名前とイメージの関係も、伝える媒体や視点によって相対的に語られていると考えられる。引用は『全集』第一六巻に拠った。

★27 前掲論文（★2参照）、二九五頁。

★28 結末を直接的な〈ハッピーエンド〉としない論の一例として、酒井英行は前掲論文（★19）で、新聞記事後半の「自殺行為によっても死ぬことが出来なかった白は、ついに「自殺をしやうと決心」するのであ」り、この心理の変化から、「ハッピーエンド」の結末は「不健全」とし、「自殺行為によって命を落とさなかったのは奇跡であり、結末は奇跡の上のハッピー・エンドに過ぎない。」と説明している（一五八頁）。単なる〈ハッピーエンド〉ではないと解釈する点では本稿と共通しているが、「奇跡」という偶発性を帯びた解釈では、この結末の意味の解明は不十分であると考えられる。

Column 2

「凡てを相対的に見る」ということ

入江香都子

日々の生活の中で湧き起こるさまざまな出来事を、インターネットやＳＮＳで自由に見聞きし、それらに対して個人の見解が自由に発信される場は、昔に比べて近年格段に増えている。スピーディに細やかなやり取りが可能になった一方で、小さな行き違いが論争を呼び火が付く「炎上」や、自分にとっては何気ない一言で誰かを傷つける危うさも、便利さと隣り合わせであると感じる人は少なくないだろう。そんな現代において、物事を一方向からみるだけでなく、さまざまな角度や立場からみることは重要であり、そういった視点は膨大な情報があふれる時代だからこそ求められることなのかもしれない。だからこそ、今芥川の小説は、意外な「新しさ」をもって読み返すことができるのではないだろうか。

一

芥川龍之介の文学において、ものの見方の相対性に着目することは重要である。例えば、芥川自身が、雑誌『女性改造』（一九二三〔大正十二〕年、八月）掲載の「女性改造談話会」において、「私は凡てを相対的に見る」、「私の持つ信仰は、全てのものは相対的であるといふ信仰です」と繰り返し述べていることにも表れているように、芥川作品における一貫したテーマの一つである登場人物のアイデンティティの問題を考える時、この、ものの見方の相対性を明らかにすることが重要な鍵になると考えられるからだ。

「自分とは何なのか」「自分を支えるものは何なのか」。人がその人生の中で繰り返し自身に問うアイデンティティの問題は、いつの時代もその人を支配する。芥川にとってアイデンティティとは、常に揺らぐ不安定なものだった。それは小説の中で、時に生まれた場所や育ってきた環境と関わっていたり、時に社会や経済の問題とも分かち難く関わっていたり、またある時は語り手や登場人物にとって一番身近であるはずの家族との関係や、人を取り巻く世間の噂や評判等々……さまざまであり、彼の作品に触れるたび、私たちはそうした相対性の中で生きていることを実感させられる。芥川の生きた時代から百年の時を経てもなお、同様の状況の中で私たちは迷いながら生きているのだと、感じずにはいられない。

芥川の作品には、初期の「羅生門」（一九一五年）、「鼻」（一九一六年）をはじめ、中期の「秋」（一九二〇年）、「六の宮の姫君」（一九二三年）、「白」（一九二三年）、「一塊の土」（一九二四年）や、晩年の「歯車」（一九二七年）といった　、他者の視点や評価、噂等に翻弄される登場人物がよく登場する。第二部では、そんなアイデンティティの不安の問題が、作中でどのように描かれているのか、特に芥川文学において中期といわれる時期に焦点を当てて考察を試みた。

この時期の芥川は、一九二一（大正十）年三月、大阪毎日新聞社の海外視察員として中国へ渡るも、大陸に上陸した直後から体調を崩し三週間もの入院を余儀なくされ、その後四ヶ月にわたる過酷な取材旅行の果てに体力を消耗。帰国後も、さまざまな病に悩まされるようになる。不調を訴えながらも精力的に創作を続けていたが、そんな中、一九二二（大正十一）年七月二十七日、芥川は千葉県我孫子に住む志賀直哉を、友人とともに訪ねている。

志賀直哉は、芥川が生涯意識し続けた特別な作家である。例えば、「私の文壇に出るまで」（一九一七（大正六）年『文章倶楽部』第二年第八号）、「小説を書き出したのは友人の煽動に負ふ所が多い」（一九一九（大正八）年、『新潮』第三十巻第一号、一月一日）で、彼は「日本の作家のものゝうち志賀直哉氏の「留女」を好きで読んだ」と、学生時代から志賀の作品を愛読していたことを記している。また、一九二〇（大正九）年十一月一日発行の『中央文学』では、「私の好きな作家」という大見出しのもとに二十名の作家の回答が掲載されたが、その際芥川は、志賀直哉の名前を挙げており、同時代の作家として志賀に注目し、敬意を払っていたことがわかる。未定稿の「志賀直哉氏に就いて（覚え書）」、「志賀直哉氏の短編」においても、志賀の作品や創作態度に関する芥川の見解が詳細に記されている。

さらに、死の直前に発表された評論「文芸的な余りに文芸的な」（一九二七（昭和二）年）では、「五志賀直哉氏」の表題のもと、「最も純粋な作家たちの一人」の筆頭としてその名を挙げている。全四十章の中で、表題に作家の個人名が挙がっているのは、論争で有名な谷崎潤一郎を除けば、森鷗外や夏目漱石など、その多くが文壇の大物の名を冠した七章であり、谷崎潤一郎への反論である作品の筆頭に志賀直哉が挙がっていることから、芥川にとって志賀が重要な作家であったことがうかがえる。

その理由はいろいろなことが論じられているが、筆者はここでは特に〈私〉とはなんなのか、という問題を芥川作品を通して問う第二部のテーマと関連することとして、次のエピソードに注目したい。先の我孫子への訪問の際、芥川は、志賀が三年ほど小説を書かなかった頃のことをしきりにききたがったという。志賀は、芥川の自殺後に書いた「沓掛にて――芥川君のこと」（一九二七〔昭和二〕年）で、以下のように述懐している。

芥川君は三年間私が全く小説を書かなかつた時代の事を切《しき》りにききたがつた。そして自身さういふ時機に来てゐるらしい口吻で、自分は小説など書ける人間ではないのだ、といふやうな事を云つてゐた。

私はそれは誰にでも来る事ゆゑ、一々真に受けなくてもいいだらう、冬眠してゐるやうな気持で一年でも二年でも書かずにゐたらどうです、と云つた。私の経験からいへば、それで再び書くやうになつたと云ふと、芥川君は「さういふ結構な御身分ではないから」と云つた。

芥川君は私に会つたら初めから此事を訊いて見る気らしかつた。然し私の答へは芥川君を満足させたかどうか分からない。

（「沓掛にて――芥川君のこと」）

世評にとらわれず自然のままに生きる志賀直哉のアイデンティティは揺るぎないもので、そんな志賀のアドバイスは芥川に、自分との違いを実感させるだけのものであったらしい。しかし、彼が志賀の作品にその後も敬意を持ち続けたことは、既に述べたとおりである。

しかし、体調不良と創作意欲の低下に加え、一九一九（大正八）年に海軍機関学校を辞し職業作家となり、田端の実家に戻って家族を背負っていた芥川は、創作の手を緩めることはできなかった。そのような時期に発表された作品の中に、アイデンティティの不安をテーマにした作品が、「庭」（一九二二（大正十一）年七月）、「六の宮の姫君」（同八月）、「白」（一九二三（大正十二）年八月）と、続けて描かれていることは興味深い。さらに、「一塊の土」（一九二四（大正十三）年）には、先祖から受け継いだ田地を自身の生存の拠り所として生きてきた主人公お住が、共同体の〈噂〉や〈評判〉に翻弄されながら、身近な家族にさえも本心を見せられず、自身の本心とのギャップに苦しむ姿を描いているのである。

公家や天皇家、武家との由緒正しいつながりを誇りにしていた登場人物（「庭」、「六の宮の姫君」）や、可愛がってくれた人の居る場所をひたすら焦がれた主人公（「白」）、先祖から受け継いだ田地に執着する農民（「一塊の土」）というふうに、生まれ育った場所に登場人物たちは執着する。場所や家族が人に与える影響は、アイデンティティを形成するにためは重要なことなのだと芥川は考えていたのだろう。代々、幕府の御奥坊主を勤めた由緒ある家柄の芥川家の人間であるという誇りを持ちつつ、一方では生母が発狂したというルーツも彼を生涯にわたって苦しめていた。体調不良の中、苦しんだ果てに生み出した小説も、世に出ると批判にさらされる日々の中で、彼のアイデンティティはこの時期、激しく揺らぎ続けていたのではないか、とこれらの作品にはそう思わせるものがある。

二

第四章で既に見たように芥川の小説「六の宮の姫君」が、『今昔物語集』の三つの挿話を元として六つの節からなる物語にまとめられたのは、よく知られていることである（詳しくは第四章を参照）。第四章で述べたことの他に、『今昔物語集』の挿話の一つ、巻第二十六「東下者宿人家値産語《あずまにくだるもの、ひとのいえにやどりてさんにあふものがたり》」第十九も、実は重要な改変が行われている。ここではそのことに触れてみたい。

巻二十六は、芥川の小説「六の宮の姫君」において、姫君のアイデンティティの不安を考察する上で、重要な意味を持つ部分であると考えられるものの、これまでの研究の中ではテキストとの比較においてあまり丁寧に論じられてこなかったが、本論との関係で注目すべきは、高橋博史氏の論（『芥川文学の達成と模索——芋粥から「六の宮の姫君」まで』第四章注★4参照）の指摘である。高橋氏は、「予言を告げる者の正体が違っている」ことに着目し、典拠ではそれが〈鬼神〉であり、「対して「六の宮の姫君」では〈何とも知れぬ〉とはいえ大男、すなわち人間が告げる」ことに着目している。この指摘は重要である。

しかしそれだけではない。この「気味の悪い話」では、「語り手」の語る話と、「聞き手」の解釈の齟齬についてもさりげなく書かれているのだ。ここでは、その点に注目しつつ、小説「六の宮の姫君」におけるアイデンティティの問題から、もう一歩踏み込んでみたい。

原典の『今昔物語集』は仏教史、霊験譚、因果応報譚の仏教説話を多くおさめた説話集である。その原典と比べて、芥川の「六の宮の姫君」で書き換えられている大きな特徴の一つは、仏教的、宗教的な要素が意図的に削られているということである。

或時雨の渡つた夜、男は姫君と酒を酌みながら、丹波の国にあつたと云ふ、気味の悪い話をした。出雲路へ下る旅人が大江山の麓に宿を借りた。宿の妻は丁度その夜、無事に女の子を産み落した。すると旅人は生屋の中から、何とも知れぬ大男が、急ぎ足に外へ出て来るのを見た。大男は唯「年は八歳、命は自害」と云い捨てたなり、忽ち何処かへ消えてしまつた。旅人はそれから九年目に、今度は京へ上る途中、同じ家に宿つて見た。所が実際女の子は、八つの年に変死してゐた。しかも木から落ちた拍子に、鎌を喉へ突き立ててゐた。——話は大体かう云ふのだつた。姫君はそれを聞いた時に、宿命のせんなさに脅された。その女の子に比べれば、この男を頼みに暮してゐるのは、まだしも仕合せに違ひなかつた。「なりゆきに任せる外はない。」——姫君はさう思ひながら、顔だけはあでやかにほほ笑んでゐた。

（「六の宮の姫君」「二」）

これは、第二章で男が姫君の元に通うようになり、館に活気が戻って来た或る夜、男が姫君に「気味の悪い話」を語って聞かせた場面である。

まず芥川の小説では、子どもを産むのは「宿の妻」であるとだけ書かれているが、原典では、子どもを産むのは臨月を迎えた宿の女主の娘であり、まさか今日明日に生まれるとは思わず旅人を泊めたが、俄に産気付いたのでどうしましょうか、と尋ねにくる。禁忌についての観念の一つとして、当時出産は死穢と並ぶ穢れとして忌み嫌われていたため、同じ場所に宿ることに不都合が生じたのである。しかし、それに対して旅人は、「己は更に左様の事不忌侍《いみはべる》まじ」と、自分は出産の場にいることを忌みはしないと答えている。つまり、芥川の小説では、この部分が丸ごと削除されているのである。

また、「何ともしれぬ大男」についても、原典では「長《たけ》八尺許の者の、何とも無く怖し気なる、内より外へ出て行とて、極て怖し気なる声して、「年は八歳、□は自害」と云て去ぬ」と、その尋常ではない姿が書かれている。一尺は約三〇・三センチメートルなので、メートルに換算すると「長《たけ》八尺許」の者の身長は約二メートル四二センチメートルであり、「人気なる声して」と、繰り返される恐ろしい佇まいと、その者の発した意味深な言葉や声の様子から、不気味な印象はさらに強まり、同時に読者にその日が「穢れの日」だということも想起させるのである。さらに原典では、九年後に、その時に生まれた子どもが亡くなったことを聞いた旅人が、あの時見た者は「鬼神《おにがみ》」であったと言う。芥川の読んだ『今昔物語』の頭注には鬼神について「神変不可思議のばけもの也中には人をとりてくふもあり」と書かれており、つまりそれは人知では計り知れない超自然的で霊的な魔物だと説明されていることがわかる。そうして、文末の「然れば人の命は皆前世の業に依りて、産まるる時に定置つる事にて有けるを、人の愚にして不知して、今始たる事の様に思歎く也けり、然れば皆前世の報と可知也となむ、語り伝へたるとや」と、その子どもの死は前世からの因縁（宿命は前世の業）だとする仏教説話的な結論付けをしているのである。

それに対して芥川の小説では、「何とも知れぬ大男」が、「歳は八歳、命は自害」と言い捨てて去っていくのみの「気味の悪い話」に書き換えられており、原典ほどに得体の知れない恐ろしさは感じられない。また、仏教説話的な結論も芥川の作品には書かれていない。

こうした改変から、芥川のテキストでは、『今昔物語集』特有の、仏教説話的な部分や、霊的な要素が徹底して排除されていることがわかる。つまり、作者はこの部分を仏教説話的要素を排除した一つの「気味の悪い話」に仕立てているのだ。では、それはなぜなのだろうか。

ここで注目すべきは、この話の「語り手」と「聞き手」との関係の変化である。『今昔物語集』の原典では、この話を語っているのは物語の「語り手」であり、この話の結末を前世からの因縁（宿命）だと意味付けているのも同じ語り手で、物語の内部に「聞き手」は存在しない。話は一貫した仏教説話である。

一方、芥川の小説では、この話の「語り手」は「男」で、話の「聞き手」は「姫君」になっている。そして、話の内容が仏教説話的・霊的な要素が削除された単なる「気味の悪い話」であるにもかかわらず、その話を聞いた姫君によって「宿命のせんなさ」と仏教的に意味付けされ、彼女は「脅され」ているのだ。つまり、原典と芥川の小説では「語り手」と「聞き手」が明らかに違うのである。

これは、芥川の小説「六の宮の姫君」の最終第六章について本書第四章で考察したことと通じると思われる。内記の上人が登場する最終節は、「語る人の見方や立場によって、姫君の生涯はさまざまに言い換えられ得る」という問題を含んでいるが、この巻二十六の挿話によって、それは他者の見方や立場だけに限らないということが示されている。つまり、話の「聞き手」である姫君自身も同様に、自分の見方や立場によって物事を解釈しようとしていると言おうとしているのではないだろうか。なぜなら、先にも述べたように、『今昔物語集』の原典から仏教説話的な要素が削られているにもかかわらず、芥川の小説では、男から聞いた話を、姫君自身が自分の境涯と重ね合わせて、そこに「宿命のせんなさ」(仏教説話的要素)を感じ、脅えているからである。原典では死んだ子どもが男の子であったのに、テキストではそれが女の子に改変されていることも、姫君がこの話に自分のことを重ね合わせていることを暗示している。

姫君のことを語る法師は、彼女のアイデンテイとは無関係に自分の関心や価値観に引きつけて姫君を解釈し、読み違えている。そして、同じようなことは姫君にも言える。それは、「気味の悪い話」を語る男が伝えようとした意味と、聞き手である姫君の受け取った意味の齟齬、つまり意味の相対性に繋がっていくのではないか。そんな普遍的な問題を芥川は表現していたということが、原典の改稿過程から見えてくるのだ。

我孫子を訪れた際に揺るぎない志賀のアイデンテイに触れ、自分は志賀のようには生きられないということを悟った芥川。それでも、既にみたように志賀に対する尊敬と敬意の念はその後も彼の中から失われることはなかった。世評にとらわれず自然のままに生きる志賀直哉に憧憬の念を抱きつつも、「凡てを相対的に見る」視点を、芥川は晩年の作品に至るまで自らに課していったのではないか。そして、ものの見方の相対性の重要性を誰よりも実感していた繊細な作家だからこそ、これら一連の作品を描き得たのではないか。そのように私には思える。

【引用文献】

池辺義象編『校注国文叢書　今昔物語』上・下（博文館、一九一五年）
『志賀直哉全集』第六巻（岩波書店、一九九九年）

第三部　Beyond Borders——芥川文学をめぐる世界の旅

第六章　芥川周辺から辿るロシア文学との邂逅の磁場

溝渕園子

序

　近年、芥川文学をはじめ、日本近現代の作品を世界文学の一環として読む研究が増加している。この傾向は、庄司達也編『芥川龍之介ハンドブック』（鼎書房、二〇一五年）に「世界文学」（佐藤泉執筆）の事項が設定されていることからも確認することができる。また、国際芥川龍之介学会第十七回大会（二〇二三年度）の「「世界文学」は芥川研究に何をもたらすか」と題する国際シンポジウム（奥彩子・小谷瑛輔・澤西祐典・鵜戸聡）をはじめとする諸企画は、現在の芥川文学研究に世界文学というトピックが定着した現実を映し出していよう。世界文学の文脈で芥川文学を捉える場合、特に一九九〇年代以降の日本において、グローバリゼーションの流れに乗って息を吹き返したかのように進展した翻訳研究という条件を抜きにして考えることは難しい。関口安義『世界文学としての芥川』（新日本出版社、二〇〇七年）、高橋龍夫「芥川文学の翻訳――世界文学としての強度」（関口安義編『芥川龍之介――生誕120年』、翰林書房、二〇一二年）では、世界文学と翻訳との間に密接な関係のあることが改めて浮き彫りになった。さらに、二〇二〇年代あたりから『芥川龍之介研究』第一七号（二〇二三年八月）において、澤西祐典による丹念な調査から日本近代文学館所蔵の芥川旧蔵書の新資料が紹介されたり、同誌第一五号（二〇二二年十二月）から第一八号（二〇二四年八月）にかけて国内外のさまざまな研究者によって、芥川の中国旅行に関する中国の現地資料に基づく考証やそれに裏付けられた新たな作品の読みが示されたりするなど、芥川研究は新たな局面を迎えたと言えるだろう。

このように、芥川文学の研究と世界文学との関連性が活発に議論される中で、本章では、世界文学と接触した初期の芥川に注目し、芥川自身の蔵書である洋書や外国文学の翻訳とは異なる側面から考察したい。すなわち、旧制一高時代から文壇デビュー期までの芥川が置かれていた環境の一端として、芥川が世界文学と接触した読書空間に光をあてるのである。芥川は、古今東西の他者による既存の作品を解体し、その細部を自己の小説に組み込む手法を巧みに用いた。原作の文脈から引き剝がされたモチーフや話型が、芥川の手によって別の文脈に摂取され、新たな命を吹き込まれ、一つの作品の構成物となる。こうした創作方法を支えるためには、先行する数多くの作品や最先端の文学情報と出あう場が求められよう。

芥川文学がフランス文学やイギリス文学、ロシア文学等の欧米文学から強い影響を受けたことは、広く知られるところである。それについては、この方面の基本の一書である富田仁編『比較文学研究芥川龍之介』（朝日出版社、一九七八年）に代表されるように、芥川作品の材源研究（吉田精一）や外国文学の受容論（柳富子ら）に豊富な蓄積があることからも明白であろう。たとえば、ロシア文学との関連に焦点を絞った場合、芥川の小説やアフォリズム、随筆、書簡や日記をもとに、プーシキン、レールモントフ、ツルゲーネフ、トルストイ、ドストエフスキー、チェーホフといった十九世紀から二十世紀初めにかけて活躍したリアリズム文学の著名な作家やその作品の名を指摘することができる。さらに、芥川の書簡や随筆にはアンドレーエフやアルツィバーシェフへの言及も見られ、芥川と同時代のロシアの流行作家への関心がうかがえる。

それでは、芥川とロシア文学とをつなぐ回路はどこにあったのか。その一つとして文壇デビュー前後の芥川が出入りしていた夏目漱石の「木曜会」に、そうした出あいの化学反応を起こす触媒としての機能があったのではないかと考える。中でも、芥川がロシア文学と邂逅する際に、「木曜会」周辺がいかなる可能性を有する空間であったか、人物交流の視点から当時の文学空間の一面を素描してみたい。

大正末期から昭和初期にかけての「世界文学」の名を冠するアンソロジーの登場が、網羅的な書物による、旧制高校の教養主義的かつ経験主義的な読書空間の成立を促したことは否定できない。だが、その時代に比して、芥川の文学活動の初期にあたる明治末期より大正初期までは、文学をめぐる情報メディアの種類や普及範囲にもまだ限りがあり、人を介して得る情報の重要性がいっそう高かったと考えられる。

そう考えると、「木曜会」という場において、小宮豊隆とエリセーエフとの交流がもたらした、ロシア文学との邂逅の持つ意味は小さくないだろう。一例として、芥川が「木曜会」への出入りを始めた頃に日本の文学界で流行していたアンドレーエフの文学は、「木曜会」周辺でどのように消費されたかを確認し、これが芥川のロシア文学の読みのモードにおいていかに位置づけられるのか、その可能性に言及したい。

一　「世界文学」の概念と〈周縁〉の文学

デイヴィッド・ダムロッシュは、著書『世界文学とは何か』において、「世界文学」を「世界的な規模で流通するもの」と定義し、「一つの読みのモード」であると述べている。[★1]つまり、世界文学という実体があるのではなく、世界的なダイナミズムで拡がりゆく文学という捉え方、あるいは読み手のまなざしの問題ということになるだろう。芥川が生きた十九世紀後半から二十世紀前半にかけては、まさに「世界文学」という術語そのものが、欧米やアジア地域で流通し始めた時代であった。「世界文学」（Weltliteratur）が知られるようになったのは、一般に、一八二七年の弟子エッカーマンとの対話で、ゲーテが口にしたものだとされる。エッカーマンの『ゲーテとの対話』によれば、この概念は、国民国家として後発国だったドイツでその文化的起源を構築するために唱えられた「国民文学」（Nationalliteratur）と対を成すものである。「世界文学」は、〈図〉と〈地〉の関係のように、「国民文学」との対立において成立する（価値を持つ）概念であり、両者はそれぞれ個別の実体として存在するのではなく、存立のために互いを必要とする関係にあると言える。

「世界文学」の語は、日本においても比較的早期に紹介された。十九世紀末に三上参次・高津鍬三郎『日本文学史』（明治二十三／一八九〇年）が刊行され、その中の第四章「国文学」に「先に述べたる文学の定義は、広く取すべて、云へるものにして、何国の文学にも適用して、不可なきのみならず、特にかの所謂世界文学《ウェルトリテラツール》（又ハ万国文学）に適合すべし」という文言があるが、これがその嚆矢と見られている。[★2]「世界文学」の概念は、日本に導入されるや知識層の間で急速に普及し、近代的な国民文学としての「国文学」の形成と密接に結びつきながら、時代によって意味合いを微妙に変化させていった。

実際、大正末期から昭和初期にかけて、「世界文学全集」と題する網羅的な作品集がシリーズ化され、多数登場している。これらの全集は、〈西洋文化〉の紹介と理解を重視する教育方針がとられていた旧制高校等において、教養主義的な読書空間の成立を促進する役割を果たした。外国文学の翻訳や紹介が十分ではなかった当時の日本において、「世界文学全集」には、さまざまな国の代表的な文学作品の日本語訳が網羅的に収録されていたため、旧制高校の生徒たちや当時の知識人たちは、比較的容易に外国文学に触れるという経験ができるようになった。このように、「世界文学全集」は、大正末期から昭和初期の知的空間に大きな影響を与えたのである。だが、芥川の文学活動の初期には、まだこうした「世界文学全集」が出現しておらず、「世界文学」との出あいは、個人の努力や運、人脈によるところが大きかったと言えよう。

再びヨーロッパに目を向ければ、「世界文学」という語は、フランスやイギリスより文学的〈後発国〉であったドイツで誕生し、そしてドイツよりもさらに文学的周縁に置かれていたロシアにおいてこそより必要とされ、積極的な意味を持つようになった。[★3] この点から考えると、日本近代文学がソ連初期にはさほど紹介されていなかったロシアにおいて、芥川の作品「女体」「じゅりあの・吉助」が一九二四年という早期に翻訳されたことは注目に値する。また、一九六七年から一九七七年にかけて『世界文学文庫』全二百巻のうちの一巻に芥川作品の翻訳が収録されたという事実は、旧ソ連の文学をめぐる政治的状況を勘案する必要があるものの、芥川文学と世界文学との関係が浅からぬものであることを物語っている。ロシアにおいて世界文学の文脈で芥川が受容されたという問題は、ロシアが持つ地理的・文化的〈周縁〉性において、世界文学の〈正典《カノン》〉として芥川が位置づけられるということの意味を改めて考える契機となるだろう。

二　「木曜会」という磁場——アンドレーエフ文学の評価をめぐって

明治期の日本で愛好されたロシア文学を大きく整理すれば、明治二十年代にツルゲーネフ作品、三十年代からドストエフスキー、トルストイ、チェーホフらの小説が紹介され、四十年代には昇曙夢《のぼりしょむ》らによるアンドレーエフ、アルツィバーシェフ等の同時代の世紀末文学の翻訳が進んだ。[★4] これは、明治末から大正にかけてのロシア文学を中心とした〈北欧文学〉紹介のブームと重なっている。たとえば、ロシア世紀末の象徴主義作家レオニード・アンドレーエフ（一八七一―一九一九）の作品は、二葉亭四迷訳「血笑記」や昇曙夢訳「地下室」といった例外もあるが、多くの場合、フランス語や英語、ドイツ語等からの重訳であった。日露戦争直後の明治三十九（一九〇六）年の上田敏訳「旅行」が、現在確認できる範囲で最も早く紹介された例として挙げられる。その後も、「血笑記（Красный смех：原題は赤い笑い、以下同）」や「嘘（Ложь）」「心（Мысль：思想）」「クサカ（Жизнь Василия Фивейского：ワシーリイ・フィヴェイスキーの生涯）」「深淵（Бездна：深淵）」「歯痛（Gaudeamus：ラテン語の学生歌の題名を借用）」「七死刑囚物語（Рассказ о семи повешенных：七人の絞首刑囚の物語）」をはじめとする多くの作品が、二葉亭、昇、上田、森鷗外、相馬御風らによって次々と翻訳された。当時としては異例とも言える頻度で、二葉様々な雑誌がロシア文学の翻訳作品を掲載した。[★5]これは、当時のヨーロッパにおけるアンドレーエフ文学のブームが、ほぼ同時期に日本へも波及していたことを示すものである。

「木曜会」という場での芥川とロシア文学の邂逅は、このような背景の中で理解する必要があるだろう。漱石の弟子であり、「木曜会」のリーダー的存在でもあった小宮豊隆（一八八四―一九六六）によるエリセーエフとの交流は、個人の読書のみでは得られないような形でロシア文学に触れる重要な契機を芥川に提供したと言える。小宮とエリセーエフの関係を軸とする「木曜会」のロシア文学の具相を示すことの意義は、芥川文学へのロシア文学の影響を今後検証していく上で小さくないものと考えられる。

小宮豊隆によるアンドレーエフの本格的な作家論「レオニド・アンドレイエフ論」（以下、「アンドレイエフ論」）は、アンドレーエフの小説「クサカ（原題：ワシーリイ・フィヴェイスキーの生涯）」を中心に取り上げるものであり、『ホトトギス』第十二巻第七号（明治四十二／一九〇九年四月）に掲載された。小宮は後に、「私は当時大学の国文学科に入学してゐたロシヤ人と知り合ひになり、エリセイエフから現代ロシヤ文学の諸作品を紹介されてゐるうちに、アンドレイエフから深い印象を受け、ドイツ訳になつてゐるアンドレイエフの作品を、自分の力の及ぶ限りあさりつくして貪り読んだ[★6]」と回想している。小宮は、ドイツ文学者であり、俳句や歌舞伎の研究者としても知られる。若き日の小宮は、漱石門下生として「木曜会」に参加する中で、ロシア出身の友人エリセーエフを介して、当代のロシア文学に関心を寄せ、ドイツ語訳でアンドレーエフ作品を読破していった。

この時期に小宮の読んだと見られるドイツ語版アンドレーエフ作品集が、『小宮豊隆文庫』に収蔵

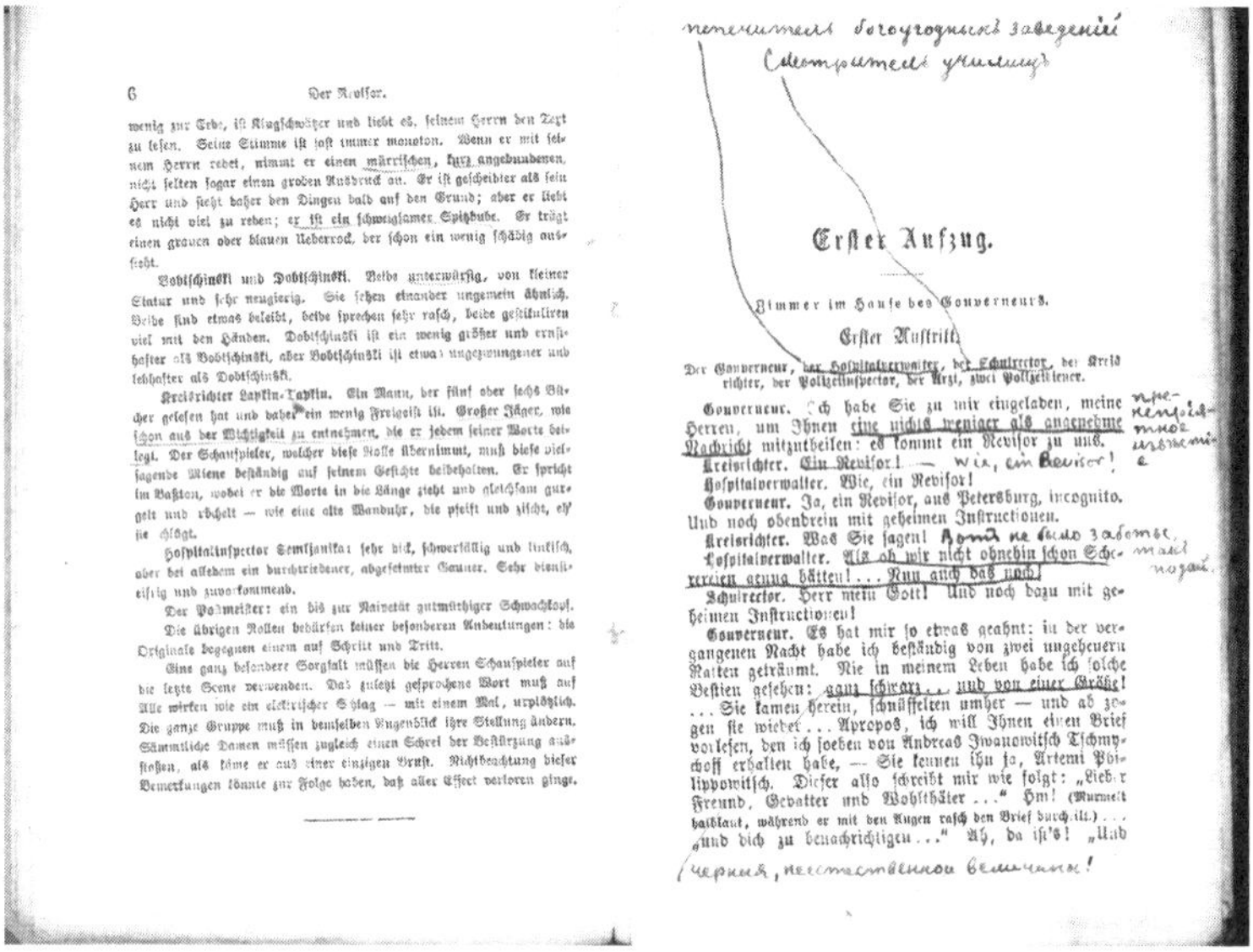

図１　小宮によるものと見られるロシア語筆記体を用いた書き入れ（蔵書のドイツ語訳ゴーゴリ『検察官』）

されている。それは“Leonid Andrejew, Das Leben Valter Wasssili Fiweiski's”と題する書籍であり、翻訳者はB. Polonski博士、出版地はベルリンとの記載がある。出版年は明記されていないが、管見の及ぶ範囲では、小宮が「アンドレイエフ論」を執筆した一九〇六年前後ではないかと推測される。大阪・京都の書店のシールが貼付されており、日本で書店から直接ないし人を介して入手したものと考えられる。「クサカ」の頁を繰れば、傍線、下線等のラインが多く引かれ、小宮自身が書き入れたと思われる日本語のメモ書きも確認できる。こうした書き込みからは、この時期の小宮のアンドレーエフに対する関心の高さが十分にうかがえる。たとえば、表紙裏の空白には、小宮によるアンドレーエフ作品の読後感が比較的長く記されている。その中に、アンドレーエフの書いた小説には、人生の「不安」や「恐怖」があり、「アンドレイエフの感ずる恐怖はエレメンターレ、フルヒト」であり、「要するにアンドレイエフはあらゆるものに恐怖を感じてゐる」といった所感が述べられた箇所も確認でき、「アンドレイエフ論」のメモだと見なしてもよいだろう。

　小宮の「アンドレイエフ論」は、エリセーエフとの対話から得た知識と、二葉亭四迷の「露西亜文壇の傾向」（『キヌタ』明治四十一／一九〇八年四月）の叙述内容を取り込んだ形跡が見られる。小宮はこの評論の冒頭部で、二葉亭訳「血笑記」以外に、ドイツ語訳の「七刑人物語」★7や短篇十六点を読んだ他、作品十二点ほどの簡単な梗概を他人から聞き知ったことを述べている。その上で、「アンドレイエフ論」はそれらの感想の集積体であるにすぎず、研究書等は参照していないことを明言する。そして、この評論の前半部で小宮が特に強調するのは、傍点を付した「気持」の語を繰り返し使用していることからも明白なように、アンドレーエフの小説が「気持を書いたもの」だということである。また、そうした「気持」の「描写」の面にも着目しており、表現が「リアル」か否かによって作品がリアリズムかシンボリズムかを区別することは浅薄な見方であると主張している。さらに、写実的と評される初期の作品や革命後のいくつかの戯曲も含めて、小宮は「アンドレイエフの作品は悉く象徴的作品」と論じるのである。

　このように、ドイツ語版アンドレーエフ作品集への書き入れを見ても、主に、アンドレーエフの心理描写に重心を置いて読んでいた様子が理解できる。その限りにおいて、この時点での小宮のアンドレーエフ文学に対する感想は、上田敏が翻訳した「心」の序文でアンドレーエフの特色を「心理の描写、運筆の簡勁」、「要するに心理の描写、特に病理的心理の描写」（明治四十二／一九〇九年）と理解していたことと大きく隔たるものではないと判断されよう。「表現」が「リアル」かどうかを尺度とすることに否定的な小宮の論調は、当時の主流であった自然主義文学の陣営を意識したかのようにも受け取れる。相馬御風をはじめとする自然主義文学の作家らのアンドレーエフ文学に対する理解は、第一次革命期（一九〇五年）のロシア知識人の苦悩と大逆事件（明治四十三／一九一〇年）前後の日本の知識人のそれとを重ね合わせ、人々の「苦悩」を代弁する文学と見るものであった。他方、小宮の論は、象徴主義的傾向に注目し、いかにして「気持」や「恐怖」、「不安」の雰囲気を作り出すかという、欧米の最新の文芸思潮が繰り出す技法に力点が置かれている。相馬御風らと小宮の論とを比較すれば、前者は何を描くかを重視し、後者はどう描くかに重きを置いていたということになるだろう。加藤百合が指摘するように、[★8] その構図に基づいて、日本の自然主義文学への対抗軸として、小宮のアンドレーエフ評価を位置づけることも可能であると考えられる。アンドレーエフ文学のブームは明治後期の十年の間に一気に花開き、そして急速に萎んでいった。そこに展開したアンドレーエフ理解の二面性は、上述のように、一人の外国の作家への評価が、日本の文学者にとって自らの文芸理念上の立場を確認するための一つの装置であったことのあらわれだろう。

　小宮のアンドレーエフ文学に対する熱意は、その後言及が瞬く間に減少する状況を見れば、一時的なものであったと言うよりほかない。後に小宮が翻訳したのは、アンドレーエフではなく、詩的かつ抒情的な文章で自然や人間心理を深く繊細に描写することで定評がある十九世紀リアリズム文学のツルゲーネフの作品であった。一方、芥川龍之介の著作においても、アンドレーエフへの言及は散見されるものの、全体を通して見れば、その影響は主に文学活動の初期に見られる。[★9]例えば、「羅生門」「鼻」の初期作品には、小宮に代表されるように、夏目漱石の周辺で日本の自然主義文学へのアンチ・テーゼとして受容されていたアンドレーエフ文学の痕跡を辿ることができる。テクスト論の立場から見れば、「羅生門」や「鼻」等のテクストが生成される前に存在し、そのテクストに影響を与えるプレテクスト(pretext)としてアンドレーエフの小説が選択されたという解釈も成り立つ。それを芥川という文学者の立場の表明として意味づける方法は、複数のテクスト間の相互関連性から、異質な先行テクストを摂取する作家の主体性や能動性、暴力性、文化的アイデンティティ、社会や文学の規範の逸脱といった諸問題を考察する手がかりの一つとなるだろう。

三 「木曜会」という磁場——小宮豊隆とエリセーエフ

芥川の随筆(談話)「夏目先生」(初出未詳。昭和十年刊の全集普及版第九巻に所収)には、夏目漱石に関する芥川の個人的な印象や思い出が綴られている。芥川が観察した「才気渙発する老人」である「先生」の知性や気性が、銭湯で引き起こした出来事等のユーモラスなエピソードを交えつつ、尊敬と親しみを込めて表現された作品である。中でも漱石の文学論や文学評論を高く評価しており、そこには大学で漱石の講義を受けた聴講生を羨む心情が仄めかされる場面も見られる。

芥川はこの随想で小宮豊隆とエリセーエフを登場させ、当時の状況を回想している。たとえば、「エリシエエフ君が先生に、(夏目)先生の物を翻訳するのに、「庭に出た」と云ふのと、「庭へ出た」

と云ふのと、どこが違ふかと言つたら、先生は、俺も分らなくなつちやつたと言つて居られた」という漱石とエリセーエフの軽妙なやりとりは、翻訳を通して刺激された漱石の言語感覚が混乱に陥るさまを描くものである。アンドレーエフをはじめとするロシア作家に対する小宮の関心には、東京帝国大学でエリセーエフと出会ったことが大きく影響している。日露戦争後から明治末にかけて、近代以前から続く日本の文芸や漢文学以外に、外国文学やその翻訳の読書によって、当時の読者層の精神状況に共通する要素が醸成され、時代の気分が共有される一面があったことは否定できないだろう。日露戦争前後から、日本の知識人や読書人の間で、欧米文学の読書現象は急速な広がりを見せていた。この時期になると、彼らは、イギリス、フランス、ドイツの作品だけでなく、ロシア、北欧、南欧、東欧の文学にも関心を持つようになった。当時の読書のありようは、作品の原文の意味を〈正確〉に読み取ることよりも、原文からの直接訳や、仲介語を経た重訳によるスピードと量の読書が重視されていた。折しもヨーロッパでは、鉄道網の整備や蒸気船、自動車といった移動手段の発展によって、郵便の迅速化、郵便網の拡張が進んでいる最中にあった。国際郵便の取り扱いも効率化し、通信が以前よりも円滑に行われるようになったことで、ヨーロッパの情報網は拡大し、情報化が進展した。トルストイがロンドンへ送った原稿がロシアとイギリスで同時出版されたように、まさに「国際的な《文学の同時性、同時代性》」とも言うべき状況が生まれていたのである。★10

こうした背景の下で展開された日本の知識人層の読書の形態は、大きく二つに分けて考えられる。一つは、ある個人が友人や知人から得た情報をもとに経験する個人的かつ主体的な読書という形である。もう一つは、黙読を前提とした個人の体験の枠を超え、共同行為としての読書空間を形成するような読書会の形である。こうした二つの形態が当時の読書空間の両輪として機能していたと整理できる。漱石の場合、小宮をはじめとする門下生たちの役割が大きく、「木曜会」において研究目的ではない訳読が行われた。そこに、ロシア人留学生のエリセーエフが参入することで、この場は「国際的な《文学の同時性、同時代性》」に接近する読書の場と化した。ここで得られた情報や知識を手掛りとして、各人が個人レベルの読書に還元し、そしてその経験をまた「木曜会」に持ち寄るといった循環構造があったこともうかがえる。小宮の「アンドレイエフ論」はそうした場からの産物であった。

ロシア出身で後にハーバード大学で日本学の基礎を築いたエリセーエフ（一八八九—一九七五）は、ペテルブルクの富裕な商人の家に生まれた。ベルリン大学に在籍後、明治四十一（一九〇八）年から六年間、東京帝国大学国文科で学び、夏目漱石や小宮豊隆と親交を結んだ。漱石は、明治四十二（一九〇九）年十一月二十五日に『朝日新聞』に新設された「文芸欄」を主宰することになったのを機に、早速エリセーエフを起用した。エリセーエフは、ロシアの新進作家ボリス・ザイツェフを紹介する時評を、十二月二十一日と二十二日両日にわたって上・下に分けて掲載し、好評を博した。ザイツェフは、二十世紀初頭のロシアを代表する作家として知られ、一九〇一（明治三十四）年に短篇小説「途上にて」で文壇デビューを果たしたが、ロシア革命後にフランスに亡命した。キリスト教を主たる文学テーマとし、亡命の経験や心情を反映したその文学は、チェーホフ文学の影響も指摘されるところだが、人間の運命や存在の意味を深く掘り下げる傾向があり、哲学的な要素と詩的な感性が融合した独特の文体を持つとされる。エリセーエフの文芸時評を介して、笑いや皮肉を武器に従来の価値体系を覆すようなザイツェフの作品が、日本の読者に知られることとなった。この文芸時評は反響を呼び、エリセーエフはその後一年余の間に文芸批評を執筆し、『朝日新聞』文芸欄でひときわ異彩を放つ存在と化す。エリセーエフの活動を動力として、「木曜会」はロシアの近代文学・演劇に関する知識、またロシアから波及したヨーロッパの文芸批評の枠組みや技法を共有する場となった。エリセーエフを介してもたらされた知識や情報は、当時の文壇や演劇界でその批評が参照されるほどの大きな影響力があった。

明治二十三（一八九〇）年に創刊された雑誌『趣味』は、多様な知識を一般市民に広めることを目的とした月刊誌であり、文学や科学、芸術など国際的な視点から広範なテーマを扱い、啓蒙的な内容を通じて読者の教養を高めることに主眼を置いていた。本誌の第四巻第一号（明治四十二年一月一日）に掲載されたエリセーエフの「最近の露国文壇」では、アルツィバーシェフ、アンドレーエフ、クプリーン、グーセフ、オレンブルグスキー、メレシュコフスキー、コロレンコ、ポタペンコ、ネミロヴィチ＝ダンチェンコなど、十九世紀から二十世紀初頭にかけてのロシアの新進作家が、現地での評価を交えつつ紹介されている。アルツィバーシェフやアンドレーエフ、クプリーンは、ロシア「銀の時代」と呼ばれる文学の黄金期に活躍したが、この二人に関する内容が、この時評においても紙数の半分以上を占めていることから、両作家の紹介を重視するエリセーエフの意図が汲み取れる。一九二三年にポーランドに亡命したアルツィバーシェフの文学は、自由主義的な社会批判とニーチェ風の個人主義を特徴としており、トルストイやドストエフスキーの影響を受けたと言われる。一九〇七年に出版された代表作「サーニン」は自由恋愛と肉欲の解放を主張する「性の文学」としてヨーロッパの文学界でセンセーションを巻き起こした。エリセーエフがこの文芸時評を発表したのは、「サーニン」

が世に出た二年後のことであった。

また、エリセーエフは時評で「何時かノーウォエヴレミヤの附録のポンチにアンドレーエフをドストエフスキーよりもづツと上の方へ担ぎ上げて、真倒様に堕した絵が出てゐたが、これは彼の作風が変つて行くが如く、評価も動揺するからである、併し何と云つても露国新文壇の驍将たるは争はれない」と書き、アンドレーエフの作風とそれをめぐるロシアでの評価の乱高下にも言及している。こうした文学に精通したロシア人による批評の出現により、日本人が日本にいながらにしてロシアでの同時代評へのアクセスが容易となったのである。

それでは、エリセーエフの親しい友人となった小宮豊隆は、実際にロシア文学とどのように関わっていたのだろうか。[★11]「私は段段にロシア語そのものが好きになつて行つた。〔中略〕のみならず八杉〔貞利〕先生のお蔭で読書力も随分ついて来て、レクラム版のロシアの現代作家の作品をポケットに入れて出て、電車の中で片はしからそれを読んで、少しも不自由をしない程度にまでなつてゐた。私はゴーリキーを読みチェーホフを読みクプリーンを読みザイツェフを読みソログプを読み、いろんな作家の中に分け入るとともに、これはどうもドイツ文学を棄ててロシア文学を専攻する方が自分の性に合つてゐるのではないかと思ひ始めた[★12]」と小宮は回想している。ここに列挙された作家らは、トルストイやドストエフスキーよりもやや若い世代の新しい文学（小説）の担い手であった。興味深いことに、これらの作家名は芥川の随筆、日記や書簡にも言及が見られ、時期的にもほぼ重なっている。この点は、小宮と彼より八歳若い芥川の間にある読書体験の同時代性を示しているだろう。人を介して得た情報から文学が選択され、またその文学が読書空間の一角を構成していた時代に、複数の人々が同じ作家に関心を寄せていたことは、その時代の一定数の文学青年たちが共有していた世界文学の読書空間の存在を暗示していると考えられる。

芥川の読書空間を考える際、このような芥川の周辺の状況を単に重要でないものとして無視することは容易い。だが、作家の内的書架は、自らの所有する書物のみによって構築されるわけではない。むしろ、蔵書は無論のこと、人を介したものも含めた多様な読書経験から、作家たちはそれらを自身の感性や思念と融合させ、新たな表現世界を切り拓いていく。当時の日本の文学空間に、ロシア文学はどのような位置を占めていたのか。小宮豊隆という一人の文学者の足跡は、創作や翻訳という形では顕在化し得ない位相で、この時代の日本人にとってロシア文学へのアクセスがどこまで可能であったか、そして芥川におけるロシア文学の受容の度合いはどれほどであったかを測量する際、一つの手がかりとなるものだと考えられる。

先述したように、小宮は「木曜会」を牽引する漱石の門下生であり、エリセーエフを介してロシア文学に触れた。後にドイツ文学者となる小宮と、ロシアの知識人としてドイツ語を家庭教師から学んでいたエリセーエフとの間で、作品の解釈等をめぐる高度な文学的相互交渉を可能にしたのは、ドイツ語と日本語という共通語があればこそであった。そして、「木曜会」のような場があったことにより、小宮はアンドレーエフという当時のロシア文学の最先端に触れ、そこからロシア文学への関心が深まり、ひいては自らのロシア語力を高めていったのである。この時代には得難いロシア人留学生との人的交流を通じて、ロシアの現代作家の作品に触れたという小宮の経験は、複数の条件が重なり合う地平に成立するものであり、それもまた芥川をはじめとする当時の文学青年たちの読書空間の一部であったと言えよう。

結にかえて——〈古典〉になったロシアの現代小説と芥川

芥川は、「文芸鑑賞講座」（大正十四／一九二五年）で古典の名作の鑑賞を強く推奨した。だが、ただ単に古代の作品に限るべきだとは述べていない。「では何を鑑賞すれば好いか？　わたしは古来の傑作を鑑賞するのに限ると思ひます。（中略）しかし古来の傑作と言つても、一概に古代の傑作ばかり読めと言ふ次第ではありません。一番利益の多いと共に一番又取つき易いのは新らしい文芸の古典でせう。西洋の小説を例にすれば、（中略）近代の日本に最も大きい影響を与へたロシアの小説を例にすれば、兎に角トルストイ、ドストエフスキイ、トゥルゲネフ、チェホフなどをお読みなさい」と勧めている。芥川が主張しているのは、むしろ「新しい文芸の古典」、つまり古典として生き残る近代の作品もまた読むべきであるということである。

実際、この四名——トルストイ、ドストエフスキー、ツルゲーネフ、チェーホフ——の名を、芥川は昭和二（一九二七）年に計画された自作の露訳集出版に寄せた序文でも再び挙げている。無論、芥川の読書体験はこれに留まらない。「鼻」や「芋粥」といった初期作品に、ゴーゴリの「鼻」や「外套」からの影響が見られることは、既に多くの論者が指摘するところである。[★13]また、「文芸雑談」の回想でアンドレーエフ「イスカリオテのユダ」に触れ、友人の山本喜誉司宛て書簡には、昇曙夢の訳した『露西亜現代代表的作家　六人集』（明治四十三／一九一〇年、易風社）を挙げて、「六人集の中でアンドレエフの「霧」はうまく書かれてると思ふ。読者をして読者自身の生活を顧させる力があるやうな気がする　アルツイバーセフの「妻」もいゝ　バリモントも面白かつた」（明治四十三／一九一〇年六月二十二日付）と記し、評価している。当時、好評を博した同書では、バリモント、ザイツェフ、ソログープ、クプリーン、アルツィバーシェフ、アンドレーエフといった六人の作品が翻訳され、巻頭にエリセーエフの序文が付されていた。しかし、それでもなお、後年の芥川の中でロシア文学を代表する存在は、十九世紀から二十世紀初頭のリアリズム文学の黄金期を築いた四大作家だったのである。そのように考える時、これら四大作家を「新しい文芸の古典」として挙げた芥川の言説には、ロシア文学の階層化の傾向が認められる。つまり、トルストイ、ドストエフスキー、ツルゲーネフ、チェーホフを上位に位置づけ、相対的にそれ以外の作家を下位に置くことで、これらの四名が特別な地位を占めていることが示されるのである。

「文芸鑑賞講座」から浮かび上がるのは、「古来の傑作」を推奨し、そこに日本の古典と西洋の古典、さらに「古代の傑作」と「新らしい文芸の古典」とを並置することによって生み出される文学空間である。ここで「新らしい」「古典」と述べる場合の「古典」とは、単なる過去の作品という意味ではなく、〈正典《カノン》〉を読み替えたものではないか。芥川にとって四名の作家たちは〈現代〉作家であったが、大正末期の日本の文学空間に照らしてみれば、すでにロシア文学の〈正典《カノン》〉としての立場を確立していたという一つの現実を反映したものと言えよう。人間の内面や社会の問題を文学的に、思想的に、歴史的に深く描き出したこれらの作家たちの作品が、日本の文学に与えた影響は計り知れない。文学活動の初期にあった芥川は小宮豊隆やエリセーエフを介してロシア文学が組み込まれた文学空間に身を置いた。その芥川が、晩年にかけてロシア文学を選別していった道程は、四大作家がロシア文学の正統性を端的に示す国民作家としてのみならず、これこそが〈文学〉であるという〈普遍的〉な文学の正統性を授けられた名称として、〈極東〉の日本においても規範化され流通していく過程を照らし出すものだと考えられる。このように、芥川文学と世界文学とを接続する装置としての文学空間に光を当てることは、「世界文学」の概念を通して芥川が生きた文学的影響圏の意味を捉え直す契機となる。例えばロシア文学の取捨選択の局面から、個人的体験や特定の作家、作品の影響力を超えて、〈選ばれなかったものたち〉に目を向けることで、世界文学の一部としての日本文学という共有認識や、ひいては日本文学におけるロシア文学の位置づけを世界の文学的ネットワークとの交点で再検討することが可能になるのである。

【注】

★1 デイヴィッド・ダムロッシュ『世界文学とは何か?』(秋草俊一郎ほか訳、国書刊行会、二〇一一年)四五五頁。

★2 この言葉の日本での成立と普及については、秋草俊一郎「術語としての「世界文学」——一八九五-二〇一六」(『文学』第十七巻第五号、岩波書店、二〇一六年九・十月)で詳述されている。秋草は、『日本文学史』で「世界文学」が文学のあるべき形として紹介されていることに注目し、「「日本文学」が近代的な国民文学として成立するために」「世界文学」という枠組みが持ち込まれたことを指摘した(四頁)。

★3 田中克彦『ことばのエコロジー——言語・民族・「国際化」』(農山漁村文化協会、一九九三年)一五七-一六四頁を参照。

★4 加藤百合『明治期露西亜文学翻訳論攷』(東洋書店、二〇〇二年)三一六頁を参照。

★5 明治四十年に一作のみだった翻訳作品は、四十二年には十作に増え、四十三年になると十九作、四十四年には十作を数えるようになる。

★6 小宮豊隆「学究生活の思ひ出」(『思想』三七〇号、岩波書店、一九五五年)四六二頁。

★7 小宮は「アンドレイエフ論」の中で、このタイトルを用いている。同作品を相馬御風は「七死刑囚物語」と訳した。また、漱石「それから」に「アンドレーフの「七刑人」」として言及されている。

★8 加藤百合の前掲書に「彼ら翻訳者達が原作者に対して抱いていたイメージや作品の解釈には明瞭な差異があり、その翻訳活動は自らの主張を展開する行為ともなっていた」(三二二頁)とある。

★9 和田芳英『ロシア文学者・昇曙夢&芥川龍之介論考』(和泉書院、二〇〇一年)では、様々なプレ・テクストの存在が指摘される芥川「羅生門」の材源の一つとして、アンドレーエフ作・昇曙夢訳「地下室」があること、その影響は「鼻」「偸盗」にまで及ぶことが指摘されている。

★10 源貴志「漱石とロシアの世紀末文学——「それから」の周辺」(『WASEDA RILAS JOURNAL』No. 3、二〇一五年十月)四〇六頁を参照。

★11 小宮の遺族によって、一九九六年から翌九七年にかけて、郷里の福岡県豊津町に夏目漱石や寺田寅彦の書簡資料や所蔵図書等、総数四百七十七点が寄贈された。それらは歴史民俗資料館に収蔵され、目録三冊にまとめられている。『小宮豊隆文庫目録2(洋書編)』(豊津町歴史民俗資料館、二〇〇〇年)を手がかりにすれば、ロシア語書籍も二十九点ほど確認される。ロシア語書籍の内容は、辞典の他、演劇、映画、美術の割合が高く、文学は少ない。また、ドイツ語や英語によるロシア文学や演劇、美術の書籍も見られる。

★12 前掲「学究生活の思ひ出」四六六頁。

★13 芥川作品とゴーゴリの関連性については、島田謹二「芥川龍之介とロシヤ小説」(『比較文学研究』第十四号、一九六八年九月)、諫早勇一「芥川とゴーゴリ――「芋粥」と「外套」と中心に」(『人文科学論集』第十七号、一九八三年三月)、川端香男里「ゴーゴリと日本文学」(『Rusistika：東京大学文学部露文研究室年報』第三号、一九八三年七月)、グリゴーリイ・チハルチシビリ「ゴーゴリ化された目で見れば」沼野充義訳(『新潮』第八十九巻第三号、一九九二年三月)等で論じられたほか、吉田精一『近代文学鑑賞講座　第十一巻　芥川龍之介』(角川書店、一九五八年)、平岡敏夫『芥川龍之介』(大修館書店、一九九一年)、海老井英次『芥川龍之介論攷――自己覚醒から解体へ――』(桜楓社、一九八八年)等においても指摘がある。

【付記】本章は、国際芥川龍之介学会第十三回ロシア大会のシンポジウム「芥川文学のなかのロシア／ロシア文学のなかの芥川」(於ロシア・サンクトペテルブルク国立総合大学、二〇一八年九月二十一日)にて報告した「芥川龍之介におけるロシア文学邂逅の磁場――小宮豊隆、エリセーエフとの接点から」(『芥川龍之介研究』第十三号、二〇一九年七月)に加筆・修正を加え、改題したものである。

【謝辞】『小宮豊隆文庫』所蔵図書の閲覧にあたり、福岡県みやこ町中央図書館、みやこ町歴史民俗博物館にお世話になりました。この場を借りて御礼申し上げます。

第七章　「黒衣聖母」——変容する聖母と〈少女〉としてのお栄の視点

野田康文

序

「黒衣聖母」[★1]（一九二〇年）は芥川龍之介の〈切支丹もの〉と呼ばれる作品系列の一つをなす短篇小説である。芥川自身、芸術家としての方法的行きづまりを脱したと自負し、一つの転機となった作品「秋」の発表後間もない翌月の雑誌『文章倶楽部』に発表された。

　物語は、語り手の「私」が「蒐集家」の田代から一体の珍しい麻利耶《マリヤ》観音を見せられるところからはじまる。それは「顔を除いて、他は悉く黒檀を刻んだ、一尺ばかりの立像」で、「私」は「その顔全体が、或悪意を帯びた嘲笑を漲らしてゐる」ように思う。聞けばこの像は「福《さいはひ》を転じて禍《わざはひ》とする、縁起の悪い聖母[★2]」で、田代は前の持ち主である稲見から聞いたという、その「謂われ因縁」となった「伝説」を語りはじめる。……「伝説」のヒロイン、その稲見の母親で当時まだ幼かったお栄は、弟の茂作と姉弟二人、父母を亡くして以来祖母の手で育てられていたが、彼女が「十か十一の秋」、茂作が重病で危篤に陥る。そこで、祖母は真夜中、お栄を例の麻利耶観音の前へ連れて行き、世継ぎが絶えないように、「せめては私の息のございます限り、茂作の命を御助け下さいまし」と祈る。すると翌朝、茂作は一時ややもち直す。それを見て、願いがかなったと思って喜んだ祖母は安心と看病疲れから横になるが、そのまま眠るように死んでしまい、その直後に茂作もまたあえなく息を引きとるのである。「伝説」は「麻利耶観音は約束通り、祖母の命のある間は、茂作を殺さずに置いたのです」という一文で結ばれる。……そして田代はこの「伝説」を話し終わると、「私」に麻利耶観音の台座に刻まれた横文字の銘を示す。「――DESINE FATA DEUM FLECTI SPERARE PRECANTO《「汝の祈禱、神々の定め給ふ所を動かすべしと望む勿れ」の意。》……」というのである。

従来「黒衣聖母」は、「からくりが見えすいて〈中略〉作品の質として多くを語る必要のない短篇」[3]という三好行雄などに代表されるように、概してその評価は低く、作品論として単独で論じられることの少ない作品である。そして、「超自然的現象の物語で力が弱い」[4]、「怪奇趣味による無邪気な悪戯」[5]、「信仰にひそむエゴイズムへの痛烈な問いかけ」[6]等々、様々な批評や解釈が提出されてはいるが、「主題はほとんど誤解の余地はない」[7]という海老井英次をも含めて、その論者の多くが、「伝説」の最後に置かれた「麻利耶観音は約束通り、祖母の命のある間は、茂作を殺さずに置いたのです」という一文[8]に引きずられる形で、祖母と茂作の死を、その台座の銘の禁忌を知らずに神々の「定め給ふ所」を祈禱によって動かそうとした祖母に対する聖母像の罰だと考える点ではほぼ共通している。言い換えれば、聖母像の怪異=超自然的な力の関与を自明の前提としているのである。しかしながら筆者の考えでは、このような理解こそきわめて表層的、あるいは不正確な「誤解」にほかならず、よく読めば、この「黒衣聖母」という小説は〈従来の研究の「通説」に反して〉もっと重層的な構造を備えた、芥川の創作方法が駆使されたテクストなのだ。

本章では、「黒衣聖母」の創作方法の独自性について探究する。はじめに、祖母の祈禱、台座の銘の意味について従来とは異なる角度から再検討し、読書行為の過程における聖母像の変化を手がかりとしてテクストの構造を分析する。その上で、幼い〈少女〉として形象化されるヒロイン・お栄の視点が果たしている機能について明らかにしようと思う。そして最後に、その影響関係が認められるプロスペル・メリメの「イールのヴィーナス」（一八三七年）との比較によって、これらの考察を補強することで、読者との間で切り結ばれる、その方法上の独自性を解き明かしていく。

一　変容する聖母

まず「伝説」が語られる前の、作品導入部の分析からはじめよう。

「どうです、これは。」

田代君はかう云ひながら、一体の麻利耶観音を卓子の上へ載せて見せた。

麻利耶観音と称するのは、切支丹宗門禁制時代の天主教徒が、屡《しばしば》聖母麻利耶の代りに礼拝した、多くは白磁の観音像である。が、今田代君が見せてくれたのは、その麻利耶観音の中でも、博物館の陳列室や世間普通の蒐集家のキャビネットにあるやうなものではない。第一これは顔を除いて、他は悉く黒檀を刻んだ、一尺ばかりの立像である。〔後略〕

これは作品冒頭の書き出しの部分であるが、この場面は単に問題の観音像の説明にとどまってはいない。ここには、かつて「切支丹宗門禁制時代」には「天主教徒」の密かな「礼拝」の対象であった麻利耶観音が、今や「博物館の陳列室や世間普通の蒐集家のキャビネット」で人目に曝されており、そういう時代に〈語りの現在〉が属しているという情報がその表現の中に内包されているのである。こうした、時代の変化にともなう麻利耶観音の意味のずれは、この作品において重要であり、この像が前の持ち主の稲見家にあった頃の説明でも、「勿論骨董としてあつたのではなく、一家の繁栄を祈るべき宗門神としてあつた」といった記述によって、やはり「宗門神」であった当時と「骨董」となった〈語りの現在〉との麻利耶観音の意味的差異が強調される。このように時代の変化にともなう麻利耶観音の意味的差異を読者に繰返し印象づけた上で、「年代にすると、黒船が浦賀の港を擾《さわ》がせた嘉永の末年にでも当りますか」という幕末の「切支丹宗門禁制時代」を舞台とする「伝説」が語られる、という設定になっているのである。

次に、作中人物の属性に眼を移すと、〈語りの現在〉に属する「私」と田代はともに大学を出ており、特に田代は「秀才の聞えの高い法学士」で、「所謂超自然的現象には寸毫の信用も置いてゐない、教養に富んだ新思想家」だとされている。また、「家重代」の「宗門神」であった麻利耶観音を「蒐集家」の田代に「骨董」として譲った、前の持ち主の稲見は、新潟県の「素封家」の当主で、田代とは「同期の法学士」であり、「仲々の事業家」でもある。田代に「伝説」を語ったのは彼であるが、「彼自身は勿論そう云ふ不思議を信じてゐる訳でも何でも」なく、「ただ、母親から聞かされた通り、この聖母の謂はれ因縁をざつと説明しただけ」だと記述されている。これら三人はいずれも明治以後のいわゆる合理的な教育を受けている人物として形象化されており、「伝説」中の主要な作中人物たる幼いお栄や年老いた祖母とは対照的な存在といえる。[★9] そして、「母親から聞かされた通り」と指示されているように、「黒船が浦賀の港を擾がせた」江戸末期の、「切支丹宗門禁制時代」を舞台とする「伝説」の視点人物は稲見の母親の幼少期＝少女お栄であり、それを大正期の「私」の視点で語られる〈語りの現在〉が前後から包み込むという、いわば枠小説の作品構成となっているのである。

ただし、これら時代や視点の差異は単純な二項対立といったものではない。ここでその、テクスト全体の構造を明らかにするために、以上のことを踏まえた上で、従来注目されながらも簡単に片づけられてきた「伝説」のヤマ場である麻利耶観音への祖母の祈禱を再検討してみよう。

「聖麻利耶《サンタマリヤ》様《さま》、〔中略〕。お栄もまだ御覧の通り、婿をとる程の年でもございません。もし唯今茂作の身に万一の事でもございましたら、稲見の家は明日が日にも世嗣ぎが絶えてしまふのでございます。そのやうな不祥がございませんやうに、どうか茂作の一命を御守なすつて下さいまし。それも私風情の信心には及ばない事でございましたら、せめては私の息のございます限り、茂作の命を御助け下さいまし。私もとる年でございますし、霊魂《アニマ》を天主《デウス》に御捧げ申すのも、長い事ではございますまい。しかし、それまでには孫のお栄も、不慮の災難でもございませなんだら、大方年頃になるでございませう。〔後略〕」

これまでこの祈禱については、「せめては私の息のございます限り、茂作の命を御助け下さいまし」

という部分のみが文脈から独立して論者の関心を集めてきたが、傍線部に注意してこの祈禱全体をよく見れば、祖母の願いの中心はもともとそこにあったのではなく、重要なのは、これがそもそも「稲見の家」の「世嗣ぎ」が絶えてしまわないようにという祖母の願いから発したものであること、つまり、その間にはお栄も婿をとれる年齢に達し、「稲見の家」は存続できるという一縷の望みを託したものであったことに気づくはずである。結局お栄が「年頃」になる前に祖母も茂作も死んでしまうのであるが、にもかかわらず実はその後にお栄が婿をとり、「稲見の家」が存続しているということが、お栄の子の姓もまた「稲見」であることから読者にはわかるよう、テクストには明示されていることに注意したい。「稲見の母親」、「稲見には曾祖母に当る、その切髪の隠居」……と作者はお栄あるいはその祖母と稲見との関係をテクストのレベルで絶えず読者に意識させつづけている。すなわち、麻利耶観音への祈禱とは無関係に、祖母の最大の願いは結果的にかなえられているのだ。

「伝説」の最後に付された「麻利耶観音は約束通り、祖母の命のある間は、茂作を殺さずに置いたのです」という一文にしても、あくまでこの「伝説」に対する田代の便宜的な解釈にすぎず、[★10] 出来事の客観的な説明として読者に与えられているのではない（にもかかわらず、初出時にはなく、作品集『夜来の花』（一九二一年）収録時にあえて書き加えられたこの一文は、まるでマジシャンのトリックのように読者の眼を超自然的解釈の一点に釘づけにする魔術的効果をテクストにもたらしている）。あるいはそれは、この話を息子の稲見に語って聞かせた、後の成長したお栄の事後的な解釈であるとも考えられるが、いずれにしても「伝説」を麻利耶観音の超自然的現象の物語として方向づけ、意味づけようとするこの一文に反して、現実には「稲見の家」の存続という祖母の最大の願いがその祈禱とはまったく別の形でかなっているのは確かである。しかも、語り手の「私」も「新思想家」の田代も最後までそのことに気がついてはいない。あたかも作者の皮肉な眼差しは祖母の祈禱に対してというよりは、むしろ麻利耶観音を単に「骨董」として眺める「新思想家」たちの底の浅さに向けられているかのようである。

　ところで、祖母の祈禱についてのこのような分析は「伝説」の後に示される、立像の台座の銘に従来とは異なる角度から光を当てることによって、その意味がより明確になるだろう。このラテン語の銘において注目すべきは、「汝の祈禱、神々の定め給ふ所を動かすべしと望む勿れ」という日本語訳の中に含まれる、「神々」という、一神教のキリスト教とは相容れない異教的な一語である。つまり作者は、祖母が聖母像と信じて祈りを捧げた「家重代」の麻利耶観音が、そもそも本来のキリスト教とは異質なものであったことを作品の最後で読者にそっと明かしているのである。しかもこの台座の銘に付された日本語訳もまた、やはり初出時にはなく、作品集『夜来の花』収録時に加筆された、ものであり、ここには確実に作者から読者への、読解の鍵が潜んでいる。また、テクストには明示されてはいないものの、この台座の銘が、古代ローマの詩人・ウェルギリウスの未完の叙事詩『アエネーイス』（前一九年）からの引用であることも、芥川が「神々」の一語にこめた意味を示唆しているはずだ。[★11]

　ここに至って黒衣聖母の立像は、最初に掲げられるエピグラフに表象された、「この涙の谷に呻き泣きて、御身に願ひをかけ奉る。……御身の憐みの御眼をわれらに廻らせ給へ。……深く御柔軟、深く御哀憐、すぐれて甘《うま》くまします「びるぜん、さんたまりや」様」というカトリック教会における祈禱書の中の、いわば正式な祈りの対象である聖母とはかけ離れたものとなる。

以上の考察を整理すると、言語の線条性という言葉の連なりにしたがって、作品の最初から最後へ、前から後ろへと進行していく読書行為の過程とともに、テクストの次のような構造が浮かび上がってくる。エピグラフによってまず教会において祈りを捧げられる聖母が表象される。そこからはじまって、次に読者は〈語りの現在〉との時代的差異を意識させられた上で、「黒船が浦賀の港を擾がせた」幕末の、「切支丹宗門禁制時代」の人目を忍んだ「宗門神」としての麻利耶観音に「伝説」の中で出遭う。そして「伝説」の後、大正期の、もはや人目に曝される単なる「骨董」となった麻利耶観音を「蒐集家」のテーブルの上に再び見出すのである。しかもそこで最後に像の台座の銘によってその聖母像がキリスト教とは相容れないものであることが読者にのみ明かされる。最初に聖母に向かっての正式な祈りで始まったものが、読書行為の過程で聖母の意味がずらされていき、いつのまにか作品の最後では信仰とは無縁の蒐集家のテーブルの上で遠く離れたところへ行き着いている。すなわち、「黒衣聖母」は、明治維新を境とした、日本におけるキリスト教受容の一端を、変容する聖母像の表象を通して批評的に構造化したテクストとして読むことができるのではないか、そのように思われるのである。作品の最後の一文がエピグラフと対極的な、「聖母は黒檀の衣を纏つた儘、やはりその美しい象牙の顔に、或悪意を帯びた嘲笑を永久に冷然と湛へてゐる」であることは、その意味で象徴的である。[★12]

二　〈少女〉の記憶

ただ、ここで注意しなければならないのは、作者は祖母の信仰それ自体に対しては必ずしも「嘲笑」的に、冷たく突き放しているのではないということである。このことは「伝説」の視点人物が幼いお栄に設定されていることと密接な関係がある。

その時お栄は御弾きをしながら、祖母の枕もとに坐つてゐましたが、隠居は精根も尽きる程、疲れ果ててゐたと見えて、まるで死んだ人のやうに、すぐに寝入つてしまつたとか云ふ事です。処が彼是一時間ばかりすると、茂作の介抱をしてゐた年輩の女中が、そつと次の間の襖を開けて、「御嬢様ちよいと御隠居様を御起し下さいまし」と、慌てたやうな声で云ひました。そこでお栄は子供の事ですから、早速祖母の側へ行つて、「御婆さん、御婆さん」と二三度搔巻きの袖を引いたさうです。が、どうしたのかふだんは眼慧い祖母が、今日に限つていくら呼んでも返事をする気色さへ見えません。その内に女中も不審さうに、病間からこちらへはひつて来ましたが、これは祖母の顔を見ると、気でも違つたかと思ふ程、いきなり隠居の搔巻きに縋りついて、「御隠居様、御隠居様」と、必死の涙声を挙げ始めました。けれども祖母は眼のまはりにかすかな紫の色を止めた儘、やはり身動きもせずに眠つてゐます。〔後略〕

これは祖母が茂作の病状が一時的に落ち着いたことに（麻利耶観音が願いをかなえてくれたと信じ

て）安堵し、眠るように息絶える場面である。この場面において、「その時お栄は御弾きをしながら」、「そこでお栄は子供の事ですから」とその幼さが強調されている少女お栄は祖母の死にまったく気がついてはいない。それは祖母の顔を見て直ちにその死に気づき、「必死の涙声」となった「年輩の女中」と対照的に描かれている。このように、「伝説」の視点人物であるお栄の視野は、その幼さのためにきわめて制限されたものとして形象化されているのだ。それゆえに、その記憶はあいまいなものとならざるを得ない。

例えば、前夜の祖母の「祈禱」の場面でも、祖母が寝入っていたお栄を無理に起こして麻利耶観音を祭ってある土蔵へと連れていく時、「お栄はまだ夢でも見てゐるやうな、ぼんやりした心もちでゐましたが」とあるように、その視野は「夢」のようにさらに制限されたものとなっている。したがって、しばしば問題とされる麻利耶観音の「微笑」にしても決して確かな事実として報告されているのではなく、「恐る々々顔を擡《もた》げたお栄の眼には、気のせゐか麻利耶観音が微笑したやうに見えた」、とあくまで、そうした幼い少女の夢見心地の眼に「気のせゐか」、「のように見えた」というに過ぎない漠然とした記憶として描かれているのである。

「黒衣聖母」のテクストを注意深く読めば、確かに客観的な事実としては、時代の変化とともに麻利耶観音は「宗門神」から「骨董」へとその意味を変え、その超自然的な力も否定されているが、その一方で、この幼いお栄の限定的な視野に映った、主観的な記憶の中でだけは、「伝説」は最後まで壊されることなく、保存されていることが確認されるはずである。枠小説の語りのいわゆる〈入子構造〉によって、語り手「私」あるいは田代とお栄とが直接接触しないという設定も、この意味で重要な役割を果たしている。「何でも稲見の母親は、その時祖母が笑ひながら、涙をこぼしてゐた顔が、未に忘れられないとか云つてゐるさうです」、というお栄にとって、「伝説」は幼い少女の頃のぼんやりとした、美しい「夢」のまま、「稲見の母親」となった今でも生きつづけているのである。聖母像が願いをかなえてくれたと信じて息絶えた祖母の笑顔の記憶とともに。

そしてこの、キリスト教の信仰にまつわる超自然的現象を出来事の客観的な説明としては否定しながらも、その一方で限定的な視点から見られた〈少女〉の記憶の中にだけ、美しい「夢」としてそれを保存するという手法[13]は、同年発表の芥川の小説「南京の基督[14]」へと発展していくことになるだろう[15]。

三　メリメ「イールのヴィーナス」との比較

「黒衣聖母」が雑誌『文章倶楽部』に発表された三ヵ月後、芥川は同誌に「愛読書の印象[16]」という文章を発表している。その中で彼は、「一年前から静かな力のある書物に最も心を惹かれるやうになつてゐる」として、「スタンダールやメリメエや日本物で西鶴などの小説はこの点で今の僕には面白くもあり、又ためにもなる本である[17]」（傍点原文）と書いているが、「黒衣聖母」には早い時期に堀辰雄によってメリメの「イールのヴィーナス」からの影響が指摘されている[18]。この問題は重要である。最後にこの二作品の比較によって、本章のここまでの考察を異なる角度から照らしておきたい。

「イールのヴィーナス」の語り手「私」はパリの考古学者で、ある日イールの素人古代研究家の家を訪れる。その家の主人は先日ローマ時代の真黒なヴィーナス像を発掘し、それ以来、不吉なことが起こるという。「私」の訪問中にその家の息子アルフォンスは結婚式を挙げるが、その当日彼はふとしたことから結婚指輪をその黒いヴィーナス像の薬指にはめ、うっかりそのままにしてしまう。つまり、形の上ではヴィーナスは彼の妻になったのだ。するとその夜、彼は謎の死を遂げる。どうやら彼は寝室に入ってきたヴィーナス像に抱きしめられて、そのまま絞め殺されたらしいということが、その光景を目撃し、正気を失った新婚の花嫁によって語られる。……

黒という色の強調、不吉な因縁など、「イールのヴィーナス」と「黒衣聖母」の立像には共通点が多い。例えば、両作品において語り手が立像をはじめて見る場面はそれぞれ、「イールのヴィーナス」では、「表情の中に何かしら凶悪なものがありますが、それにもかかわらず、こんな美しいのを今までに見たことはありません」[★19]、「黒衣聖母」では、「私は黙つて腕を組んだ儘、暫くはこの黒衣聖母の美しい顔を眺めてゐた。〔中略〕私にはその顔全体が、或悪意を帯びた嘲笑を漲らしてゐるやうな気さへした」とあるように、その表情における美と悪意の共存という明らかな類似が認められる。そして、作品の結末部でも、最後に語り手が立像に眼を移す場面は、それぞれ次のように語られているのである。

〔前略〕立像の前を何度も行き来したが、一瞬よく見ようと思って私は足をとめた。この度こそは、私は白状してしまうが、皮肉な悪意をたたえたその表情を身震いせずに眺めることはできなかった。たった今目撃した怖ろしい光景の数々で頭が一杯になっていた私には、この家を襲った不幸を眺めて、ひそかに快哉を叫んでいる地獄の女神を見るような気がしたのである。

（「イールのヴィーナス」[20]）

私はこの運命それ自身のやうな麻利耶観音へ、思はず無気味な眼を移した。聖母は黒檀の衣を纏つた儘、やはりその美しい象牙の顔に、或悪意を帯びた嘲笑を永久に冷然と湛へてゐる。——

（「黒衣聖母」）

これら両作品の立像の表象に見られる明瞭な類似性が示しているように、芥川が「黒衣聖母」の創作にあたって、メリメの「イールのヴィーナス」を何らかの参考にしていたことはおそらく間違いないだろう。

その上で、この二作品の関係で最も興味深いのは、立像の台座に刻まれたラテン語の銘の問題である。すでに見たように、「黒衣聖母」の銘は「神々」という語を見落とさずに読みとれるか否かによって、「伝説」の中の祖母と茂作の死の意味についての解釈が大きく異なってくるという変則的な二重性を包含していた。[21] 一方、「イールのヴィーナス」では、立像との初対面の時、「CAVEAMANTEM」という銘に対して「汝を愛する者に気をつけよ。恋人たちに心許すな」と「もしこの女が汝を愛したら、気をつけるがよい」[22]（傍点原文）という二つの解釈の可能性が語り手によって提示され、これが後のアルフォンスの謎の死に大きく関わってくる。確かに芥川の「黒衣聖母」の場合はラテン語そのもののはらむ問題ではなく、両作品の立像の銘に見られる意味の二重性は質的・方法的にやや異なるが、立像について他の共通点・類似点を考慮に入れれば、「黒衣聖母」における銘の二重性がメリメの

「イールのヴィーナス」のそれから着想を得た可能性は高い。もっとも、台座の銘ということを離れて、広く解釈の二重性という手法それ自体は、怪異を扱った小説一般に常套的なものではあるが。

とはいえ、もちろん芥川は単にメリメの模倣をしているわけではない。物語の中心をなす立像の表象に明らかな類比の関係が認められるこの二つの文学テクストは、その語りの構造、作品の性質において決定的な相違がある。メリメの「イールのヴィーナス」はあくまでも超自然的現象を示唆する幻想物語であり、物語の進行とともに次第に超自然的解釈へと読者を方向づけていく。その超自然的解釈は遂に確信には至らないが、それを否定する根拠もテクストのどこにも見当たらないのである。

ツヴェタン・トドロフは幻想文学の第一条件として、テクストが読者に対し、語られた出来事について自然な説明をとるか、超自然的な説明をとるか「ためらい」を抱かせることだと書き、「イールのヴィーナス」をその代表例の一つとして挙げている。[★23] 確かに、「イールのヴィーナス」では作中人物の「ためらい」に同化することが可能であるようにテクストは読者を条件づけ、作品世界に引き込んでいく。しかしそれとは異なり、芥川の「黒衣聖母」では自然な説明をとるか、超自然的な説明をとるか「ためらい」を抱き、その「ためらい」にとどまるのは（読者ではなく）あくまで語り手や田代という作中人物なのであって、[★24] テクストのレベルでは、（よく読めば）出来事についての超自然的な説明を否定するように言葉が配置されているのである。その意味で、「黒衣聖母」はいわゆる幻想文学ではないと言える。

ここで、「イールのヴィーナス」において夫のアルフォンスがヴィーナス像に殺されるのを、その新婚の花嫁が目撃する場面を見てみよう。結婚式も終わった新婚初夜、花嫁は先に寝室に入り、一人夫の入ってくるのを待っている。

「〔前略〕／カーテンを引き、寝床の上に横になってから、五、六分もたったと思う頃、部屋の戸が開いて誰かがはいって来た、と彼女は言うのです。その時アルフォンス夫人は、寝台の壁ぎわのところに、壁の方へ顔を向けていたのですな。自分の夫だと思いこんでいたものですから、身動きもしなかったそうです。と、一瞬の後、寝台が何か非常に重い物をのせられたようにきしんだのです。ぞっとからだがすくむほど怖ろしかったそうですが、振り向いて見る勇気はありませんでした。五分、それとも十分……彼女には時間のことははっきり思い出せないのです。それくらいの時間がそういう状態で経過致しました。〔中略〕彼女は全身をわなわな震わせながら、寝台と壁の間へもぐり込みました。と、しばらくして、二度目に戸が開いて誰かはいって来ましたが、『今晩は、おやすみかい』という夫の声です。まもなくカーテンが引かれました。すると、あっと言う叫び声がきこえた、というのです。自分のそばに、寝台の上に寝ていた者が、上半身を起したと思うと、どうやら手を前方に差し出したらしいというのです。そこで彼女は振り返って見ました。……〔中略〕ところで、かわいそうな頭の狂った女の話の続きですが、この光景を見ると同時に、彼女は意識を失いました。たぶん、そのしばらく前から頭が狂っていたのでしょうが。どのくらいの時間気を失っていたかは、どうしても、彼女自身にはわからないというのです。我に返った時、彼女は再び幻影を、いや立像を、彼女はあいかわらずそう言っているのですが、見たのです。〔後略〕」

（「イールのヴィーナス」[★25]）

この花嫁は事件の唯一の目撃者であり、引用部は彼女の供述に基づいて検事が事件を再現したものであるが、その視点がきわめて限定的で不安定であるために、その記憶はあいまいなものとなっている。これは一見「黒衣聖母」におけるお栄の視点と類似しているようであるが、しかしながら、このメリメの作品の場合、花嫁のあいまいな視点は決定的な場面をぼかすことによって超自然的解釈への確信を最後のところで宙吊りにし、「ためらい」によって幻想的な効果を生むという機能を果たしている。なぜならば、物語の大部分の場面においては、安定した視点人物である語り手の「私」が観察し、報告していく超自然の兆候によって、テクストは一貫して読者を超自然的な解釈の方へといざないつづけているからである。

これに対して「黒衣聖母」のテクストにおいては、すでに考察したように、「伝説」の超自然の兆候は一貫して幼いお栄の限定的な視点からのみ観察されたものであり、客観的には超自然的現象の実在性はテクストの言葉の連なりによって注意深く否定されている。ただ、同時に幼いお栄のあいまいな視点は逆に主観的なレベルで、その〈少女〉の時の記憶を美しい「夢」として保存する機能を果たしているのである。さらに、作者は世代も教養も大きく異なり、時間的にも空間的にも隔たった位相にある語り手「私」と幼いお栄の視点を明治維新を境界としつつ巧みに綯《な》いあわせつつ、しかもその両者の視野に入っていない情報を読者にのみわかる形でテクストに織り込むことによって、時代の変化にともなう麻利耶観音の意味のずれを読書行為とともに浮かび上がらせ、近代日本におけるキリスト教受容の歴史の一端を読者に向かって構造化して見せてもいるのだ。

　このように、芥川はメリメの「イールのヴィーナス」に影響を受けながらも、異なる位相の複数の視点を交差させることで、超自然的現象のもつ意味を質的に変化させ、より広い射程を秘めた、重層的な、独自の文学テクストを「黒衣聖母」において構築したのである。もっと評価されていい小説であると思う。

【注】

★1 雑誌『文章倶楽部』(一九二〇年五月)初出、翌二一年に作品集『夜来の花』(新潮社)に収録された。

★2 「黒衣聖母」の引用は『全集』第六巻に拠った。

★3 三好行雄『芥川龍之介論』(筑摩書房、一九七六年)。

★4 吉田精一『芥川龍之介』(三省堂、一九四二年)、『吉田精一著作集』第一巻(桜楓社、一九七九年)所収。

★5 笹淵友一『明治大正文学の分析』(明治書院、一九七〇年)。

★6 佐藤泰正「切支丹物　その主題と文体――倫理的位相を軸として」(『國文学』一九七七年五月)。

★7 海老井英次「黒衣聖母」(三好行雄編『芥川龍之介必携』学燈社、一九八一年)。

★8 この一文及び台座の銘の右横に付された日本語の注は、雑誌『文章倶楽部』に掲載された初出時にはなく、作品集『夜来の花』収録時に加筆された。

★9 河泰厚は『芥川龍之介の基督教思想』(翰林書房、一九九八年)において、「はるかに遠い事件を田代君と「私」の話を通して更に再解釈しようとするところに作品のねらいがある」と指摘し、彼等をその代表とする「いわゆる知識人が持っている理性的要素」と「祖母の信仰、〔中略〕のような非理性的要素」との対比を重視している。

★10 田代は「伝説」を語り終わった後、「私はほんたうにあつたかとも思ふのです。唯、それが稲見家の聖母のせゐだつたかどうかは、疑問ですが、――」と麻利耶観音の超自然的な力について、これを信じていいものかどうかためらいを見せている。

★11 この台座の銘のラテン語の方ではDEUMが単数形であることを、日本比較文学会九州支部秋季大会(二〇〇一年十二月一日、「付記」参照)での筆者との共同研究発表において、文化史を専門とする松藤英恵が指摘している。ただ、本書で問題としているのは、あくまで読者との関係の中で「黒衣聖母」を文学テクストとして生成していく芥川の創作方法であって、作品集『夜来の花』収録時に日本語訳をあえて加筆していることから考えても、少なくとも芥川の意図としては読者に「神々」と読ませようとしていたことは確実であると思われる。また、芥川のいわゆる〈切支丹もの〉と呼ばれる一連の作品群において、例えば「神神の微笑」(『新小説』一九二二年一月)などに典型的に見られるように、「神々」という語はキリスト教の「神」とは積極的に差異化して使用されている。

★12 清水康次は『芥川龍之介事典』(菊地弘・久保田芳太郎・関口安義編、明治書院、一九八五年)の「黒衣聖母」の項において、エピグラフとこの最後の一文とが「激しく対立する」ことを的確に指摘し、「その意味は未だ分明ではない」として問題を提起している。

★13 芥川の小説に形象化されるこのような〈少女〉像を問題化し、批評的に捉えることも可能であるが、本書では芥川の創作方法の分析に限定する。

★14 『中央公論』一九二〇年七月。

★15 一九二〇年七月芥川は、「南京の基督」を「遊びが過ぎる」と批評した南部修太郎に宛てて抗議の書簡を出しているが、その中で彼は、「あの日本の旅行家が金花に真理を告げ得ない心もちは何故遊びに堕してゐるか僕等作家が人生から Odious truth を摑んだ場合その曝露に躊躇する気もちはあの日本の旅行家が悩んでゐる心もちと同じではないか君自身さう云ふ心もちを感じる程残酷な人生に対した事はないのか君自身無数の金花たちを君の周囲に見た覚えはないのかさうして彼等の幻を破る事が反つて彼等を不幸にする苦痛を嘗めた事はないのか――」（七月十五日付南部修太郎宛書簡）と書いている。「南京の基督」のテクストでは、日本の旅行家はヒロインの金花に「昔の西洋の伝説のやうな夢」を永久に見させておくべきか否かに躊躇するのである。なお、南部への書簡の引用は『全集』第十九巻に拠った。

★16 『文章倶楽部』一九二〇年八月。

★17 「愛読書の印象」の引用は『全集』第六巻に拠った。

★18 堀辰雄「芥川龍之介論――芸術家としての彼を論ず」（一九二九年三月、卒業論文）。

★19 「イールのヴィーナス」の訳文の引用は『メリメ全集』第二巻（杉捷夫訳、河出書房新社、一九七七年）に拠った。また、原文は以下の通り。

――（...）Il y a dans son expression quelque chose de féroce, et pourtant je n'ai jamais vu rien de si beau.（La Vénus d' Ille）

なお、原文の引用は、Prosper Mérimée, Colomba; La Vénus d' Ille ; Les Âmes du Purgatoire, Paris, Garnier, 1956 に拠った。

★20 原文。

（...）Passant et repassant devant la statue, je m' arrêtai un instant pour la considérer. Cette fois, je l'avouerai, je ne pus contempler sans effroi son expression de méchanceté ironique; et, la tête toute pleine des scènes horribles dont je venais d'être le témoin, il me sembla voir une divinité infernale applaudissant au malheur qui frappait cette maison.（La Vénus d'Ille）

★21 前述したように、「黒衣聖母」の台座の銘は、古代ローマの詩人ウェルギリウスの叙事詩『アエネーイス』からの引用であるが、「イールのヴィーナス」においても『アエネーイス』が立像の形容に何度か引用されている。

★22 原文は、《Prends garde à celui qui t'aime, défie-toi des amants.》／《Prends garde à toi si elle t'aime.》（La Vénus d'Ille）。

★23 ツヴェタン・トドロフ『幻想文学論序説』（三好郁朗訳、東京創元社、一九九九年）。以下、本章における「イールのヴィーナス」の分析はこの著作に負うところが大きい。

★24 注10参照。

★25 原文。

――Elle était couchée, dit-elle, depuis quelques minutes, les rideaux tirés, lorsque la porte de sa chambre s'ouvrit, et quelqu'un entra. Alors

Mme Alphonse était dans la ruelle du lit, la figure tournée vers la muraille. Elle ne fit pas un mouvement, persuadée que c'était son mari. Au bout d'un instant, le lit cria comme s'il était ruelle du lit, la figure tournée vers la muraille. Elle ne fit pas un mouvement, persuadée que c' était son mari . Au bout d' un instant, le lit cria comme s' il était chargé d' un poids énorme. Elle eut grand' peur, mais n' osa pas tourner la tête. Cinq minutes, dix minutes peut-être...elle ne peut se rendre compte du temps, se passèrent de la sorte.（...）Elle s'enfonça dans la ruelle, tremblant de tous ses membres. Peu après, la porte s'ouvrit une seconde fois, et quelqu' un entra qui dit:《Bonsoir, ma petite femme.》Bientôt après, on tira les rideaux. Elle entendit un cri étouffé. La personne qui était dans le lit, à côté d'elle, se leva sur son séant et parut étendre les bras en avant. Elle tourna la tête alors...（...）Mais je reprends le récit de la malheureuse folle. A ce spectacle, elle perdit connaissance, et probablement depuis quelques instants elle avait perdu la raison. Elle ne peut en aucune façon dire combien de temps elle demeura évanouie. Revenue à elle, elle revit le fantôme, ou la statue, comme elle dit toujours,（...）.（La Vénus d' Ille）

【付記】本章は、二〇〇一年十二月一日の日本比較文学会九州支部秋季大会（於 福岡大学）における松藤英恵（長崎大学非常勤講師）との共同研究発表中の筆者の原稿、および二〇〇四年二月二十二日の比較思想学会福岡支部第五十三回大会（於 福岡市女性センター・アミカス）における発表（単独）をあわせ、加筆したものである。

Column 3

ハーンから芥川へ——『今昔物語』の転生

西　成彦

芥川が自死（一九二七年七月）を遂げる前に発表した「河童」（『改造』三月号掲載、『文藝春秋』十月号の「歯車」は死後掲載の遺作となる）は、けっこう柳田國男を喜ばせることになったと見え、自分たちの「川童研究から、若干の示唆を得たやうに明言されて居るのは光栄のいたり」と、「故芥川龍之介氏」の名を泉鏡花と並べて挙げている（「東京朝日新聞」一九三六年六月）。とはいえ「遺憾に思ふこと」もあるにはあって「あれでは我々の胸に抱くところの水の童子と、相去ること遠きは素より、普通の村の人の今考へてゐるものよりまだ見つともない」などと憎まれ口をたたくあたりが、またいかにも柳田らしくもある（『柳田國男全集』第二十巻、筑摩書房、一九九九）。

そもそもは、森鷗外の門下に出入りしたり、田山花袋や国木田独歩、島崎藤村、小山内薫らと親しく交わったり、文学青年のひとりでもあった柳田が、一九〇八年の九州旅行（とくに椎葉村訪問と中瀬淳《すなお》村長との出会い）、さらに翌年の東北旅行（とくに遠野村探訪と佐々木喜善との出会い）を契機に、文学観を一転させた。『遠野物語』（一九一〇）のまえがきには、その改心のさまがはっきりと吐露されている。

思ふに此類の書物は少なくも現代の流行に非ず。如何に印刷が容易なればとてこんな本を出版し自己の狭隘なる趣味を以て他人に強ひんとするは無作法の仕業なりと云ふ人あらん。されど敢て答ふ。斯る話を聞き斯る処を見て来て後之を人に語りたがらざる者果してありや。其様な沈黙にして且つ慎深き人は少なくも自分の友人の中にはある事なし。

（『柳田國男全集』第二巻、筑摩書房、一九九七）

『後狩詞記《のちのかりのことばのき》』（一九〇九）や『遠野物語』をいわゆる「民族誌」と位置づけ、近代人につきものの「オリエンタリズム」の産物とみなすことは、今ならだれにでもできることだが、柳田は文学とは「語りたい」という欲望の発露であり、その「語りたい欲望」がどこまで「聞きたい＝読みたいという欲望」の開拓につながっていくかにこそ出版市場の成否がかかっていることを知っていた。『遠野物語』は、藤村の『破戒』（一九〇六）や『春』（一九〇八）、花袋の『蒲団』（一九〇七）や『田舎教師』（一九〇九）の向うを張った柳田ならではの新機軸であり、大博打だったのである。

そして、そんな柳田の挑発を真に受け、しかも「文学の徒」としての志を失おうとはしなかったのが芥川だった。それこそ一高時代の芥川が着手していたという『椒図志異《しょうずしい》』（一九五五年に公刊された。「椒図」は『南総里見八犬伝』から拾った芥川の屋号）は、当時の「怪異譚」を羅列した習作のようなもので、「その特徴ある典雅な文語文と、主題別分類、各話に通し番号を付すというスタイルの共通性」に注目しているのは、「龍之介をして怪談蒐集へと走らせた直接の要因は〔中略〕『遠野物語』にあったと断言して、ほぼ間違いあるまい」と主張している東雅夫氏だ（『伝奇ノ匣3　芥川龍之

介・妖怪文学館』学研M文庫、二〇〇二)。

そして『遠野物語』のまえがきは、さらにこうつづく。

況や我が九百年前の先輩今昔物語の如きは其当時に在りて既に今は昔の話なりしに反し此は是目前の出来事なり

(同前)

この文学観は、一九二七年の四月に発表された「今昔物語鑑賞」に記された芥川の今昔評へと直結していると言えないだろうか。

『今昔物語』の中の人物は、あらゆる伝説の中の人物のやうに複雑な心理の持ち主ではない。彼等の心理は陰影に乏しい原色ばかり並べてゐる。しかし今日の僕等の心理にも如何に彼等の心理の中に響き合う色を持つてゐるであらう。銀座は勿論朱雀大路ではない。が、モダアン・ボオイやモダアン・ガアルも彼等の魂を覗いて見れば、退屈にもやはり『今昔物語』の中の青侍や青女房と同じことである。

(『芥川龍之介全集』第十四巻、岩波書店、一九九六)

芥川が『今昔物語』の「巻二十九　羅城門の上層《うはこし》に登りて死人を見る盗人の語《こと》、第十八」と「巻三十一巻　太刀帯《たちはき》の陣に魚を売る媼の語《こと》、第三十一」から着想を得て「羅生門」を書くことになるのは、一九一五年のことだが、老女が女の死骸から髪の毛を「丁度、猿の親が猿の子の虱をとるやうに」抜き取る光景の官能性は（『芥川龍之介全集』第一巻、一九九五）は、プロイセン軍によるパリ占領時代にランボーが書いた「虱とるひと」Les Chercheuses de poux を彷彿とさせる。

むずかゆき額《ひたひ》を赤めおさな児《ご》は
それとなき夢の白き巣立《すだち》をねがふ時、
爪しろがねに指細きふたりの姉は
たをやかに寝台近く歩みよる。

〔……〕

香《にほひ》よき寂寞のなか、二人の黒き睫《まつげ》は繁叩《しばたゝ》き
えれきの通ふ細指はうつらうつらと、
貴《あて》なる爪の下にこそぷつと虱《しらみ》をつぶしけれ。
（上田敏訳、初出：『女子文壇』第五年第六号、一九〇九年五月一日、『上田敏全訳詩集』山内義雄・矢野峰人編、岩波文庫）

「今は昔」は「むかしむかし」ではない、「昔」はいつでも「今の中に回収される」とでも言えそうな時間認識（あえて「歴史」という言葉は使わないでおこう）が、柳田をして、二〇世紀になってもなお口碑に伝わる「説話」と「近代文学」とを対峙させて、出版界に挑戦状をなげつけるに至らしめ、芥川は、柳田が「その志やすでに陋かつ決してその談の妄誕にならざることを誓い得ず」とまでこきおろす「近代の御伽百物語の徒」（前掲『柳田國男全集』第二巻）をめざすと心に決めて、その挑戦を真っ向から受けて立った一人なのである。

〔『今昔物語』の〕作者の写生的筆致は当時の人々の精神的争闘をもやはり鮮かに描き出している。彼等もやはり僕等のように娑婆苦の為に呻吟した。『源氏物語』は最も優美に彼等の苦しみを写してゐる。それから『大鏡』は最も簡古に彼等の苦しみを写してゐる。最後に『今昔物語』は最も野蛮に、——あるいはほとんど残酷に彼等の苦しみを写してゐる。

（前掲『芥川龍之介全集』第十四巻、一九九六）

このあと論は「『今昔物語』は〔中略〕、野性の美しさに充ち満ちてゐる」という有名な文句へとつづいていくのだが、芥川は『源氏物語』の「優美」や『大鏡』の「簡古」には目もくれず、ひたすら『今昔物語』の「残酷」にとりつかれた作家だった。そして、その「残酷」は、「娑婆苦」の過酷さでは「王朝時代の京都」にけっして引けをとることなどない「現代」を描く上で決して欠かせないと考えていたのが、芥川だったのである。かつての詩人ランボーがそうであったように。

「成程、牛車《ぎつしや》の往来する朱雀大路は華やかだつたであらう。しかしそこにも小路《こうじ》へ曲れば、道ばたの死骸に肉を争ふ野良犬の群れはあつたのである」とは、まさに現代作家としての芥川の眼力を直截に言いあらわした文句だったと言える。

＊

『遠野物語』の柳田や「羅生門」以降の芥川の誕生を語るにあたって、『怪談』*Kaidan*（一九〇四）を残して先立ったラフカディオ・ハーンがはたした先駆者としての役割を見定めることは、あんがい難しい。柳田の『一目小僧その他』のなかの「小泉八雲の怪談」にふれた箇所（『柳田國男全集』第七巻、筑摩書房、一九九八）などを読むと、国際連盟絡みで日本とスイスの隔たりをすら超えて往き来のあったバジル・ホール・チェンバレンと比べても、柳田はハーンの『怪談』から大きな触発を受けたと考えたいところだが、ハーンについて語る柳田の口調は、一貫して淡白である。

他方、芥川にあっては東京帝国大学の英文科で小泉先生の謦咳に接することがなかったとしても、その存在の大きさは、テオフィル・ゴーチエの「死霊の恋」（芥川の訳では「クラリモンド」）の翻訳が、筆ならしの意味合いを持ったことは言うまでもないだろうし、菊池寛らとともに「アイルランド文学研究会」に顔を出し、ウィリアム・バトラー・イェイツの散文を翻訳するなどした背景には、ハーンがアイルランド系であるばかりか、大学での講義でイェイツらの活躍を積極的に伝えようとしたことの余韻が及んでいたのだと言えよう。

なにより、「羅生門」から「藪の中」（一九二二）を経て「六の宮の姫君」（同）まで、『今昔物語』から素材を借りて来て、その「昔」を大正期の「今」によみがえらせようとした野心の源泉としても、ハーンが位置づけられてしかるべきなのである。

『今昔物語』が読み物として有難がられるようになるのは、江戸時代に入ってからで、神戸から東京に出て、神田の古本屋などで種本を集めるようになったハーン（と妻のセツ）が手にした『今昔物語』は、一八九六年の辻本尚古堂版の上下巻だということがわかっているが、これは江戸前期の文献学者、井沢長秀（節）の校訂版の復刻である。その後、旧制五高時代にハーンから英語を学んだこともあった黒板勝美（東京帝大国史科卒）が校訂作業にたずさわった田口卯吉・編の『国史大系』全十七冊のなかにも『今昔物語』（第十六巻）が収められ、柳田が読んだとすればこれだっただろう。

そして、さらに芥川が作家を目指すようになった時期には、池辺義象《よしかた》（一八八六年に帝国大学を卒業後、パリ留学を果たすなどして、一九〇二年から京都帝国大学の教壇にも立った）らが注釈を担当した博文社版『国文叢書：校注』（一九一二〜一五）にも『今昔物語』（第十六・十七巻）が収録されて、芥川が読みふけったのはそれだったと言われている。

その芥川が、ハーンの数ある日本時代の著作のなかで何を好んだか、そこはあまり調べがついていない。「羅生門」を発表する前の一九一五年八月に「当時京都帝国大学法科大学政治学科に在学していた友人、井川（恒藤）恭の実家の松江で遊んだ」（『芥川龍之介全集』第一巻）日のことを「松江印象記」として書いた文章が残っているから、そこで『グリンプシズ』*Glimpses of Unfamiliar Japan*（一八九四）をガイドブック代わりに用いたと想像でき（志賀直哉も同じようにして前年に松江と大山を旅している）、「神神の微笑」（一九二二）が『グリンプシズ』の末尾に置かれた「日本人の微笑」The Japanese Smileをふまえた、芥川ならではの日本論になっているのも、かねてから井上洋子氏が指摘している通りだ（『小泉八雲事典』恒文社、二〇〇〇年）。

しかし、『影』*Shadowings*（一九〇〇）に収録された「怪談」のうち「和解」The Reconciliationと「死体にまたがった男」The Corpse-Riderの二篇が、それぞれ『今昔物語』の「巻二十七　人の妻、死にて後、本の形と成りて旧夫に会ふ語《こと》、第二十四」と「巻第二十四　人の妻悪霊と成り、其の害を除く陰陽師の語《こと》、第二十」を下敷きにしていることに芥川が気づいていたかどうか、そんなことも、双方に強い思い入れを抱いていた芥川がこのことに気づかないはずがない、そう推測する以外に、確たる証拠はない。

ただ、「怪談」には生者と死者の交わりや接触がつきものだが、芥川は「羅生門」がそうであるように、死体を汚らわしいものとしてみなす世界観に敢えて挑戦するようなことはしない。「羅生門」は、その死体からさえ商品になるかもしれない人毛を抜き取ろうとする老女の執念と強欲さを、時代を超えて人類に共通の情念とみなすところで終わっている。というより、そこにこそ文学の真髄が宿ると考えている。

ところが、平家の亡霊の怒りを鎮めるべく、命をさえ奪われそうになった琵琶法師の話がそうであったように、生者にとって死をもたらしかねない「死穢」をも物とはしない男の執念（ある種のネクロフィリア）にとりつかれていたのがハーンだった。『怪談』所収の「食人鬼」Jiki-nin-kiは、その究極の姿だと言えようが、『影』に収められた二篇は、男の側の都合で一方的に置き去りにされた女との「再会」をともに描いて一対をなしているともいえる。

「和解」は、「再会」の後に一夜をともにした後、夜が明けて気がつくと、女が死の骸《むくろ》と化しているという話、「死体にまたがった男」は、怨念とともに息絶えた女から自由になるのが、女の死体にまたがって一晩走りまわらなければならないという陰陽師の助言に従って事なきを得たという話であるが、後者であれば、「鼻」や「芋粥」のような「笑話」にも関心を抱いていた芥川の趣味にかなったかもしれないが、これを現代風に書き換えるのは難しかっただろう。ましてや、一方的な離縁を決断したみずからを悔いて「和解」を乞いまでした男の物語に読み取れる、いわば「残酷」を帳消しにするかのような「美談」に芥川が心を動かされたとは、まずもって考えにくい。

「和解」については、平川祐弘氏の『小泉八雲とカミガミの世界』（文藝春秋、一九八八）に収められた「和解論」（これは『〔平川祐弘決定版著作集12〕小泉八雲と神々の世界／ラフカディオ・ハーン――植民地化・キリスト教化・文明開化』勉誠出版、二〇一八に再録）が有名だが、次に引くのは、中学生時代に『KWAIDAN』のとりこになり、他方、実家の和菓子屋が芥川の行きつけでもあったという平井呈一のエッセイ「小泉八雲の――NHK「人生読本」より」（一九五四）からの抜粋である。

これなど「今昔物語」からとったものでありますが、人間の恨み、悔い、愛情、そういうものを、じつに細やかに描いております。こういう人間的なものは、原作の「今昔物語」の中にはほとんど書いていないもので、それをヘルンが附け加えて書いた。これが、ヘルンの怪談が本当の意味で創作であるゆえんなのでありまして、この人間的なものを古い日本の怪異談の中から見出して、それを一篇の肉として附け加えた点に、近代作品としての意義があり、創作的な意義がある。

（『平井呈一——生活とその作品』紀田順一郎監修、荒俣宏編、松籟社、二〇二一）

言ってみれば、過去から現代まで継承されていて、彼自身がそうあってほしいと考えている「相思相愛」の物語を「怪談」の中核部分にすえたのがハーンであった。そして、むしろ「相思相愛」の道徳がいつほころびを見出してもおかしくないのは「今」も「昔」も変わりなく、そこを繕ったりするよりは、むしろそのほころびを「残酷」に描いてみせることこそ文学だと考えたのが芥川だった。芥川が考えていた「人間的なもの＝野性」とは、平井がハーンのなかに見ていた「人間的なもの＝愛着」とは似て非なるものだったのだ。

いや、かりに『今昔物語』を素材にした再話を試みたとしてもハーンは、彼自身の好みもさることながら、作業助手でもあった妻のセツの好みにも訴える作品をよりぬいて、それを作品化するしかなかったのだった。たとえば、次にみる「藪の中」の原話など、ハーンやセツの趣味にかなう話ではなかっただったろう。

＊

黒澤明の『羅生門』（一九五〇）の成功もあり、芥川作品のなかで最も知られるものとなった「藪の中」は、『今昔物語』の「巻二十九　妻を具して丹波の国を行く男、大江山にして縛らるる語《こと》、第二十三」を下敷きにしながら、しかし、本来は単なる街道筋のレイプ犯に妻を「手ごめ」にされ、はずかしめられた男の話（女の受けた屈辱は二の次なのだ）にすぎなかった笑い話を、下手人の定まらぬ「殺人」の物語に書き換えたことで、文学としての凄味を手に入れた作品である。「Column 1」のなかで、野田さんが紹介しているように、複数の証言（モノローグ）を並置することが果たす文学的効果について、芥川がハーンの講義録『人生と文学』*Life and Literature*（一九一七）から教わったらしいことは、一九二六年五月三十日付の木村毅宛書簡（『芥川龍之介全集』第二十巻、一九九七）を論拠とすることで、今や定説となっているが、ただの三人称語りでしかなかった原話を「複数の証言の並置」の形式に整え直し、しかもただの「性暴力事件」だったものに「殺人事件」の要素まで加えたことによる効果は絶大だった。

以下の読みは、日露戦争での従軍経験を基にしたとされる森鷗外の「鼠坂」（一九一二）を取り上げながら、戦場における性暴力を論じる論旨に「藪の中」の分析を「接ぎ木」しようと試みた「鼠坂殺人事件」（西成彦『胸さわぎの鷗外』人文書院、二〇一三）と、それをさらに従軍慰安婦問題をめぐる議論の「家父長制イデオロギー批判」にまで広げようとした「戦時性暴力とミソジニー――芥川龍之介『藪の中』を読む」（浅野豊美・小倉紀蔵・西成彦編『対話のために／「帝国の慰安婦」という問いをひらく』クレイン、二〇一七）をふまえたものとなるが、ハーン（とセツ）とは大きく乖離した芥川の男性観・女性観を見る上で、ひとつの手掛かりにはなるだろう。

芥川は「藪の中」を「レイプ事件」なだけでなく「下手人の定まらぬ殺人事件」として仕立て、しかも「巫女」の力を借りて、死者の声をも再現する荒技を用いながら、男二人、女一人（レイプ犯と、レイプ被害者と、その夫＝殺人被害者）にそれぞれの語り口をふり分けている。

まずはレイプ犯だが、女に狙いを定めた多襄丸は「わたしにはあの女の顔が、女菩薩のやうに見えた」（『芥川龍之介全集』第八巻、一九九六）と、自分のなかに芽生えた劣情をひけらかすふてぶてしさが特徴的だ。『今昔物語』では、物にした女の着物を身ぐるみ剝ぐことも、その目撃者であった夫を殺《あや》めることもなく去って、それこそ「聖人君子」のように扱われている（とはいえこの話は「悪行」の巻に含まれている）。芥川はそれをさらに「英雄的な悪人」の位置にまで高め、「性犯罪」にあたっては、「恥ずべき男の方が「饒舌」で、被害者の方は「沈黙」を強いられるという転倒」（前掲『対話のために』）を家父長制的な性道徳の歪みとして浮彫りにしているのである。

しかし、それでも通常は「沈黙」を強いられることの多い「性被害者」が、「藪の中」では「殺人者」として肉付けされ、補強されたことで、語りの主体として躍り出てくる。しかも、彼女が「殺人」を思い立った動機は「手ごめ」にされた悔しさではなく、レイプを受けた後に「思はず（中略）転ぶやうに走り寄」ったとき「夫の眼の中に（中略）閃いてゐた（中略）怒りでもなければ悲しみでもない、――唯わたしを蔑んだ、冷たい光」に一矢報いるためであったというのである。

『今昔物語』の結語にある「今の男の心糸恥《いとはづ》かし。男、女の着物を奪ひ取らざりける。本《もと》の男の心糸墓無《いとはかな》し」（『〔新潮日本古典集成〕今昔物語集・本朝世俗部・四』阪倉篤義・本田義憲・川端善明校注、新潮社、二〇一五）を芥川なりに言い換えたとも言えよう（ここでの「恥かし」は「自分が恥ずかしくなる」という へりくだった謙譲表現で、逆に「墓無し」の方は「目も当てられない」という意味合いである）が、性暴力をこうむった女性は、性暴力の加害者だけではなく、その傍観者、あるいはその家人の、とくに男たちの蔑みにもまた苦しむ。「藪の中」が「性暴力」を描いた小説して、世界文学史的に見てもすぐれているとしたら、男たち（多襄丸と武弘）の「ミソジニー」だけでなく、「ホモソーシャルな共謀」（前掲『対話のために』）を、赤裸々に描き切っているからである。

「藪の中」の芥川は、『今昔物語』のなかで「本《もと》の男」に失望し、「今の男」に心を奪われてしまったかのように描かれている女に、多襄丸の「野性」に呼応するかのような「もうひとつの野性」を見出すだけでは終わらないのである。「巫女の口を借り」て話す武弘は、「あの女はどうするつもりだ？殺すか？　それとも助けてやるか？」と尋ねてきた多襄丸に対して「おれはこの言葉だけでも、盗人の罪は許してやりたい」とまで言ってのける。しかも、この武弘は、盗人に犯される妻の姿をふり返りながら「あの時程、美しい妻を見た事がない」とまでうそぶく武弘と同一人物だ。さらりと「男（＝今の男）の云ふに随ひて、本《もと》の男縛り付けられて見けむに、何計《いかばかり》思ひけむ」（前掲書）とだけ書かれて終わっている原話との差は、歴然としている。

通り一遍の三人称語りで終わっている『今昔物語』の原話に対して、「下手人の定まらない殺人」という出来事を介在させ、「三重の語り」を並置するという構造を基礎に据えたことで、芥川は「三種類の殺人」を、どのような時代にでも現出しうる情痴沙汰の三類型として描き出し、そればかりか「目の前で妻を奪われるさまに欲情をきたす」というような「嫉妬」をさえ、モチーフのひとつに書き加えた。

ちなみに谷崎潤一郎が『痴人の愛』の新聞連載を開始するのは、一九二四年三月のことだった。

芥川はさまざまなレベルでハーンから多くのことを学びはしたようだが、二人が『今昔物語』から筋書きを借りて来て現代文学に作り変えようとするときにめざしたものは、大きくかけ離れていた。

ここでは、さしあたり、そのように結論づけておこうと思う。

あとがき

本書は、学校法人梅光学院学術図書出版の出版助成を受けて刊行するものである。

梅光学院大学は、日本で六番目に創設された伝統あるミッションスクールで、一八七二年にアメリカの宣教師夫妻によって長崎に開かれた聖書と英語の私塾をそのルーツとする。一九六五年、開学間もない梅光女学院短期大学に国文科が設置されたのを皮切りに、六七年に開学した梅光女学院大学にも国文科（のちに日本文学科に改称）が設置され、その後七八年には大学院に西日本の女子大として初めての博士後期課程（博士課程）を開設するなど、長期にわたって学長を務めた故・佐藤泰正氏を中心に、地元では「文学の梅光」という呼び名が定着するほど、日本文学科は大学の花形であり続けた（『梅光学院大学　下関一〇〇年史』編集委員会編『梅光学院大学　下関一〇〇年史』学校法人梅光学院、二〇一七年、参照）。しかしながら、近年の時代の流れや大学の方針などにより、後継の日本語・日本文化専攻（通称「日文」）は残念ながら本年度・二〇二四年度の卒業生を以て約六十年の歴史に幕を下ろす。ただ、私の在任中、日文にはまじめな学生が多く、自ら進んで授業の手伝いを申し出たり、主として小説の読み方を学ぶ私の講義をほとんどすべて受講する熱心な学生も一定数いた。彼らは別に大学院に行くわけでも研究者になるわけでもないが、文学研究者のはしくれとして、そのように純粋に文学作品を深く読みたいと願う情熱に接し、心を動かされた。そこで節目の年に刊行する本書には「文学の梅光」の最後のともし火として、研究者のみならず、学校を卒業しても文学を愛する多くの人たちに読んでもらえるようにという願いを込めた。本書が、芥川龍之介の文学の面白さや魅力を少しでも伝えることができればと祈っている。不十分な点については、御批判・御叱正をいただければ幸いである。

本書は当初、私（野田）の芥川を含めた複数の研究対象についての論文をまとめた単著として出版助成の申請をするつもりであったが、本書の執筆者の一人で、私の恩師でもある立命館大学名誉教授の西成彦先生に「一つの研究対象について、複数の書き手の論文を読めるほうが読者としては面白い」との助言を受け、方針を変更した。まず「文学の梅光」時代の卒業生で、梅光学院大学で同僚でもあった、芥川龍之介の研究者である入江香都子さんに、続いて私と同世代の親交のある研究者で、国際芥川龍之介学会の会員でもある、広島大学の溝渕園子さんに、それぞれ共著者としての協力を打診し、快諾を得た。そしてこの企画の発案者でもある日本比較文学会の会長等を歴任された比較文学者の西先生にはコラムの執筆者として加わっていただくことに承諾を得、このたび出版助成を受け、本書を刊行する運びとなった。苦しい時期も執筆者間で連絡を取り合い、良好な協力関係を築きながら共著者の皆さんと一冊の本にまとめることができたことを本当にうれしく思っている。

本書の刊行にあたっては多くの方々のお世話になりました。友人の日本画家・伊砂正幸さんにはご多忙の中、口絵の制作を二つ返事でお引き受けいただき、すばらしい挿絵を描いていただきました。伊砂さんのやさしいタッチの絵は本書のコンセプトにぴったりで、著者たちも一気に本への親しみが増しました。心よりお礼申し上げます。梅光女学院大学の卒業生で、梅光学院大学職員の永見昌代さんには、梅光学院の歴史についての資料の収集に力を貸していただきました。感謝いたします。また、本書の校正を手伝ってくれた大学院の後輩で宮澤賢治研究者の有吉貴紀さんには、多くの時間と労力を割いていただきました。いつもありがとうございます。

そして本書を書き上げた今思い出されるのは、第一章に収録した「藪の中」論を雑誌に掲載した際、視覚に障害のある私のために、『新潮』編集長（当時）の矢野優さんが、例えば校正の方法を複数提案してくださるなど、常に書き手に対するリスペクトの感じられる柔軟な対応をしていただいたことに、大変感銘を受けたことです。あらためてここにお礼申し上げます。矢野さんが拙稿を評して用いられた「数学的・ロジカルな帰結」、「数学的真理」という言葉は、それまで私が抱いていた芥川文学の特質をピタリと言い当てるものでした。お礼の意味をこめて「数学的」という言葉を本書のコラムで使わせていただきました。

最後になりましたが、本書の出版を引き受けていただき、厳格なスケジュール管理でともすれば遅れがちになる私たち著者を絶えず叱咤して、出版助成の刊行締切日に間に合うように導き、原稿の隅々まで目を通して丁寧にコメントしていただいた、作品社編集者の増子信一さん、そして学外の研究者との共著にも出版助成をご承認いただいた梅光学院大学の樋口紀子学長に、深く謝意を表します。特に樋口学長には、在任期間中、私の視覚障害についていつも柔軟に合理的配慮を以て対応していただき、大過なく任期をまっとうできたのは、ひとえに学長のおかげだと思っています。お世話になりました。

この本を、芥川龍之介の文学を愛する、いや文学作品を愛するすべての人に捧げます。

二〇二四年九月二十一日　福岡市笹丘にて

編者

初出一覧

第一章　決定的瞬間の記憶――「藪の中」の時空間

『新潮』（新潮社）第117巻第2号、2020年2月号（原題「決定的瞬間の記憶――芥川龍之介『藪の中』の時空間」）

第二章　「秋」――崩壊する物語と物語の完成

『福岡大学日本語日本文学』（福岡大学日本語日本文学会）第11号、2002年12月（原題「芥川龍之介「秋」の創作方法――崩壊する物語と物語の完成」）

第三章　「庭」――受け継がれていくもの、作りかえられていくもの

『近代文学論集』（日本近代文学会九州支部）第33号、2007年11月（原題「芥川龍之介「庭」――受け継がれていくもの、作りかえられていくもの」）

第四章　「六の宮の姫君」――原典からの改変にみる自己同一性の問題

『近代文学論集』（日本近代文学会九州支部）第32号、2006年10月（原題「芥川龍之介「六の宮の姫君」――原典からの改変にみる自己同一性の問題」）

第五章　「白」――名前をめぐる物語

『福岡大学日本語日本文学』（福岡大学日本語日本文学会）第15号、2005年12月（原題「芥川龍之介『白』――名前をめぐる物語」）

第六章　芥川周辺から辿るロシア文学との邂逅の磁場

『芥川龍之介研究』（国際芥川龍之介学会）第13号、2019年7月（原題「芥川龍之介におけるロシア文学邂逅の磁場――小宮豊隆、エリセーエフとの接点から」

第七章　「黒衣聖母」――変容する聖母と〈少女〉としてのお栄の視点

『比較思想論輯』（比較思想学会福岡支部）第6号、2004年3月（原題「芥川龍之介『黒衣聖母』の創作方法――変容する聖母と〈少女〉としてのお栄の視点」）

＊以上すべて、本書収録にあたって加筆訂正を行った。

Column1・2・3は書き下ろし。

人名索引
（芥川龍之介は除く）

【さ行】

【た行】

【な行】

【は行】

【ま行】

【や行】

【ら行】

【わ】

芥川龍之介　作品索引
（随筆等も含む）

【ま行】

【や行】

【ら行】

【わ行】

西成彦（にし・まさひこ）

1955年岡山県生まれ。兵庫県出身。東京大学大学院人文科学研究科比較文学比較文化博士課程中退。熊本大学文学部助教授、立命館大学文学部教授、同大学院先端総合学術研究科教授などを歴任。立命館大学名誉教授。専攻はポーランド文学、比較文学、異文化接触論。著書に『マゾヒズムと警察』（筑摩書房1988）『イディッシュ――移動文学論I』（作品社1995）『森のゲリラ 宮沢賢治』（岩波書店1997／平凡社ライブラリー2004）『クレオール事始』（紀伊國屋書店1999）『エクストラテリトリアル――移動文学論II』（作品社2008）『ターミナルライフ 終末期の風景』（作品社2011）『バイリンガルな夢と憂鬱』（人文書院2014）『外地巡礼――「越境的」日本語文学論』（みすず書房2018）『多言語的なアメリカ――移動文学論III』（作品社2024）『ラフカディオ・ハーンの耳、語る女たち――声のざわめき』（洛北出版2024）ほか。訳書に、ゴンブローヴィッチ『トランス＝アトランティック』（国書刊行会2004）コシンスキ『ペインティッド・バード』（松籟社2011）ショレム・アレイヘム『牛乳屋テヴィエ』（岩波文庫2012）『世界イディッシュ短篇選』（編訳、岩波文庫2018）マゾッホ『ザッハー＝マゾッホ集成I：エロス』（共訳、人文書院2024）ほか。

野田康文（のだ・やすふみ）

佐賀県出身。福岡大学大学院人文科学研究科日本語日本文学専攻博士課程後期単位取得満期退学。博士（文学）。2024年３月まで梅光学院大学文学部特任講師を務める。福岡大学非常勤講師。専門は日本近現代文学。著書に『大岡昇平の創作方法』（笠間書院2006）、主な評論、論文に「金井美恵子の〈書くこと〉の水位 」（『早稲田文学』2018）、「小説の「幸福」とは何か?――金井美恵子『カストロの尻』論」（『新潮』2017）、「内田百閒・盲目の〈闇〉と視覚性、あるいは記憶の表象」（『日本近代文学』2015）、「吉田健一の視覚」（『吉田健一（KAWADE道の手帖）』河出書房新社2012）、「谷崎潤一郎と盲者の〈視覚性〉」（『国語と国文学』2011）、他に「往復書簡　野田康文×金井美恵子」（『子午線 原理・形態・批評』2015）等がある。また、市民向けの読書会「もっと！読み方がわかる文学教室」を対面とオンラインのハイブリッド形式で隔月開催、福岡県、山口県を中心に、関西、関東、韓国などからも参加者がある。

入江香都子（いりえ・かつこ）

山口県出身。福岡大学大学院人文科学研究科日本語日本文学専攻博士課程後期単位取得満期退学。梅光女学院大学文学研究科日本文学専攻博士課程前期修了。佐藤泰正ゼミに所属。2024年３月まで梅光学院大学文学部専任講師を務める。専門は日本近代文学。著書に『「歯車」の迷宮』（共著、花書院2009）。論文に「志賀直哉「城の崎にて」における〈運命〉と〈偶然〉―― 英語教科書としてのマコーレー著 *Lord Clive* 引用の意味」（『梅光学院大学論集』2024）等。

溝渕園子（みぞぶち・そのこ）

香川県出身。東京外国語大学大学院地域文化研究科博士後期課程単位取得満期退学。熊本大学文学部准教授、広島大学大学院文学研究科教授を経て、同大学人間社会科学研究科教授。国際芥川龍之介学会ISAS会員。博士（文学）。専門は日露比較文学。翻訳文学や異文化表象を中心に研究している。著書に『〈翻訳〉の文学誌』（群像社2020）、庄司達也編『芥川龍之介ハンドブック』（共著、鼎書房2015）。論文に「『日本新聞』とロシア・ソビエト文学」（『広島大学文学部論集』2022）等。

もっと読みたくなる！　芥川龍之介

2024年11月25日 初版第1刷印刷
2024年11月30日 初版第1刷発行

編　者　野田康文
著　者　入江香都子　溝渕園子
発行者　青木誠也
発行所　株式会社作品社
〒102-0072 東京都千代田区飯田橋2-7-4
TEL03-3262-9753／FAX03-3262-9757
振替口座 00160-3-27183
https://www.sakuhinsha.com

本文組版　有限会社一企画
印刷・製本　中央精版印刷株式会社

ISBN978-4-86793-058-8 C0095 Printed in Japan